전지적 독자 시점

싱숑 장편소설

전지적 독자 시점
Omniscient Reader's Viewpoint

PART 5   01

비채

일러두기

- 이 책은 e-book 《전지적 독자 시점》을 바탕으로 편집 및 제작되었습니다.
- 인명 등 고유명사는 국립국어원 외래어 표기법을 따르되, 입말로 굳은 단어 등은
  예외로 하였습니다.

차례

93
Episode

전지적 작가 시점

1

"저는 작가입니다."

작품을 집필한 지 얼마 되지 않았을 무렵, 한수영은 사람들에게 자신을 그렇게 소개하곤 했다.

친구의 간곡한 부탁으로 나간 소개팅 자리에서도 그랬다.

"아, 작가님이셨군요!"

이미 듣고 나왔을 텐데, 호들갑은.

남자는 눈동자를 재빠르게 굴리더니 웃으며 물었다.

"그럼 신춘문예 같은 걸로 등단하신 건가요?"

"아뇨."

"예? 그럼……."

"웹소설 써요."

"웹소설요?"

언제나 이즈음부터가 문제다.

사내의 눈동자가 자신의 후줄근한 후드티를 훑는 것이 보였다.

"아하, 그러니까…… 그건가요? 인터넷 소설? 이모티콘 많이 들어가는 그런 거?"

한수영은 잠시 생각하다가 대답했다.

"예에. 그겁니다요."

"요즘 신기한 직업 참 많아요. 유튜버, 인터넷 작가……."

남자는 빙긋 웃으며 바로 앞에 놓인 아메리카노를 쭉 빨았다. 손목시계를 보니 꽤 고가 브랜드였다.

이거 어디서 많이 보던 상황인데.

"요즘은 다들 돈을 쉽게 벌려고 하는 것 같아요. 그렇죠?"

"어렵고 힘들게 돈 벌고 싶은 사람도 있나요?"

"저도 연 1억쯤 버는데, 이게 쉬운 게 아니거든요. 그래서 그런 사람들 보면 참 한숨 나와요. 어디서 남의 돈 쉽게 받아먹으려고……."

말하는 본새를 보니 이미 이 자리가 소개팅이라는 사실 따위는 잊은 모양이었다. 약간 화가 난 듯한 남자의 눈이 테이블에 놓인 자신의 자동차 키로 향했다. 나이에 비해 제법 가격대가 있는 외제차였다.

한수영은 남자의 말을 한 귀로 흘려들으며 스마트폰을 켰다. 새로운 댓글 알림이 잔뜩 도착해 있었다.

―작가님 너무 고구마 아닙니까?

―흠… 답편은 사이다로 시작하는 거죠? 아님 하차합니다.

"어릴 때 공부도 열심히 안 한 사람들이 운 좋게 얻어걸려서는……."

문득 사람들이 왜 웹소설을 읽는지 알 것 같았다. 친구 자식이 왜 이런 나부랭이를 소개해줬는지도 이해가 됐다. 만나면 알게 될 거라더니, 뭘 바라고 자기를 이곳에 보냈는지 아주 훤히 보였다.

보통이라면 귀찮아서 그냥 넘겼겠지만…….

"그래서…… 듣고 계신가요?"

"아 예, 연봉이……?"

그제야 남자의 눈이 반짝였다. 그걸 다시 물을 줄 알았다는 듯 활짝 펴지는 남자의 어깨.

"세후 1억입니다."

"아, 비슷하네."

"예?"

남자가 피식 웃었다.

"작가인데 연봉이 1억이시라구요?"

한수영은 어깨를 으쓱하며 주머니에서 자동차 키를 꺼냈다. 이번에 출시된 신형 포르쉐. 남자의 차보다 정확히 세 배 더 비싼 모델이었다. 그나마 귀찮아서 잘 몰고 다니지도 않지만.

손가락에 매달려 흔들리는 키를 따라 남자의 눈동자도 흔들렸다. 이어서 어색하게 떠오르는 미소.

"하하, 근데…… 작가는 수입이 불규칙해서 '연봉'이라는 개념은 없지 않나요?"

사내의 입술이 종알종알 뻔한 말을 늘어놓았다. 다음 회차에 잠깐 등장시킬 악당의 대사로 쓰면 딱인 수준. 그럼 주인공은 이렇게 말하면 된다.

"연봉이라곤 안 했는데."

"예? 아, 그럼 평생 버신 금액인가요?"

"이번 달 중순까지 수입만 1억이고, 아직 이번 달이 두 주 더 남았으니까……."

그제야 뭔가 눈치챈 듯, 사내의 표정이 급격하게 창백해졌다. 결국 친구 녀석이 원하는 대로 된 셈이었다. 소설로 썼다면 사이다였겠지만 실제로 해보니 그렇게 기분이 좋지만은 않았다.

허둥지둥 어딘가로 톡을 보내는 남자의 모습. 아마 소개팅을 주선한 친구에게 이것저것 묻고 있는 모양이었다.

"저기. 혹시 쓰신 작품 제목이……."

애한테 알려주고 싶진 않은데, 라고 생각하는 찰나. 한수영의 스마트폰에 다시 알람이 떠올랐다.

―안녕하세요, 작가님. 저는 웹소설을 좋아하는 한 독자입니다. 우연한 기회에 작가님 작품을 읽게 되어…….

웬 장문 메시지인가 싶었다. 무심결에 알람을 눌렀다. 말투는 정중하고 고리타분했으며, 심지어 약간의 순박함까지 느껴졌다.

—작가님이 쓰신 작품이 제가 정말 좋아하는《멸망한 세계에서 살아남는 세 가지 방법》이라는 작품과 지나치게 흡사합니다.

이 자식은 뭐야?

「그것이 한수영과 김독자의 첫 만남이었다.」

김독자.

「눈앞에서 펼쳐지는 광경을 보며, 한수영은 그때의 기억을 반추했다.」

아바타를 만들면서 기억 일부를 잃는 바람에 그때의 일들은 명확하게 떠오르지 않았다. 확실한 것은 분명 그때의 자신이 '멸살법'이라는 소설을 읽기는 했다는 것이다.
다름 아닌 그 '김독자'라는 닉네임을 가진 녀석 때문에.

—작가님! 오늘도 너무 재미있었습니다.

한수영쯤 되면 몇 편만 읽어도 이게 뜰 글인지 아닌지 안다. 그런데 그녀가 보기에 멸살법은 죽었다 깨어나도 못 뜰 글이었다.

―이거 진짜 흥미로운 시작이네요.

시작부터 '개노잼'이었고.

―작가님, 그럼 유중혁은 그 많은 걸 다 기억하고 있는 건가요? 그럼 72회차에서는…….

지나치게 설명조였으며.

―크, 아깝다! 다음 회차엔 중혁이도 정신 좀 차리겠죠? 오늘도 꿀잼이었습니다.

주인공은 그저 외모 출중에 무쌍을 찍는 무개성 남주였다. 게다가,

―작가님! 2,000회 달성 축하드립니다! 기왕 하시는 거 1,000편만 더 연재해주셨으면…….

편수도 지나치게 많았다.

'이게 재밌다고? 정신 나간 놈인가?'

짜증이 나서 녀석이 쓴 댓글을 따라가며 비추천을 누르기도 했다.

한수영은 소설이 아니라 김독자가 쓴 댓글만을 홀린 듯 탐독하고 있었다.

—다음 편에는 드디어 지혜가 각성하나요?

—작가님! 7페이지에 오타 하나 발견했습니다! 제 부족한 소견으로 여기 맞춤법은…… 아, 찾아보니 제가 틀렸네요. 죄송합니다. 오늘 하나 배워갑니다.

—중혁이 자식 뒤통수 좀 때려주세요 제발…….

수천 편의 소설에 한 편도 빠짐없이 달린 댓글. 그 모든 댓글에 작가가 만든 세계에 대한 이해와 애정이 담겨 있었다.

「한수영은 부러웠다.」

고작 이따위 소설에 이런 독자가 있을 리 없다고, 당연히 작가의 자작극이라 믿었다. 아이디를 두 개 파서 스스로 글을 쓰고 댓글을 달고 추천 글까지 쓰는 것이라 생각했다.

—본인 추천 금지인 걸로 아는데요?

「김독자에게 유중혁이 가상의 인물이었듯, 한수영에게 김독자 또한 그랬다.」

그런 사람은 존재하지 않을 거라 생각했는데.

그 텍스트 속 인물이 지금 한수영의 눈앞에 있었다.

"독자 씨 —!"

삐이이이, 하고 들리는 이명. 곳곳에서 터지는 폭음.

한수영은 김독자가 전장의 중심에서, 폭풍처럼 몰아치는 별들의 격류를 헤쳐나가는 것을 보았다.

화신들이 비명을 질렀고, 별들이 포효를 터뜨렸다. 허공에서 도깨비들이 웃고 있었다.

【■■■■■■■■■■■■■■■■■■■■■■■!】

김독자가 외치고 있었다. 비명인지, 선포인지, 아니면 절규인지 한수영은 들을 수 없었다. 외신으로 변한 김독자의 목소리는 시나리오에서 철저히 배제되었다. 그가 무슨 말을 하든, 그 내용은 더 이상 중요하지 않은 것이었다.

갸아아아아아아아아아아!

다만 그를 따르는 외신들이 있었다. 수많은 세계선에서 버려진 잔재들이 김독자 곁으로 모여들었다. 마지막 시나리오의 하늘에서 신화급 성좌들이 김독자를 기다리고 있었다.

[이제야 시작이군.]

〈올림포스〉의 왕이자 12신좌의 지배자인 '번개의 좌', 제우스가 그곳에 있었다.

[세계선의 '마지막 시나리오'가 시작됐습니다!]
['마지막 시나리오'의 모든 존재가 시나리오 참여권을 획득합니다!]
['이야기의 적', 김독자를 살해하십시오.]

잇따라 떠오르는 시나리오 메시지. 제우스의 입이 열렸다.

[쓸어버려라.]

천공을 무너뜨리는 소리와 함께 제우스의 전격이 쏟아졌다. 퍽, 하고 뭔가가 터져나가는 소리와 함께 한수영의 뺨에도 피가 튀었다. 이름 없는 것들이 검은 피를 내뿜으며 죽어가고 있었다.

【살려 살려 살려 살려 살려 살…….】

무시무시한 이계의 신격조차 신화급 성좌들이 일제히 내뿜는 격 앞에서는 물풍선이나 마찬가지였다. 무자비하게 터져나가는 이계의 신격들이 버려진 설화를 울컥거리며 토해냈다.

눈부신 번개의 광휘. 폐허의 중심에서 김독자가 제우스의 전격을 버텨내고 있었다.

왜, 김독자는 저런 선택을 한 것일까.

[날개를 찢어라! 반경을 봉쇄해!]

성좌들의 포효와 함께 어마어마한 별들의 군세가 들이닥쳤다. 지옥 같은 시나리오를 뚫고 여기까지 온 성좌와 화신들이, 오직 '김독자'를 제거하겠다는 일념하에 하나가 되어 밀려들고 있었다.

김독자를 구한 것은 그와 혼연일체가 된 제천대성이었다.

[성좌, '가장 오래된 해방자'가 자신의 격을 드러냅니다!]

창공을 도도하게 흐르는 전격. 제우스의 전격을 밀어낸 제천대성의 전격이 창공을 북처럼 찢어발겼다. 순간 성좌들의 기세가 주춤하더니, 이내 독려의 목소리가 울려 퍼졌다.

[제천대성이다!]

[물러서지 마! 저놈만 죽으면 시나리오도 끝이다!]

[이 세계선의 마지막 시나리오야!]

드디어 모든 것에서 해방될 수 있다는 기대감.

개중에는 지나가듯 얼굴을 본 성좌나 화신들도 있었다.

"죄책감 가질 필요 없어! 저놈 스스로 선택한 거라고!"

〈올림포스〉〈베다〉〈파피루스〉〈수호의 나무〉〈십이지〉〈황제〉…….

어지간하면 한 번씩 이름을 들어본 성운의 성좌와 화신들이 그곳에 있었다.

김독자가 누구인지 모르는 이는 아무도 없었다.

「모두가 김독자를 죽이기 위해 검을 들었다.」

찢어진 검은 코트 사이로 드러난 흰 코트. 어울리지 않는 배

역을 맡은 김독자가 그곳에 있었다.

넝마가 된 채, 찢어진 흑과 백의 날개를 펼치고 마왕의 뿔을 단 김독자.

외신들의 선두에서 적을 향해 검을 휘두르는 김독자.

순간 시야가 희뿌옇게 흐려진다 싶더니, 이내 김독자의 모습이 지워지기 시작했다.

두족류 특유의 이질적인 눈빛. 음습함이 느껴지는 외피.

김독자가 있던 곳에, 세상 모든 괴생물의 특징을 섞어놓은 듯한 거대한 외신왕이 있었다.

「이야기의 적.」

작가인 한수영은 본능적으로 알 수 있었다. 만약 이 세계가 소설이라면, 지금 김독자는 '최종 보스'다. 그리고 이 이야기는 저 '김독자'가 죽어야만 끝난다.

"한수영!"

누군가가 그녀의 몸을 끌어냈다. 전격의 급류가 코앞을 휭하게 스쳤다.

"물러나! 빨리!"

유상아였다. 오직 유상아만이 번잡한 아수라장에서 제정신을 차리고 있었다.

어떻게 그럴 수 있을까.

"다들 정신 차려요! 지금 독자 씨가……!"

김독자는 죽을 것이다.

"독자 씨랑 약속했잖아요! 다들 잊었어요?"

김독자는 거짓말쟁이다.

"정말로 독자 씨가 또 같은 짓을 할 리가—"

사람의 선의를 믿는 사람. 그게 유상아였다. 그런 사람이기에 이 상황에서도 흔들리지 않을 수 있었다.

하지만 유상아의 외침에도 일행들의 표정은 공허했다. 풀린 눈으로, 각자 사색에 잠겨 있었다.

그들을 괴롭히는 질문은 동일했다.

「김독자는 대체 왜 저런 선택을 했는가?」

약속했으면서. 다시는 저런 식으로 희생하지 않겠다고 맹세했으면서.

「대체 왜?」

"아직 이야기는 끝나지 않았어요."

유상아의 말은 틀렸다. 이미 이야기의 방향은 결정되었다. 김독자는 '이야기의 적'이 되었고, 이 빌어먹을 시나리오는 김독자가 죽어야만 끝날 것이다. 이 모든 비극을 쓴 작가가, 이미 그렇게 결정한 것이다.

작가?

【■■■■■■■■!】

처절하게 울려 퍼지는 김독자의 목소리. 그 목소리가 언젠가의 기억이 되어 돌아왔다.

─한수영, 넌 작가지?

한수영의 머리가 팽팽 돌아가고 있었다.

─또 무슨 시비를 걸려고.

─하나 물어보고 싶은 게 있는데.

─뭔데.

─작가는 자기가 쓴 글 속에서 정말 전지전능한 걸까?

─갑자기 뭔 뚱딴지같은 소리야.

─아니, 그냥 궁금해서. 너는 글을 쓰면서 모든 걸 통제하는 거야? 이 인물은 이렇게 움직이고, 저 인물은 저렇게 행동하고…….

─그야 당연히…….

자신만만하게, 한수영은 선언했다.

─통제 못 하지.

─왜? 작가잖아.

─작가가 진짜 신인 줄 아냐?

─이야기 속의 모든 건 작가가 만드는 거잖아. 상황도, 인물도…….

뭘 모르는 소리를 하는구만, 하고 한수영이 중얼거렸다.

─등장인물은 만들어놓는 순간 제 맘대로 움직여. 작가는 그냥 무대를 제시할 뿐이야. 그 사건에 어떻게 반응하고 움직일지 선택하는 건 등장인물이라고.
─비유가 아니라 진짜로?
─진짜로.
─너 글 되게 편하게 쓴다.
─뒈질래?

복부를 얻어맞고 허리를 꺾던 김독자.
그때 김독자는 무슨 생각을 하고 있었을까.

─재밌네. 작가도 이야기의 신이 아니라면…… 그럼 '시나리오'라는 건 대체 누가 결정할 수 있는 걸까?

발끝부터 서서히 소름이 올라왔다. 어쩌면 저곳에 있는 김독자는, 그 질문에 대한 해답인지도 모른다.
김독자는 생각해낸 것이다. 이 완고한 시나리오의 세계에서, 결말을 바꿀 수 있는 유일한 방법을.

[대도깨비들이 개연성의 범람에 당황합니다!]

[<스타 스트림>이 흔들리는 개연성의 향방에 주목합니다!]

시나리오는 완벽하지 않다.

['마지막 시나리오'가 격변을 일으키고 있습니다!]

이야기를 만드는 것은 분명 작가다. 하지만 그 이야기를 살아가는 것은 등장인물이다.

그리고 그들의 운명을 결정하는 것은.

[한반도의 성좌들이 '구원의 마왕'을 응원합니다!]

[<에덴>의 성좌들이 '구원의 마왕'을 응원합니다!]

[<명계>의 성좌들이 '구원의 마왕'을 지지합니다!]

[이름 모를 행성의 성좌들이 '구원의 마왕'을 응원합니다!]

[수많은 성좌가 코인을 후원합니다!]

[절대다수의 성좌가 '구원의 마왕'의 마지막 싸움을 지켜봅니다!]

그 이야기를 지켜보는 이들이다.

[다수의 성좌가 '구원의 마왕'이 죽기를 원하지 않습니다!]

'시나리오'를 바꿀 수 있는 유일한 존재.

김독자는 이곳에서 죽기 위해 '이야기의 적'이 된 것이 아니었다. 그는 일행들을 배신하려고 희생을 택한 것이 아니었다.

「'멸살법'은 유중혁의 이야기였다. 그렇다면 지금 이 세계는, 누구의 이야기일까.」

흔들리는 세계의 개연성을 보면서, 한수영이 쓰게 중얼거렸다.

"그렇지. 주인공이 죽길 바라는 독자는 아무도 없지."

이 세계에서, 김독자와 〈김독자 컴퍼니〉의 영향력은 어마어마하게 커졌다. 김독자가 마지막 시나리오의 대상이 된 것이 그 증거였다.

성좌들은 좋든 싫든 김독자의 설화를 보았고, 공감하거나 질투했다. 김독자가 원하든 원하지 않든, 이 세계의 모든 별은 이제 그의 이야기를 보고 있었다.

아마 김독자도 알고 있을 것이다. 어쩌면, 아주 오래전부터 생각해왔을지도 모른다.

「이것은 '등장인물'이 된 김독자가 건 최후의 도박이었다.」

멀리서 김독자가 이쪽을 돌아보는 듯한 느낌이 들었다.

너라면 이해할 수 있을 것이라는 듯이. 여기서부터 우리가 모르는 새로운 이야기를 시작할 수 있을 것이라는 듯이.

「그는 희생하지 않기 위해 희생한 것이었다.」

불가능한 일일 수도 있다. 영영 닿지 못할 결말일 수도 있다. 하지만 그것만이 김독자가 내린 '누구도 희생하지 않을 방법'이었다. 그러니 지금 한수영이 할 수 있는 일은 정해져 있었다.

'저 녀석 혼자서는 안 돼.'

한수영은 뒤를 돌아보았다. 일행들에게 알려줘야 했다. 지금 김독자가 원하는 것이 무엇인지.

하지만 혼자만의 이해에 고취되어 있던 한수영이 알지 못한 점이 있었다.

[설화, '예상표절'이 등장인물의 심리를 예측합니다.]

바로 이곳의 모두가 작가는 아니라는 것. 모두가 이 사태를 그렇게 객관적으로 보지는 못한다는 것이었다.

한수영이 입을 열기도 전에, 일행 중 누군가가 튀어나갔다.

검격에 깃든 맹렬한 적의.

칼끝이 향한 곳을 본 순간, 한수영은 소스라쳤다.

"잠깐! 기다려! 저 녀석은 지금—"

한수영은 그 검이 누구의 것인지 알았다.

「지금 이 순간, 김독자를 아주 깊이 원망하게 된 사람.」

오래도록 김독자를 지켜온 김독자의 가장 단단한 검.

그 검이 이 시나리오를 끝내기 위해 움직였다.

※

2

[당신의 ■■은 ■■입니다.]

처음 그 메시지를 들었을 때, 정희원은 떨떠름했다. 언젠가 김독자가 한 말도 떠올랐다.

모든 존재에게는 각자 다른 종막이 있다고.

그렇다면 자신에게도 그런 것이 있으리라 생각은 했다.

하지만…… ■■이라고?

정희원은 그 단어가 훨씬 잘 어울리는 사람을 알고 있었다.

그녀가 누구보다 가까운 곳에서 싸워온 사람.

그의 검이 되기를 망설이지 않도록 만드는 사람.

동료를 소중히 여기는 사람. 언제나 자신을 가장 먼저 희생하는 사람.

「그렇기에 원망하지 않을 수 없는 사람.」

정희원은 '이름 없는 것들'의 파도를 헤치며 달렸다.

인근에서 터진 독액이 정강이에 튀었고, 살점이 검게 부풀었다. 이설화가 준 단창약을 급하게 품속에서 꺼내 바르고 다시 달렸다. 양옆에서 공세를 퍼붓는 성좌들의 방해를 뿌리치고, 김독자 주변을 호위하듯 감싼 '이름 없는 것들'을 짓밟고 뛰어올랐다.

멀리 뭔가가 보였다. 한때 '김독자'였던 것.

【■■■■■!】

그리고 이제는 '이야기의 적'이 된 존재.

"희원 씨!"

가까스로 달려온 이현성이 정희원의 어깨를 붙잡았다.

"잠깐만—"

이현성의 말이 채 이어지기도 전에 메시지가 떠올랐다.

[최종 시나리오의 전 지역 스트리밍이 시작됩니다!]

〈스타 스트림〉의 모든 채널이 개방되고 있었다.

츠츳, 츠츠츳……!

불안하게 흔들리는 시나리오 메시지.

[다들 당황하지 마시고 시나리오에 집중하십시오. 이번 시나리오가 여러분의 마지막 시나리오입니다. 외신왕을 사냥하

면, 여러분의 긴 여정도 끝날 것입니다.]

[이 이야기는 '최후의 벽'에 기록되고, 별들의 여정은 대서사시로 남아 영원히 전승될 것이다!]

탐욕스레 외치는 대도깨비들. 그들의 눈은 '최후의 벽'에 자신들이 인솔한 설화를 남기겠다는 욕망으로 번들거렸다.

[거대 설화, '늙은 새벽의 광휘'가 최후의 이야기를 꿈꿉니다!]
[거대 설화, '아스가르드의 주인'이 최후의 이야기를 꿈꿉니다!]

거대 설화들도 요동치고 있었다. '단 하나의 설화'로 남기 위해 성좌와 화신을 독려하고 있었다.

[성좌, '해역의 경계를 긋는 창'이 자신의 병기를 꺼내 듭니다!]
[성좌, '아비도스의 주인'이 시나리오에 강림합니다!]
[성좌, '나일강의 괴조'가 거친 포효를 터뜨립니다!]

하지만 모두가 그 독려에 이끌리는 것은 아니었다.

제1신좌인 제우스의 명령에도 불구하고 디오니소스를 비롯한 〈올림포스〉의 몇몇 신좌는 공격을 망설이고 있었다. 화신들도 마찬가지였다.

"정말 저 사람을 죽여야만 하나요?"

그 말을 꺼낸 것은 일본 화신인 아스카 렌이었다.

"내가 본 '김독자'는 악인이 아니었어요."

'피스 랜드' 당시 재앙을 선택한 다른 일본인과 맞서 싸우며, 김독자 일행에게서 도움을 받은 이들.

"김 도게자 씨에게는 빚이 있습니다."

개중에는 '뱀을 베는 자'를 배후성으로 둔 미치오 쇼지도 있었다. 한때 '정의로운 겁쟁이'였던 그는, 이제 일본의 백귀를 이끄는 수장이 되어 있었다.

"그가 이대로 죽게 둘 수는 없습니다, 누님."

그 외에도 〈황제〉와 〈올림포스〉에 소속된 몇몇 화신이 동조했다.

[상당수의 성좌가 화신들의 의견에 동조합니다!]

[〈스타 스트림〉의 개연성이 동요합니다!]

개연성에 심상치 않은 반향이 감지되자, 대도깨비들이 재차 나섰다.

[잊지 마십시오. 그는 '시나리오의 적'입니다.]

[그대들은 모르겠지만, '김독자'는 처음부터 이 세계선을 망치기 위해 시나리오를 클리어해왔습니다.]

평소와는 상황이 다르기 때문일까. 저 오만한 대도깨비들이 제법 공손한 말투로 방송을 시작했다.

광활한 천공에 투사되는 설화의 영상들.

도깨비들의 특기가 시작되었다.

[그는 이 세계선을 배신하고 '이계의 신격'들과 거래했습니다.]

화면 속에서 김독자와 '은밀한 모략가'가 거래하고 있었다. 목소리가 들리지 않았기에 김독자의 표정은 더욱 음험해 보였다.

그뿐만이 아니었다. 지금껏 김독자가 해온 모든 일이 만천하에 공개되었다.

지하철에서 사람들을 구하지 않고 메뚜기를 풀어버린 일.

금호역에서 더 많은 사람을 구할 수 있었으나 방치한 일.

누군가의 가장 악한 부분만을 모은 집합이, 세상에 새로운 김독자를 만들고 있었다.

[그가 뜻을 이룬다면, 이 세계는 멸망할 뿐입니다.]

이윽고 화면은 「서유기」로 전환되었다.

거대 설화, 「잊혀진 것들의 해방자」.

이계의 신격에게 둘러싸인 김독자가 시나리오에 갇혀 있던 '이름 없는 것들'을 해방하는 장면이었다. 도깨비들의 연출 때문인지 설화 속 김독자는 조금도 성스러워 보이지 않았다. 정말로 이 세계를 부수기 위해 악마를 해방하는 이단 교주처럼 보였다.

[그는 모종의 방식으로 미래 지식을 알아냈고, 그것을 자기 이익을 위해 사용했습니다.]

스마트폰을 쥔 김독자가 일행들에게 뭔가 명령하고 있었다.

[그가 '구원의 마왕'이 된 것도, '빛과 어둠의 감시자'가 된 것도 모두 계획 속에 이루어진 일일 뿐입니다.]

합심한 이야기꾼들이, 김독자의 지위를 '주인공'에서 악당으로 끌어내리고 있었다. 그의 설화를 야비하고 비겁한 것으로 만들고 있었다.

[<스타 스트림>의 개연성이 움직입니다!]

분명히 이야기꾼의 본분에 어긋나는 일이었다. 그럼에도 대도깨비들은 망설이지 않았다. 이야기꾼 또한 그들이 원하는 ■■이 있는 까닭이었다.

[그리고 그는 지금, '이계의 신격'의 군주가 되어 이 세계를 멸망시키려 하고 있습니다.]

〈스타 스트림〉의 여론이 급변하고 있었다.

창백하게 질린 아스카 렌과 미치오 쇼지.

표정을 읽을 수 없는 안나 크로프트가 무심히 그들의 곁을 지나가며 중얼거렸다.

"이미 늦었습니다."

'차라투스트라'들이 돌격을 시작했고, 망설이던 성좌들도 전장에 합류했다.

가아아아아아아아!

고통스러운 비명을 흘리는 '이름 없는 것들'과 성좌들의 선두가 부딪쳤다.

「김독자와 관계된 모든 존재가 서로를 향해 검을 겨누고 있었다.」

정희원은 그 전장 한가운데에서 김독자의 싸움을 지켜봤다.

그녀가 돕지 않아도 김독자 곁에서 싸우는 이계의 신격들은 많았다. 커다란 두족류 괴물들. 아기 몸통에 거대한 꽃을 머리로 단 외신들. 정희원이 우리엘의 힘을 빌려 전력을 다한다 해도 승세를 확신할 수 없는 대존재들.

그들 사이에서, 김독자는 정말로 이 세계선을 끝낼 대재앙처럼 보였다.

「정희원은 김독자를 이해한다고 생각했다.」

정희원은 김독자가 정말로 원하는 결말이 무엇인지 모른다. 하지만 말하지 않아도 알 것 같다고 생각해왔다. 자신이 원하는 세계의 끝을 김독자 역시 원하고 있다고 생각했다.

「하지만 사실은 저게 진짜로 그가 원하는 끝은 아닐까.」

어쩌면 그에게 동료 같은 것은 없었던 건 아닐까.

[성좌, '악마 같은 불의 심판자'가……!]

알고 있다. 우리엘이 하려는 말을 정희원은 누구보다 잘 알고 있었다. 김독자가 동료를 아낀다는 것도, 너무나 아끼기 때문에 저런 행동을 벌였다는 것도 알고 있었다.

김독자는 자기 생명을 희생해 일행들을 세계의 끝으로 보내려는 속셈일 것이다.

「아무리 손을 뻗어도 잡히지 않는다.」

　마치 눈앞에 거대한 벽이 있는 것 같았다. 그 벽이 김독자에게 다가가는 것을 막고 있는 듯했다.
　"대체……."
　원하던 결말을 갈구하기에, 정희원은 이제 너무 지쳐버렸는지도 모른다.

「김독자는 아무것도 듣지 못하는 사람이다.」

　천천히 그러쥔 검의 손잡이가 차가웠다. 김독자가 직접 만들어주고, 손에 쥐여준 검. 낙원에서부터 지금까지, 그녀의 신념이 되어준 검.

　['심판자의 검'이 울음을 터뜨립니다!]

　'악'이 근처에 있을 때만 우는 검이, 울음을 토하고 있었다.
　대도깨비들이 조롱하듯 선언했다.
　[이것이 이야기의 적 '김독자'의 알려지지 않은 진실입니다.]
　확인하고 싶었다. 정말로 당신은 내가 아는 '김독자'가 맞는지. 그리고 만약 당신이 원하는 것이 내가 원하는 것과 같지 않다면.

「내 손으로 정말 당신을 끝내도 되는지.」

"희원 씨."

그녀의 마음을 안다는 듯, 이현성이 그곳에 있었다.

"함께 가겠습니다."

말 그대로 강철의 방패가 된 이현성이 길을 뚫고 달렸다.

별들의 파도를, '이름 없는 것들'의 폭풍을 뚫고 나아갔다. 정희원이 확인해야 할 것이 있듯 이현성 또한 그럴 것이다.

몇 번이고, 다시 몇 번이고 확인해야만 하는 무언가가.

두 사람은 파도를 타듯 날아올라 순식간에 김독자의 후미까지 접근했다. 다른 외신들이 모두 전방에 몰려 있기에 가능한 일이었다.

"희원 씨!"

그녀의 손등에 그려진 혼돈의 고리 때문일까. '이름 없는 것들'은 그녀를 발견하고서도 본체만체 앞으로만 밀려갈 뿐이었다.

거대한 빌딩처럼 우뚝 선 김독자가 그곳에 있었다. 새카만 진액이 뚝뚝 떨어지는 거체.

정희원은 자기도 모르게 그 외피에 손을 가져다댔다.

낯설었다.

언젠가 잠든 김독자의 손을 꾹 잡아본 적이 있었다. 귀환자로 돌아와, 일행들이 마련한 방에서 종일 기절해 있던 김독자의 손. 그 손의 감촉은 어땠던가.

그녀의 기척을 느낀 듯, 외신왕이 거대한 머리를 움직여 뒤를 돌아보았다.

쿠구구구구구…….

거대한 머리에서 흘러나오는 새하얀 입김.

"김독……."

그러면 안 된다는 것을 알면서도, 정희원은 저도 모르게 뒷걸음질을 쳤다.

까마득한 아가리가 그녀를 향해 입을 벌리고 있었다.

[시나리오의 개연성이 움직입니다!]

[당신의 모든 설화들이 경고합니다!]

거대한 외신왕의 검은 눈에 그녀의 모습이 비치고 있었다.

저런 표정은 짓고 싶지 않았다. 김독자를 저런 눈으로 바라보고 싶지 않았다. 하지만 그녀의 의지와 다르게 이미 손은 움직이고 있었다.

"아아아아아아아!"

'심판자의 검'이 다가오는 촉수를 베어냈다. 불구대천의 적이라도 되는 것처럼, 그녀의 검이 정신없이 움직였다.

잘린 촉수에서 울컥, 하고 설화가 흘러내렸다.

「"독자 씨, 그때보다 지금이 더 행복하죠?"

"그때보다 지금이 더 낫냐는 이야기라면, 그렇습니다."」

그녀도 잘 아는 설화였다.

「"저도 그래요."」

비틀거리며 이야기를 듣는다. 세상에서 김독자와 정희원만
이 기억하는 그 이야기가 그녀의 정신을 붙잡았다. 흐려진 눈
앞을 걷어내자 주변 전경이 보였다. 꽤 많은 촉수를 베어냈다
고 생각했는데, 별다른 상처는 보이지 않았다. 그사이 김독자
는 더욱 자라나 있었다. 이것이 고작 한 사람이라는 것을 믿을
수 없을 정도였다. 김독자는 홀로 광활히 존재하는 하나의 벽
같았다.

【■■■■■■■■■■■■■■■■■■■■■■■■■■
■…….】

그 어떤 문장을 써넣어도 채울 수 없는 하나의 벽. 그 벽 앞
에서 정희원은 절망했다. 최후의 벽이 다 무엇인가. 겨우 한
사람의 벽조차 넘지 못하는데.

멀리서 이쪽을 향해 소리치며 다가오는 한수영이 보였다.

한수영이라면, 이 벽을 넘을 수 있을까.

―넌 작가라서 좋겠다.

〈김독자 컴퍼니〉의 휴일.
산 중턱에 드러누운 정희원은 한수영에게 그렇게 말했다.

―좋기는.
―아니, 왜. 글 잘 쓰는 사람은 말도 조리 있게 잘하잖아. 나
도 그랬으면 좋겠는데.
―이현성한테 연애편지라도 쓰게?
―그게 아니라.

정희원은 말없이 김독자 쪽을 바라보았다. 그 시선만으로
도, 한수영은 정희원이 무얼 말하고자 하는지 아는 듯했다.
동료들 앞에서 쩔쩔매는 김독자. '노동자의 휴일'이라는 장
난 같은 시나리오를 미련하게 수행하는 사내를 보며, 한수영
은 이렇게 말했다.

―글은 누구나 쓸 수 있어.

정희원은 다시 고개를 들어, 한때 김독자였던 것을 바라보
았다.
정희원은 한수영처럼 작가가 아니었다. 그렇다고 김독자처
럼 성실한 독자도 아니었다. 그렇기에 한수영처럼 쓸 수도, 김

독자처럼 읽을 수도 없다.

그렇다고 해서 정희원이 아무것도 쓰지도 읽지도 못하는
것은 아니었다.

—잘 쓰지 못하면 어때. 네 말마따나 넌 소설 쓰는 사람도
아니잖아.

정말로 이 세계는 멸살법이라는 소설일지도 모른다. 어딘가
의 작가가 쓰고, 누군가가 읽는 소설 속 이야기일지도 모른다.

하지만 그녀에게 이 소설은 삶이었다.

「그렇기에, 그녀에게는 이 세계의 다음 문장을 쓸 자격이 있었다.」

천천히 검을 내린 정희원이 물었다.

"독자 씨, 그때 기억하죠?"

김독자가 듣고 있는지 아닌지는 모른다. 다만 정희원은, 광
활한 벽에 그녀가 낸 아주 작은 흠집 위로 손을 올렸다. 그 흠
집에서 정희원과 김독자가 함께 거닐던 풍경이 흘러나오고
있었다. 정장을 입고, 천국의 계단을 오르던 두 사람이 있었다.

"난 그때 되게 좋았어요. 같이 백화점 가서 옷도 사고, 멋지
게 〈에덴〉 방문했을 때."

그녀는 이 세계가 좋았다. 모든 게 멸망하고 있었고, 보이는
것은 폐허뿐이었다. 그럼에도 이런 세계이기에, 정희원은 자

신의 가치를 찾았다.

"당신이 그렇게 말했잖아. 이 세계가 더 좋다고. 우린 그런 사람들이잖아."

김독자의 대답은 돌아오지 않았다.

정희원은 촉수에 난 상처를 벌렸다. 그 상처를 잊지 말라는 듯, 그 상처만큼의 자신을 기억해달라는 듯.

"그래서, 당신은 이렇게밖에 못하는 사람인 거야. 그렇지?"

정희원은 김독자를 이해했다.

「그녀가 김독자를 죽이지 않으면, 이 세계는 멸망한다.」

거대한 외신왕의 눈이 그녀를 보고 있었다. 마치 그녀의 뜻에 동조하듯 고개가 움직이는 것도 같았다. 정희원은 그 눈을 마주 보며 말했다.

"난 당신 못 죽여."

흐려진 시야를 그대로 둔 채, 몸을 떨었다.

김독자의 구원은 잔혹하다. 칼끝으로 물에 빠진 사람을 구하는 것처럼, 그에게 구명받은 사람은 돌이킬 수 없는 상처를 입는다.

"웃기지 말라고 해…… 이게 무슨 구원이야……."

정희원의 몸이 벽 앞에 기대듯 비틀거렸다.

아무도 서로 구하지 않는 세계. 오직 피해자만 존재하는, 심지어는 그 피해자들의 상처가 전시되는 세계에서, 유일하게 그녀에게 건네진 상처투성이의 손.

「김독자는 언제나 그곳에서 손을 내밀고 있었다.」

손을 내미는 사람뿐만 아니라, 그 손을 잡는 사람에게도 용기는 필요하다.
상처투성이 손을 잡을 용기. 포기하지 않을 용기.
그것으로 자신이 치유되지 못할 것을 알면서도, 그 손을 잡으면 더 커다란 상처를 입을 것을 알면서도, 다시 한번 살아가기 위해 그 손을 붙잡을 용기.

「어떤 구원은 주는 사람이 아니라, 받는 이에 의해 완성된다.」

외신의 표면을 꾹 짚자 정희원의 손바닥이 남았다.
정희원은 그 자국을 한참이나 바라보다가, 가만히 자신의 검을 내려다보았다.
그러자 정희원의 귓가에 메시지가 들려왔다.

[화신 '정희원'의 ■■이 완성을 앞두고 있습니다!]

그녀는 마치 손을 잡듯 자신의 검을 굳게 쥐었다.

[당신의 ■■은 '구원'입니다.]

3

　달려가는 정희원의 모습이 보인다.

　칼날 위를 미끄러지는 달빛처럼 '이름 없는 것들' 사이를 미끄러져 나가는 정희원.

　그녀가 찾은 해답이 그곳에 있었다.

　[화신 정희원의 ■■은 '구원'입니다.]

　모두에게는 각자의 ■■이 있다. 마침내 〈김독자 컴퍼니〉의 일행들도, 각자의 결말을 선택할 때가 도래한 것이다.

　"정희원!"

　화려하게 궤적을 긋는 '심판자의 검'. 일행들은 그 검격을 보며 정희원의 뒤를 쫓았다.

유상아와 함께 하늘로 도약하려던 이길영이 발을 멈춘 것은 뒤에 남겨진 소녀 때문이었다.

"신유승."

우뚝 선 신유승이 울고 있었다. 제자리에 서서, 어디로도 가지 않은 채 시선을 고정하고 있었다. 신유승이 어디를 보는지는 명백했다.

[설화, '별의 구원자'가 이야기를 계속합니다.]

오직 신유승만이 가진 설화.

빛나는 별빛으로 연결된 성좌와 화신.

그 설화가 내뿜는 빛이 너무나 아름답고 찬란해서, 이길영은 저도 모르게 신유승을 향해 손을 뻗었다.

「이길영은 신유승이 부러웠다.」

한 사람이 다른 한 사람을 이해한다는 것은 대체 어떤 의미일까.

아직 '이해'라는 말을 이해하기에도 벅찬 나이였다. 그 때문에 박탈감을 느낄 때도 있었지만, 한편으로는 자신의 나이가 변명이 되어 좋았다.

「"아직은 네가 모를 수도 있어. 그건 괜찮아."」

「"네가 하지 않아도 되는 일이야. 너한테 의지해서 미안하다, 길영아……."」

「"야 꼬맹이, 까불지 말고 뒤로 가."」

안심했다. 심지어 한편으로는 다행이라는 생각까지 했다.

이런 세계여서, 이 사람들을 만날 수 있어서 다행이라고. 의지할 수 있고, 어리광 피울 수 있고, 자신이 어린애라는 사실을 가르쳐주는 사람들이 있어서 다행이라고 생각했다.

「하지만 신유승이 있었다.」

어리광 피우지 않는 어린아이. 항상 별을 바라보는 소녀가 그곳에 있었다.

이길영 역시 같은 별을 바라보았다. 이길영도 좋아하는 별이었다. 그 별이 얼마나 슬픈 빛을 가지고 있는지, 마음을 숨기거나 거짓말을 하려고 할 때 어떤 색깔로 변하는지 이길영도 잘 알고 있었다.

「하지만 신유승처럼 잘 알지는 못했다.」

"언제까지 멍하게 있을 거야? 가자."

멍하니 고개를 돌린 신유승이 이쪽을 바라보았다. 그 시선을 마주 보며, 이길영이 신유승의 손을 잡아챘다.

두 아이는 달리기 시작했다. 꽉 잡은 작은 손에 땀이 배어나
왔다.

'나는 신유승만큼 독자 형을 이해할 수는 없어.'

신유승은 성좌 '구원의 마왕'의 화신이다. 그 누구도 둘의
사이를 갈라놓을 수도, 개입할 수도 없다.

"너만 형 걱정하는 줄 알아? 너만 슬픈 줄 아냐고."

끌려오는 신유승을 돌아보지 않은 채 이길영이 외쳤다.

이길영은 늘 신유승보다 어려 보이는 게 싫었다. 하지만 오
늘만큼은 어리광을 피우고 싶었다.

"난 한강 싫어. 바다가 더 좋아. 그리고 피자보다 치킨이 더
좋아."

자신 또한 저 별에게 구해졌기 때문이다.

"PC방이랑! 폰 게임이랑! 그리고……!"

멀리서 그가 좋아하는 별의 모습이 보였다. 이제 그것은 별
처럼 보이지 않았다.

"그리고……."

저 하늘을 지배하는 성좌들의 질투와 시기를 받은 그 별은.

【■■■■■■■■■■■…….】

즐겨 보던 웹툰에서 나오던 무서운 대악마처럼 보였다.

촉수가 흐물거리는 머리가 이쪽을 바라보는 순간, 달리던
이길영의 다리도 굳었다.

고층 빌딩보다 더 큰 높이로 자라난 이계의 왕.

이야기의 적.

이 세계를 파멸시킬 악당.

「신유승에겐 저 악마가 김독자로 보일까.」

"나도……."
떨림을 이겨내며 이길영은 중얼거렸다. 저것이 자신이 아는
김독자가 아닐 수도 있다는 공포.

[모두 속지 마라!]
[저자는 이 세계를 파멸시킬 것이다!]
[자기 자신밖에 모르는 존재입니다. 그에게 당신들의 생존
은 아무런 의미도 없습니다.]
사실은 그가 보고 있던 김독자는 틀렸고.

「"형은 혹시 신인가요?"
"……뭐?"
"아니면 '주인공'인가요?"」

저 도깨비들 말이 맞을지도 모른다는 두려움.

「"신도 주인공도 아냐. 오히려 늘 주인공을 부러워했지."」

가까스로 떨림을 멈춘 이길영이 용기를 내어 위를 올려다
보았다. 아득한 외신의 눈동자가 소년을 마주하고 있었다.

김독자의 마음은 보이지 않는다. 저 외신에게서 김독자처럼 느껴지는 것은 아무것도 없었다. 남은 것은 믿음뿐이었다.

—길영아, 관계라는 건 한 가지 방식으로만 맺을 수 있는 게 아냐.

언젠가 유상아에게 신유승과 관련된 고민 상담을 한 적이 있었다. 그때 유상아는 읽던 책을 덮으며 이렇게 말했다.

—같은 문장을 읽어도 모두 그걸 다르게 이해하는 것처럼. 그러니까…….

이길영은 책을 많이 읽는 편은 아니어서 그 비유가 와닿지는 않았다.
하지만.

—무슨 말인지 알 것 같아요.

이길영 또한 누군가와 소통하는 스킬이 있었다.

—사마귀나 바퀴벌레도 교감할 때 느낌이 모두 다르거든요.

[다종 교감]은 그런 스킬이었다. 자신과 완전히 태생이 다

른 존재와 교감하는 스킬. 하지만 소년에게 사람을 이해하는 스킬은 없었다.

김독자는 어떤 사람인가. 잘 모르겠다. 다만 김독자라는 사람을 생각하면 가장 먼저 떠오르는 것은 있었다.

머리나 몸통이 터진 사람들의 모습.

「"잠깐 실례 좀 할게."」

그의 손에 메뚜기 한 마리를 쥐여주던 김독자의 얼굴.

[설화, '벌레의 왕'이 이야기를 시작합니다!]

순간, 주변 정경이 흔들리며 소년의 안에서 설화가 깨어나고 있었다.

[성좌, '무저갱의 지배자'가 음험하게 웃습니다.]

어디선가 날아든 황충의 무리가 소용돌이치며 세상을 뒤덮기 시작했다.

「그날, 이길영은 그대로 열차가 뒤집혔으면 좋겠다고 생각했다. 그의 손안에서 죽어간 메뚜기처럼.」

가공할 격의 향연에 이계의 신격들이 비명을 질렀다.

〈스타 스트림〉의 성좌들이 메시지를 퍼붓기 시작했다.

[절대악 계통의 성좌들이 '무저갱의 지배자'에게 경고합니다!]

[일부 마왕이 화신 '이길영'의 힘에 경악합니다!]

맹렬하게 흐르는 설화가 성좌들의 시선을 아랑곳하지 않고 이야기를 계속했다. 그것은 어른들에게도 말한 적 없는 이야기였다. 같은 [다종 교감]을 가진 신유승만이, 어렴풋하게 아는 이야기.

「"돈도 없으면서 자식을 낳길 왜 낳아⋯⋯."」

지독한 갈탄 냄새. 죽은 바퀴벌레처럼 누워 있던 아빠와 엄마의 모습. 차가워진 살갗을 쿡쿡 눌러보던 기억.

영정사진도 없는 장례식이 끝나고, 자신을 보던 친척들의 눈동자.

「"영미 그 계집애 그럴 줄 알았어. 내가 그 놈팽이는 안 된다고⋯⋯."」

「"그래서 쟤는 누가 맡을 거야? 첫째 형네 집은⋯⋯."」

「"우리 집은 안 된다. 애가 셋이야."」

아주 어린 나이부터 거절당해온 삶에 대해, 이길영은 이야기할 언어를 아직 가지고 있지 못했다. 그것이 얼마나 커다란 상처인지 설명하고 표현할 능력이 없었다. 상처는 드러나지도 아물지도 못한 채 썩었다.

「"시설 찾아봐. 저런 애들 돌봐주는 곳 있어."」

이모 손에 이끌려 서울행 열차를 타고, 개미굴 같은 서울의 지하철 노선도를 마주하며 이길영은 어지러웠다. 세상의 복잡함을 이해할 수 없었다.

그렇게나 많은 굴을 지나며, 자신이 어디로 가는지 알 수 없었다.

채집망 속 메뚜기들이 길 잃은 아이처럼 울고 있었다.

「"애. 그거 버려, 빨리. 어차피 오래 살지도 못해. 징그럽게!"」

만약 그날 시나리오가 시작되지 않았다면 자신은 어떻게 됐을까.

"독자 형!"

이 사람들을 만나지 못했다면.

"독자 형! 저 여기 있어요!"

이길영은 목이 터지도록 부르짖었다. 목소리가 닿지 못해도 좋다. 김독자의 화신이 아니라도 좋다.

「"길영아. 이야기할 수 없으면 아무것도 말하지 않아도 돼. 하지만 하나만 기억해줘."」

다만 말해주고 싶었다.

「"네가 말하고 싶어졌을 때, 형이 옆에 있을게."」

독자 형은 악당 같은 게 아니라고. 그냥 평범한 사람들 사이에서 자신을 구해준, 평범한 사람이라고.

[죽여! 조금만 더 밀어붙이면 된다!]

[다른 세계선의 실패자들이야! 무시하고 밀어붙여! 지금 죽여야 끝난다!]

선두에서 싸우던 이계의 신격의 열이 밀리고 있었다. 한쪽 방위가 뚫린다 싶더니, 신화급 성좌들을 필두로 한 화신 무리가 김독자를 향해 진격했다.

막아야 했다.

츠츠츠츠츳!

[해당 행동은 관리국의 개연성으로 금지되어 있습니다.]

[당신이 비호하려는 대상은 '이야기의 적'입니다.]

설득해야 한다. 독자 형은 그런 사람이 아니라고.

하지만, 어떻게 해야.

쿠구구구구구……

밀려오는 적 앞에서도 김독자는 그저 벽처럼 서 있을 따름이었다.

가끔 뭔가 말하는 것 같기도 했지만 이해할 수 없는 말들이었다. 이해하고 싶었다. 무력하게 벽에 기대어 있기 싫었다.

김독자 편에 서고 싶었다.

이런 세계 따위 멸망해도 좋다. 김독자가 이야기의 적이라면, 나 또한 이야기의 적이 되겠다.

하지만 이길영이 이해하기에 김독자는 너무 어려웠다.

이길영은 자신이 어린아이라는 것이 싫었다. 어른이었다면. 한수영이었다면, 유중혁이었다면, 정희원이었다면…….

신유승이었다면.

꾹 쥔 손에 감각이 느껴졌다. 신유승이 그곳에 있었다.

"바보야. 정신 차려."

주변을 날아다니는 황충의 무리가 가라앉았다.

신유승이 말하고 있었다.

"나도 아저씨 이해 못 해."

[전용 스킬, '최상급 다종 교감'이 발동합니다!]

"그냥 이해하려고 노력하는 거야."

키메라 드래곤을 함께 다루던 두 아이의 스킬이 동시에 발동했다.

　서로를 가장 가깝게 이해할 수 있는 상태.

　이길영은 김독자는 읽을 수 없다. 하지만, 신유승은 조금 알 것도 같았다.

　두 사람이 함께 읽는 설화에 세계가 흔들렸다. 아주 어렴풋이 김독자의 얼굴이 보일 것 같았다. 자신이 아는 김독자의 모습이 보인 것도 같았다.

　[설화, '별의 구원자'가 설화, '벌레의 왕'과 이야기를 나눕니다!]

　"꼬맹이들."

　한수영이 아이들의 곁을 지키듯 섰다.

　그 옆을 이현성이, 정희원이, 다시 유상아가 지켰다.

　「아이들의 세계를 함께 바라보는 어른들이 있었다.」

　창공에서 이지혜의 전함이 그림자를 드리웠다. 전함의 포신 곁에 공필두와 이설화의 모습이 보였다. 언제든 포격할 준비가 되었다는 듯, 이지혜가 검을 뽑아 들었다.

　대도깨비 온새가 물었다.

　[지금 그를 비호하겠다는 겁니까? 그가 어떤 존재가 되었는지 알면서도 말입니까? 이미 저자는 당신들이 알던 '김독자'가 아닙니다. 이미 모든 진실이 만천하에 드러난 상황

에……!]

"웃기지 마. 그게 뭐가 진실이야. 너희가 보여준 건 그냥 편집한 영상일 뿐이잖아. 너흰 늘 그딴 식으로 시나리오를 만들었지."

한수영은 다가오는 성좌들을 향해 경고하듯 말했다.

"이야기의 적이 됐든 뭐가 됐든, 그놈은 우리 동료야. 그러니까 건드리지 마. 알겠냐?"

[성좌, '심연의 흑염룡'이 포효합니다!]
[성좌, '악마 같은 불의 심판자'가 자신의 격을 드러냅니다!]
[성좌, '가장 오래된 해방자'가 전격을 충전합니다!]

"건드리면 다 죽여버릴 거니까."

〈김독자 컴퍼니〉를 비호하는 성좌들이 움직이자, 전장의 흐름이 일순간 정체되며 스파크가 튀었다.

[일부 성좌가 화신 '한수영'의 말에 동조하며……!]

개연성의 흔들림을 감지한 대도깨비 하롱이 메시지를 중간에 끊었다.

[우습군. 그를 지키겠다고? 그의 말조차 이해하지 못하는 너희가?]

[<스타 스트림>이 대도깨비의 시나리오 개입을 경고합니다!]

자신이 원하는 대로 흘러가지 않는 시나리오가 답답하다는 듯, 후폭풍을 견디며 대도깨비가 묻고 있었다.

[지금 그의 모습이 보이지 않는 건가?]

김독자에게 다가왔던 화신들이 몸을 움츠리며 물러났다. 김독자에게 호의가 있던 화신도, 적의가 있던 화신도 모두 마찬가지였다.

까마득한 천공에 닿은 외신. 심연이 담긴 눈동자를 마주하는 순간 모두가 몸을 떨며 주저앉았다.

[너희는 그가 무엇을 느끼는지, 무엇을 욕망하는지, 어떤 생각을 하는지조차 알지 못한다. 너희는 고작 인간이기 때문이다. 한평생을 바쳐도, 하나의 존재조차 이해하지 못하는 존재들이기 때문이다.]

〈김독자 컴퍼니〉의 모든 일행이 김독자를 올려다보았다.

대도깨비의 말은 사실이었다. 그들은 김독자를 이해할 수 없다.

[당신이 비호하려는 대상은 '이야기의 적'입니다.]

자기 역할을 잊은 등장인물을 일깨우듯, 대도깨비가 외쳤다.

[너희에게 선택의 여지는 없다! 그를 죽여라. 그러지 않으면 이 시나리오는 끝나지 않는다!]

['이야기의 왕'이 마지막 시나리오의 향방을 지켜보고 있습니다.]

이 세계의 가장 오래된 이야기꾼이 무대를 내려다보고 있었다. 일행들과 함께 한수영은 고개를 들었다. 이 모든 시나리오를 총괄한 '이야기의 왕'이 존재하는 곳. 한수영은 아득하게 펼쳐진 '최후의 벽'을 바라보았다.

「저 벽이 그들의 이야기가 남겨질 곳이었다.」

"시나리오가 끝나지 않는다? 좋네. 그거, 모든 독자들의 소원이잖아."

[화신 '한수영'이 자신의 ■■에 근접했습니다.]

한수영은 김독자를 올려다보았다. 두족류의 거대한 머리통을 계속 노려보고 있자니, 김독자를 조금 닮은 것 같기도 했다.
"내가 쓰는 이야기에는 김독자 저 자식이 꼭 필요해."
마음에 들지 않는 원고지를 뜯는 작가처럼, 한수영이 거칠게 붕대를 풀었다. [흑염]으로 물든 그녀의 설화는 새카만 잉크가 풀어지듯 허공에 번졌다. 마치, 언제까지라도 쓸 수 있다는 듯이.

[<스타 스트림>이 화신 '한수영'의 결정에 놀랍니다!]

[다수의 성좌가 화신 '한수영'의 ■■에 경악하며……]

[당신이 비호하려는 대상은 '이야기의 적'……]

[해당 행동은 관리국의 개연성으로 금지……]

<u>ㅊㅊㅊㅊㅊ</u>……!

[성좌, '심연의 흑염룡'이 자신의 화신을 자랑스러워합니다.]

한수영이 씩 웃었다.

"영원히 시나리오를 끝내지 말자고."

[화신 '한수영'의 ■■은 '끝나지 않는 이야기'입니다.]

✳

4

모든 도깨비는 '대도깨비'를 꿈꾼다. 〈스타 스트림〉의 도깨비가 올라갈 수 있는 이야기의 정상.

그리고 정상에 오른 자들 역시 여전히 꿈을 꾼다.

비형은 거대한 방주의 전경을 차지한 '최후의 벽'을 바라보았다. 그렇게나 많은 이야기가 있었음에도, 여전히 벽의 대부분은 여백이었다.

[이렇게까지 할 필요가 있습니까?]

비형의 역정에 대도깨비들의 통신 라인이 조용해졌다.

마지막 시나리오의 하늘에서, 비형은 〈김독자 컴퍼니〉의 일행들을 내려다보고 있었다.

외신왕이 된 김독자의 모습.

그날의 지하철에서부터 마지막 시나리오에 이르기까지. 김독자가 '구원의 마왕'이 되고 '빛과 어둠의 감시자'가 되는 동안 비형은 상급 도깨비가 되었으며, 마침내는 대도깨비가 되었다.

「시나리오에 과도하게 몰입하는 것은 이야기꾼이 저지를 수 있는 가장 큰 실수다.」

도깨비의 본분은 많은 성좌의 시선을 끌어 '최후의 벽'에 새겨질 이야기를 남기는 것.

그러니 도깨비는 결코 시나리오에 끌려가서는 안 된다. 그곳에서 피어나는 설화들에 현혹되어서는 안 되고, 화신들의 고통에 이입해서는 더더욱 안 된다.

그럼에도 비형은 그 실수를 저지르고 있었다.

그들의 설화를 보며 오래전에 잊었던 몇 가지 감각을 깨우쳤다. 하나의 설화가 끝나고 다음 설화가 찾아오는 순간의 설렘. 자신이 짠 시나리오 안에서 성좌들이 기뻐하고 슬퍼하는 것을 볼 때의 벅참.

비형은 김독자에게 '시나리오'를 배웠다.

[저들은 시나리오를 잘못 수행하고 있는 게 아닙니다. 애초에 시나리오라는 건 가역적인 흐름입니다. 많은 별들이 원하는 방향으로 흘러가는 흐름이란 말입니다. 〈스타 스트림〉의 다른 성좌들도—]

[자네가 키운 설화라고 애지중지하는 모양인데, 더 큰 이야

기의 흐름이란 게 있네.]

비형은 소리를 지르려다가 참았다. 모든 대도깨비가 그에게 집중하고 있기 때문이었다. 빌어먹게도 지금 비형은 그 대도깨비들의 막내였다.

줄곧 침묵을 지키고 있던 대도깨비 가랑이 입을 열었다.

[자네처럼 젊은 도깨비는 저런 결말이 신선하게 보이겠지. 하지만 나는 저런 설화를 많이 보아왔네. 먼 우주의 역사에 〈스타 스트림〉을 원망하고 부수려 한 자가 하나뿐이었는 줄 아는가?]

대도깨비 가랑. 세상에서 가장 오래된 도깨비 중 하나이자, 누구보다 '도깨비 왕'에 가까운 도깨비.

[무수한 멸망이 있었네.]

그 어조에서 새어나오는 회한을 비형은 제대로 헤아릴 수 없었다. 하지만 헤아릴 수 없기에 보일 수 있는 치기도 있었다.

[모든 멸망이 같은 멸망은 아닙니다.]

몇몇 대도깨비가 경고하듯 비형을 노려보았다. 비형은 움츠러들지 않으려 노력하며 가랑의 시선을 마주 보았다.

현묘한 눈으로 그를 바라보던 가랑은 한참 후에야 입을 열었다.

[그럴지도 모르지. 저들이 꿈꾸는 ■■은 다른 설화들과는 조금 다르니까.]

그 발언이 심기에 거슬렸는지, 지켜보던 대도깨비 온새가 끼어들려는 움직임을 보였다. 가랑은 손을 들어 그를 제지하며 말을 이었다.

[그 '다름'이 위험한 걸세. 모든 설화가 반드시 다음 설화의 토대가 되는 것은 아니야.]

[무슨 말씀이십니까.]

[어떤 설화는 시나리오 전체를 망가뜨리기도 한다네.]

가아아아아아아!

'이름 없는 것들'의 비명.

한때는 모두 다른 시나리오의 참가자였던 존재. 그들이 절규하며 성좌들을 공격하고 있었다. 그 중심에 이계의 신격을 이끄는 외신왕 김독자가 있었다.

「이야기의 적.」

비형이 알기로, 어떤 재앙에도 그런 호칭이 붙은 적은 없었다. 그런 언질조차 듣지 못했다.

김독자의 저항을 보며 가랑이 말을 이었다.

[모든 시나리오의 시작에서 주인공은 세계의 일탈을 겪지. 등장한 적과 싸우고, 갈등을 겪고, 무언가를 희생하며 승리를 쟁취한 후 본래 세계로 돌아가 보상을 받아.]

비형도 아는 이론이었다.

모든 하급 도깨비가 제일 먼저 듣게 되는 시나리오의 낡은 법칙.

[고루하지만 그것이 시나리오의 핵심이야. 그 순환을 지켜

야 다음 시나리오가 만들어질 수 있고, 그다음 세계선이 열릴 수 있는 걸세. 갈등은 봉합되고, 상처는 치유되고, 세계는 아무 일도 없었던 것처럼 무사해야 하네.」

먼 산등성이의 자락이 무너지며 폭발하고 있었다. 모여드는 성좌가 늘어나고 있었다. 비형도 알고 있었다. 본래 이 '마지막 시나리오'는 예정되어 있던 것이었다.

「세계의 멸망이 찾아오고, 그것을 이겨내는 것.」

'외신왕'이라는 가상의 적은 오직 그것을 위해 존재했다. 서로 반목하던 별들은 강력한 대적의 강림에 힘을 합치고, 그에 맞서 싸운다. 누군가는 살고 누군가는 죽겠지만 갈등은 해결된다. 세계는 평화로워진다. 호사가들은 그 역사를 노래하고 전승한다.

「그리고 아무것도 변하는 것은 없다. 〈스타 스트림〉은 계속된다.」

그것이 바로 도깨비들이 추구하는 '시나리오'의 정체였다. 시나리오는 순환되고 반복되어야만 한다.

[절대다수의 성좌가 '최후의 시나리오'에 열광합니다!]

〈스타 스트림〉이 무엇인지, 시나리오가 어째서 계속되는지

아무도 알지 못하도록, 성좌들은 계속해서 새로운 이야기를
공급받아야만 한다.

　하지만 그것을 거부하는 이들이 있었다.

　[거대 설화, '마계의 봄'이 이야기를 계속합니다!]
　[거대 설화, '신화를 삼킨 성화'가 정해진 전개를 거부합니다!]

　그들에게 정해진 시나리오를 거부하는 자들.
　그리하여 〈스타 스트림〉의 존재 자체를 무너뜨리려 하는
이들.

　[화신 '한수영'의 ■■은 '끝나지 않는 이야기'입니다!]

「끝나지 않는 이야기」.
　끝을 끝이라 말하지 않는 모순의 ■■이 그곳에서 환하게
빛나고 있었다.
　우주의 이야기꾼이 아닌 한낱 필멸의 존재가 정한 결말이
었다.
　〈스타 스트림〉의 순환을 거부하고, 영원한 싸움을 택한 존
재들.
　콰아아아아.
　폭음 속에서, 마침내 대도깨비 가랑이 선언했다.
　[이번 세계선은 여기서 판을 접도록 하지.]

그때까지 침묵을 고수하던 대도깨비들도, 서로 눈치만 보던 대도깨비들도 동시에 고개를 끄덕였다.

비형이 뭐라고 나서기도 전에 곁에 있던 바람이 말했다.

[비형, 미안하지만 일이 이렇게 됐네. 이번에는 자네가 참아야 해.]

바람의 표정을 본 순간 비형은 깨달았다. 이곳에 모인 대도깨비들은 우주 제일의 이야기꾼이다. 시나리오를 지배하고, 별들을 농락하며 이 세계관을 관장해온 지배자들.

그런데 이들은 처음으로, 자신들이 만든 '이야기'가 두려워진 것이었다.

[메인 시나리오 강제 집행에 남은 개연성을 모두 사용하겠습니다.]

시나리오 강제 집행은 도깨비가 행사할 수 있는 최후의 수단이었다.

〈스타 스트림〉의 흐름을 강제로 제어하는 만큼 말도 안 되는 개연성이 필요한, 「데우스 엑스 마키나」의 일종. 특히 마지막 시나리오에 행사되는 만큼, 그 양은 상상을 불허했다.

츠츠츠츠츠츠츠

관리국의 개연성이 움직이자, 〈스타 스트림〉의 모든 하늘이 눈부신 스파크로 뒤덮였다. 세계선 어디에도 어둠이 발을 붙일 곳은 보이지 않았다.

[저들은 '악'으로 끝나야 합니다.]

대도깨비들의 뜻에 동조하는 거대 설화들이 그들을 지원하고 있었다.

[거대 설화, '멸망한 신화의 성전'이 관리국의 의지에 따릅니다!]
[거대 설화, '신새벽의 도래'가 이야기의 흐름에 동조합니다!]
[거대 설화, '불멸의 올림포스'가 관리국의 뜻을 존중합니다!]

비형은 한 걸음 떨어진 곳에서 대도깨비들이 써 내려가는 최종장을 지켜보고 있었다.

[거의 모든 대도깨비가 당신에게 의결을 강요합니다.]

그는 아직 이 결말에 동의하지 않았다.
[비형!]
바람의 외침에도 비형은 대답이 없었다.

[<스타 스트림>이 대도깨비들의 개입에 반발합니다!]

허공의 스파크는 곧 대도깨비들에게도 전이되었다. 가공할 후폭풍이 밀려오고 있었다. 아무리 대도깨비라고 해도, 시나리오 개입은 이만큼이나 큰 대가를 요구한다.
[나 '대도깨비 가랑'은 정식으로 시나리오에 관여할 것을 선언한다!]
가랑의 발언을 시작으로 대도깨비가 선언을 이어갔다.

[나 '대도깨비 녹수'는 정식으로 시나리오에……]

[나 '대도깨비 하람'은…….]

열 명이 넘는 대도깨비가 모두 결의를 다지고 있었다.

정식으로 시나리오에 개입한다는 것. '이야기꾼'의 방관자적 직위를 내려놓겠다는 의미였다.

잠시 후, 허공에서 메시지가 들려왔다.

[<스타 스트림>의 개연성이 대격변을 일으킵니다!]

[<스타 스트림>이 메타적인 개입을 용인합니다.]

[이제부터 '이야기꾼'은 시나리오의 방관자가 아닙니다.]

[다수의 성좌가 '대도깨비'의 선택에 큰 충격을 받습니다!]

[일부 성좌가 '대도깨비'의 만행에 강한 질타를……!]

비형은 대도깨비들을 바라보았다. 반발하는 성좌들의 메시지를 무시하면서까지 이 세계를 종결지으려 하는 그들의 의지를 바라보았다.

어쩌면 그들은 너무 오랫동안 '시나리오'를 써왔는지도 모른다.

멀리서 그런 대도깨비들을 응시하는 시선이 있었다. 비형은 그 시선과 마주했다.

외신왕이 되고, '이야기의 적'이 된 김독자.

시나리오 외부의 존재가 된 그의 말은, 이제 비형조차 이해할 수 없었다. 그럼에도 왜일까. 비형은 그 순간 김독자가 웃고 있는 것 같았다.

어쩌면, 대도깨비들은 아직도 저 녀석을 잘 모르고 있는지도 모른다. 김독자가 어떤 존재인지. 시나리오에 정식으로 개입한다는 것이 어떤 의미이며, 등장인물이 된다는 것은 무슨 뜻인지.

비형은 묵묵히 그 시선을 받으며 걸음을 내디뎠다.

[당신의 ■■이 당신을 부르고 있습니다.]

마침내 비형도 자신의 ■■을 결정할 차례였다.

¤ ¤ ¤

대도깨비의 개입과 함께, 시나리오의 균형이 일그러지기 시작했다.

[당신이 비호하려는 대상은 '이야기의 적'입니다.]

[관리국의 개연성이 당신의 행동을 억제합니다!]

한수영을 비롯한 일행 모두가 개연성의 후폭풍에 휘말리고 있었다.

새파란 스파크가 일행들의 전신을 족쇄처럼 휘감았다.

"수영 씨, 이거!"

"이 개자식들이…… 이대로 시나리오를 끝낼 속셈이야."

[거대 설화, '빛과 어둠의 계절'이 고요히 분노합니다.]
[거대 설화, '잊혀진 것들의 해방자'가 이야기를 시작합니다!]

〈김독자 컴퍼니〉의 거대 설화들이 관리국에 저항하기 위해 안간힘을 썼다.

하지만 역부족이었다.

그들의 상대는 이 세계에서 가장 강력한 '거대 설화'였다.

[지금이다! 머리를 공격해!]

'이름 없는 것들'의 틈을 비집고 들어온 성좌들이 마침내 김독자를 향해 포화를 퍼붓기 시작했다.

"김독자!"

한수영이 외쳤지만 목소리는 닿지 않았다.

[당신은 대상을 비호할 수 없습니다.]
[당신이 비호하려는 대상은 당신이 알 수 없는 존재입니다.]

"개소리하지 마."

대도깨비가 남긴 말이 저주처럼 떠올랐다.

인간은 한평생을 바쳐도 하나의 존재조차 이해하지 못한다.

「하지만 그들은 한 사람이 아니었다.」

한수영은 주변을 둘러보았다. 이현성이, 정희원이, 이지혜가, 다시 신유승과 이길영이, 마지막으로 전함 위의 동료들이 그녀를 바라보았다.

어쩌면 이들 중 김독자가 아닌 이는 없다. 이곳의 모두는 적어도 한 움큼씩은 김독자의 생에 대한 지분이 있다.

그런데 한 사람이 부족했다.

'이 자식 어디 갔어?'

한수영은 입술을 질끈 깨물었다. 하지만 더 이상 기다릴 수 없었다.

"아아아아아아아!"

몸이 찢어지는 듯한 비명을 지르며, 정희원이 움직였다. 후폭풍이 근육을 파열시키고, 혈관을 터뜨리고 있었다. 그녀는 피 칠갑이 된 몸을 비틀거리며 앞으로 나아갔다. 심판자의 검을 굳게 쥔 채, 한 걸음 한 걸음 김독자를 향해 움직였다.

김독자를 베기 위해서가 아니었다.

카가가가가각!

날아드는 성좌의 날붙이를 튕겨낸 정희원이 울컥 피를 토했다.

그 뒤를 이현성이 따랐다.

쿠드드드드.

외신이 된 김독자가 후폭풍 속에서 성좌들을 상대하고 있었다. 그런 김독자를 동료들이 스파크 속에 넝마가 되어가며 지키고 있었다.

한수영은 그들을 보았다.

이렇게나 많은 사람들이 있다.
모두, 너를 지키고자 하는 사람들이다.

[설화, '예상표절'이 이야기를 시작합니다!]
[설화, '별의 구원자'가 '구원의 마왕'을 찾습니다.]
[설화, '벌레의 왕'이 '구원의 마왕'을 찾습니다.]
[설화, '멸망의 심판자'가 '구원의 마왕'을 찾습니다.]

그 모든 설화가 김독자에게 감응하고 있었다. 자신이 아는 김독자를 부르짖고 있었다.

[설화, '예상표절'이 이야기를 계속합니다!]

이해하지 못해서 함께하지 못하는 것이라면, 그래서 지켜줄 수 없는 것이라면.

[다수의 성좌가 <김독자 컴퍼니>의 비극에 탄식합니다.]
[일부 성좌가 관리국의 농간에 항의하며……!]

한수영의 입가에 피가 맺혔다. 과열된 머리에 현기증이 일고 의식이 가물거렸다.

누군가가 그녀의 어깨를 짚은 것은 그때였다.

곱슬거리는 금발이 눈앞을 지나친다 싶더니, 뭔가가 일행들을 보호하고 있었다. 마치 투명한 벽이 그들을 감싸고 있는 것 같았다.

['불가능한 소통의 벽'이 <김독자 컴퍼니>를 보호합니다!]

벽을 각성한 장하영이 한수영을 부축하며 김독자를 향해 걸음을 옮겼다.

"여기, 나보다 구원의 마왕 좋아한 사람 있어?"

장하영의 저변으로 스파크가 튀어 올랐다. 뿔뿔이 흩어진 문장들. 일행들의 설화가 그녀를 중심으로 떠돌기 시작했다.

「독자 씨, 이제 잃어버린 물건 이야긴 안 하겠습니다. 지겨우신 것 같아서…….」

「형, 나 여기에 있어요. 하고 싶은 얘기가 있어요.」

「걱정 마요, 아저씨 두고는 아무 데도 안 갈 거니까.」

<김독자 컴퍼니>가 쌓아온 설화들이, 하나의 테마로 엮이고 있었다.

['최후의 벽'의 조각 일부가 세계에 모습을 드러냈습니다!]

[대도깨비들이 경악합니다!]

['불가능한 소통의 벽'이 자신의 조각을 끼웁니다.]

불가해한 괴물처럼 보이던 외신왕 김독자의 일부가 한순간
흰빛으로 물들었다.

무엇이든 쓸 수 있을 것 같은 하얀 벽면.

장하영이 부축한 한수영을 바라보았고, 한수영은 장하영에
게 의지한 채 김독자를 향해 손을 뻗었다. 그러자 벽의 감촉이
느껴졌다. 차갑고 무뚝뚝한 벽.

[성운, <김독자 컴퍼니>의 첫 번째 '테마'가 공개됩니다!]

벽은 그 너머에 누군가가 존재한다는 것을 알리기 위해서
그곳에 있었다. 이 세상에는 벽이 필요한 사람이 있다는 것을
알려주기 위해서.

서로가 다치지 않고서도 이야기할 수 있다는 걸 알려주기
위해서.

한수영은 불가능한 소통의 벽 위에 자신의 첫 문장을 썼다.

「멍청아.」

자신이 썼다고는 믿을 수 없을 만큼 멍청한 한마디였다. 하
지만 한수영에게는 다음 문장을 쓸 기력이 남아 있지 않았다.

벽이 흔들린 것은 그때였다.

가벼운 노크 소리와 함께, 그녀가 쓰지 않은 다음 문장이 벽 위에 떠올랐다.

「■■■…… 한수영.」

김독자다. 이건 분명 김독자의 문장이다. 목소리가 들리지 않아도 알 수 있다.

한수영은 다급하게 다음 문장을 썼다.

「뭐야, 멀쩡하네.」

작가라고 자신의 문장을 모두 통제하지는 못한다. 그리고 한수영은 이렇게밖에 쓸 수 없는 사람이었다.

하지만 김독자는 읽어낼 것이다. 김독자는 그녀가 아는 최고의 독자니까.

툭.

가볍게 부딪치는 노크 소리가 김독자의 웃음소리처럼 들렸다. 곳곳에서 부딪치는 병장기 소리에 귀가 아팠다. 일행들이 분투하고 있다. 여유를 부리고 있을 새는 없었다.

「처음부터 이렇게 될 줄 알고 있었지?」

「…… ■■■■■」

벽에 적힌 문장은 제대로 보이지 않았다.
아까의 소통이 그저 희박한 확률의 우연이었던 것처럼.

「야! 알아볼 수 있게 적어!」

장하영의 도움이 있음에도, 김독자의 메시지는 여전히 보이지 않았다.

['불가능한 소통의 벽'이 자신의 힘을 개방합니다!]

<u>츠츠츠츠츳!</u>
너무 많은 문장이 맥락 없이 벽 위를 떠돌고 있었다. 모두 자신과 일행들이 김독자에게 한 말이었다. 어떤 문장은 또렷하게 보였고, 어떤 문장은 제대로 보이지 않았다.
"수영아."
"알아."
한수영은 장하영의 말을 들으며 다시 한번 손을 벽에 가져다댔다. 떠도는 문장들을 조합해 어떻게든 김독자의 메시지를 찾아내기 위해 애썼다.

[설화, '예상표절'이 이야기를 시작합니다!]

[대상은 당신이 이해할 수 없는 존재입니다!]

활자와 활자를 잇는 것은 맥락이다. 맥락 없는 바다에 펼쳐진 활자들은 마치 처음부터 읽지 못하게 만들어진 책 같았다.

「"퇴근하겠습니다."」

「"등산 가면 보조 배터리 주신다고요?"」

한수영이 할 수 있는 일은 그 맥락 없는 문장들을 어떻게든 연결해보는 것이 전부였다. 말이 안 되는 문장에 맥락을 부여해 의미를 만든다. 전개가 아닌 것을 전개처럼 보이게 배치한다. 하지만 역부족이었다. 아무리 이어도 언제나 의미가 빈 부분이 있었다.

"김독자! 말해! 계획이 뭐냐고! 지금부터 우리가 어떻게 해주길 바라는 건데!"

답장은 돌아오지 않았다. 포효하는 외신왕이 성좌들과 전투를 벌이고 있었다. 피를 흘리는 일행들이 후폭풍 속에서 쓰러져갔다.

한수영은 이를 악물었다. 김독자가 말해주지 않는다면 그것으로도 좋다. 중요한 것은 김독자의 의도를 읽는 것이다. 일행들에게 계획을 전하지 않은 채 움직인 의도. 외신왕을 택한 김독자의 생각을 알아내는 것이다.

그러자 하나둘, 단어가 모이기 시작했다.

「만약 멸살법이 유료였으면 나는 지금까지 얼마를 쓴 거지?」
「통장에 2000만 원 있으면 어떤 기분일까.」
「방이 두 개면 나머지 방에는 보통 뭘 넣는 거지?」

"넌 바깥에서 만났으면 절대 친구 안 했어."
메모처럼 내던져진 단어들. 한수영은 단어와 문장을 모았다.
훌륭한 작가는 먼저 훌륭한 독자여야 한다.
한수영은 그런 것을 읽는 법을 알고 있었다.

「돈은 대체 어떻게 버는 거지.」

때로는 자신이 읽어낼 수 없는 문장이 있다는 사실을 받아
들이고 그저 페이지를 넘기는 수밖에 없다. 그래서 언젠가 다
시 그 페이지로 돌아왔을 때 그 문장을 다시 읽을 수 있도록.

[대상은 당신이 이해할 수 없는 존재입니다!]

페이지를 넘기고 또 넘겨서, 다음 장을 넘기고 또 넘겨서,
그 이해 불가능한 문장에 대한 단서를 필사적으로 그러모으
는 수밖에 없다.

「내 인생에는 돈 벌 개연성이 없나?」

ㅊㅊㅊㅊㅊ.

멀리서 정희원이 무릎 꿇는 것이 보였다. 달려온 이설화가
그녀를 부축했고, 유상아와 이현성이 정희원을 향해 날아드는
병장기를 막아냈다.

[관리국의 개연성이 당신의 시나리오 개입을 억제하고 있습니다!]

김독자 말이 맞다. 모든 게 다 개연성 때문이다.
김독자가 가난했던 것도, 그들이 이런 꼴이 된 것도.

[관리국의 개연성이 당신의 몸을 구속합니다!]

이 세계에서 개연성은 곧 힘이다. 더 그럴듯한 개연성을 가
진 쪽으로 시나리오는 흘러간다.

[당신의 성운은 지나치게 많은 개연성을 위반했습니다.]

한수영도 알고 있었다. 이 후폭풍은, 그동안 운 좋게 넘겨온
위기들의 대가였다. 이렇게나 많은 일행이 있음에도, 아무도
잃지 않고 마지막 시나리오까지 왔다.

반면 이곳까지 온 다른 화신들은 그들보다 많은 것을 희생해야 했다.

「어째서 저들만…….」

「이건 불공평해.」

「우리가 얼마나 힘들게 여기까지 왔는데.」

　〈김독자 컴퍼니〉는 지나치게 많은 개연성을 어겨왔다. 희생이 필요한 모든 곳에 희생하지 않았다. 정확히는 오직 한 사람만이 반복해서 희생해왔다.

　"김독자."

　그는 몇 번이나 죽었고, 다시 살아났다. 죽었어야 할 존재를 살리기도 했다. 부활 특성을 이용해서, 혹은 명계를 방문하면서. 미래를 바꾸면서.

「그래서 김독자는 '이야기의 적'이 될 수밖에 없었다.」

　〈김독자 컴퍼니〉가 쌓아온 거대 설화에는 개연성이 부족했기 때문에.

　한수영이 벽을 긁듯 문장을 그러쥐었다.

　새로운 문장이 떠오른 것은 그때였다.

「"당분간 성운 금고는 네가 맡아."」

그것은 얼마 전 한수영과 김독자가 나눈 대화였다.

「"뭐야, 다 써버려도 난 모른다?"」

시스템을 통해 위임받은 금고 관리 권한.

짠돌이 김독자가 웬일인가 싶었다. 그때는 돈 관리가 귀찮으니 떠넘기는 것으로 생각했다.

[성운의 잔고를 확인하시겠습니까?]

하지만 김독자가 정말 그런 이유로 누군가에게 '금고'를 넘길까.

한수영은 홀린 듯 금고를 열었다.

「"많이도 모았네. 쪼잔한 자식. 이렇게 아껴서 뭐 하려고?"」
「"다 쓸 곳이 있어."」

금고 속에 쌓인 막대한 코인. 세상의 모든 별이 탐낼 금은보화가 그곳에 있었다. 이 세계의 가장 기본적인 후원 단위이자, 시나리오를 움직이는 동력.

「이 세계에서 가장 강력한 설화 중 하나는 '코인'이다.」

하지만 코인으로 화신체를 강화하는 것에는 한계가 있었다. 그렇다고 '도깨비 보따리'를 통해 살 만한 게 남아 있는 것도 아니었다.

항상 궁금했다. 그럼에도 녀석이 악착같이 코인을 모은 이유가.

[코인을 '거대 설화'의 성장에 사용하시겠습니까?]

그리고 이제야 한수영은 그 이유를 알게 되었다.

"사용한다."

[성운에 비축되어 있던 143,245,199코인을 개연성으로 지불합니다!]

그녀의 선언이 떨어지자마자, 살코기를 탐하는 맹수처럼 주변 설화들이 달려들었다. 황홀한 금빛이 일대를 뒤덮기 시작했다.

[거대 설화, '마계의 봄'이 코인의 설화를 탐식합니다!]
[거대 설화, '신화를 삼킨 성화'가 몸집을 불립니다!]
[거대 설화, '빛과 어둠의 계절'의 대비가 더욱 뚜렷해집니다!]

자본을 먹은 거대 설화는 더 강력한 힘을 가진다.

설화의 세부를 더욱더 충실하고 강력하게, 화려하게 구현한다.

쿠구구구구구구.

거대 설화의 저력이 관리국의 개연성에 저항하기 시작하자, 대도깨비들과 성좌들도 당황한 모습이었다.

정희원의 검이 조금씩 가벼워지고 있었고, 이현성의 방패가 더욱 단단해지고 있었다. 신유승과 이길영이 소환한 괴수종과 충왕종이 몰려오며 후미의 성좌들을 물어뜯었다.

"발사!"

이지혜의 전함이 발포를 시작하자 달려들던 전방의 화신들이 흔적도 없이 사라졌다. 하지만 승산이 보이던 것도 잠시뿐이었다.

[관리국의 개연성이 제재 수위를 높입니다!]

과도한 개연성의 사용에 천공에 새카만 균열이 번지기 시작했다. 시나리오 무대 전체가 흔들리고 있었다.

몇몇 대도깨비의 입에서 설화가 흘러내렸다. 이번 전투는 그들에게도 생사를 건 사투였다. 자신들이 원하는 결말을 만들기 위해, 도깨비들은 이 시나리오에 직접 뛰어들어 이야기의 일부가 되었다.

"흑염룡!"

거친 [흑염]이 한수영의 주변을 감쌌다. 날아드는 공격을 걷어내며, 전방을 향해 [흑염]을 쏘아 올렸다. 바로 곁에서는 장하영이 무림의 스킬로 한수영의 등을 지키고 있었다.

한수영은 생각했다.

왜 김독자는 이 역할을 자신에게 맡겼을까.

얼마든지 자신보다 잘 어울리는 사람이 있었다. 예를 들면 어떤 이야기의 주인공.

그런데 김독자는 자신에게 이 역할을 맡겼다.

스스스스스······.

장하영의 벽이 다시 흩어지고 있었다. 힘을 모두 소진하여 되돌아가는 벽. 관리국의 제재에 숨을 쉬기가 버거웠다. 잠깐 닿은 듯하던 김독자는 다시 멀어져갔다. 이야기의 흐름은 대도깨비들에게 다시 넘어가고 있었다.

한수영이 소리를 내질렀다.

[당신의 ■■은 '끝나지 않는 이야기'입니다.]

누구도 잃지 않는 이야기.

모든 시나리오의 끝에서, 커다란 집에 모두 함께 모여 사는 이야기.

그 소박한 꿈을 위해 일행들은 싸웠다.

하지만 개연성이 부족해서 그 꿈은 이루어질 수 없다.

[성좌, '심연의 흑염룡'이 자신의 화신을 바라봅니다.]

그 순간 한수영의 머릿속에 빛이 번쩍였다.
부족한 개연성.

「김독자가, 자신도 유중혁도 아닌 한수영에게 이 역할을 맡긴 이유.」

[성좌, '해상전신'이 화신 '한수영'을 바라봅니다.]

투두둑…… 자상을 입은 어깨에서 피가 흘러내렸다. 한수영은 어깨를 붕대로 대충 감은 채 하늘을 올려다보았다.
내리치는 스파크 너머로 드리워진 아득한 〈스타 스트림〉의 별들. 그 어느 때보다도 많은 성좌들이 이 세계의 마지막을 지켜보고 있었다.

[다수의 성좌가 시나리오의 진행에 불만을 갖고 있습니다!]
[상당수의 성좌가 관리국과 신화급 성좌들의 횡포를 비난합니다!]

한수영은 비릿하게 웃었다.
"그래, 너흰 성좌들이니까……."
김독자는 알고 있었을 것이다. 왜냐하면 그 녀석도 성좌니까. 어떻게 해야 시나리오가 더 재미있어지는지, 어떻게 해야 더 긴장감이 생기는지 누구보다 잘 아는 독자니까.

「그래서 김독자는 일행들에게 말하지 않았던 것이다.」

한수영은 손을 꾹 쥐었다. 모든 코인을 사용했기에 빈손이었다.

하지만 김독자가 그녀에게 남긴 것은 코인이 아니었다.

"첫 번째 시나리오가 시작될 때 너희가 말했지. 우리보고 공짜로 살아왔다고. 그러니 앞으로는 대가를 지불하라고."

김독자가 남긴 것은.

[성좌, '대머리 의병장'이 화신 '한수영'의 말에 집중합니다.]
[성좌, '외눈 미륵'이 화신 '한수영'의 말에 집중합니다.]

그들이 살아온 삶 전체였다.

"그 말, 너희에게 돌려줄게."

한수영의 신호와 함께, 기다렸다는 듯 비유가 채널을 차단했다.

성좌들의 채널이 암전되었다.

[채널 BY-9158의 모든 송신화면이 차단됩니다.]

[성좌, '천제의 풍신'이 갑작스러운 암전에 당황합니다!]

[성좌, '조선제일술사'가 다음 장면을 보고 싶어합니다!]

　세계가 암흑에 빠지자, 다른 시나리오 지역에서 채널을 보던 성좌들이 당황하는 목소리가 들렸다.

　〈김독자 컴퍼니〉 채널의 구독좌는 모두 비유의 채널을 경유해야만 한다. 다른 채널에 소속되어 있던 구독좌들도, 이 순간만큼은 비유의 채널을 통해서만 세계를 볼 수 있는 것이다.

　"우리 이야기는 이제 유료야."

　유료화 선언과 함께 채널에는 깊은 침묵이 내려앉았다.

　캄캄한 암전 속에서 들려오는 것은 한수영의 가쁜 숨소리뿐이었다.

　"이 비극을 계속 보고 싶으면—"

　지금 〈김독자 컴퍼니〉에게 부족한 것은 '개연성'이었다.

　개연성. 이야기의 자연스럽고 그럴듯한 흐름.

　오직 수많은 성좌들의 시선과 그들이 후원한 코인으로만 바꿀 수 있는 법칙.

　"너희도 대가를 지불해."

　이제야 그녀는 김독자의 모든 계획을 이해했다. 이해했기에 그렇게 말할 수 있었다. 일행들을 살리기 위해 그가 살아온 비극 전체를 파는 것. 언젠가 그의 어머니가 그랬듯이.

　김독자는 〈김독자 컴퍼니〉가 만든 비극을 팔아, 이 시나리오를 바꾸고 싶었던 것이다.

[절대다수의 성좌가 크게 동요합니다!]

한수영의 선언에 성좌들은 망설였다. 한수영은 언젠가 처음으로 자신의 소설이 유료화됐던 기억을 떠올렸다.

「작가님, 내일부터입니다.」

그날도 지금과 같은 기분이었다. 앞으로의 미래를 전혀 알수 없는 기분.

내 글을 얼마나 많은 사람이 읽어줄까.

이 이야기를 팔아서 내가 얼마나 살아갈 수 있을까.

'빌어먹을 김독자. 나한테 이런 역할을 맡겼다 이거지.'

지금 그녀가 팔아야 하는 것은 소설이 아니었다.

[거대 설화, '마계의 봄'이 다음 이야기를 하고 싶어합니다!]

[거대 설화, '신화를 삼킨 성화'가 다음 이야기를 하고 싶어합니다!]

[거대 설화, '빛과 어둠의 계절'이 다음 이야기를 하고 싶어합니다!]

[거대 설화, '잊혀진 것들의 해방자'가 다음 이야기를 하고 싶어합니다!]

〈김독자 컴퍼니〉의 피와 눈물로 쓰인 문장들.

그녀가 팔아야 하는 것은 그들의 삶이었다. 함부로 고칠 수도, 농담처럼 이야기할 수도 없는 설화들.

그럼에도 한수영은 그 설화를 성좌들 앞에 내놓았다.

비유가 허공에서 우려 섞인 눈으로 그녀를 내려다보고 있었다. 한수영은 안심하라는 듯 씩 웃었다.

"아무도 없어? 아쉽네. 이제 엄청 재밌어지려는 참인데."

이것은 오직 그녀만 할 수 있는 일이었다. 〈김독자 컴퍼니〉에서 악역을 담당해야 하는 한수영만이 팔 수 있는 이야기.

그녀에게 동조하듯 외신왕의 움직임이 둔해지고 있었다. 어쩌면 슬퍼하고 있는지도 모른다.

[우습군. 너희 이야기 따위를 누가 궁금해한다는 거지?]

침묵을 깬 것은 신화급 성좌 포세이돈이었다. 멀리 다른 신화급 성좌들의 모습도 보였다. 모두 한수영을 비웃고 있었다.

[너희 '설화'에 그만한 가치가 있다고 생각하는 건가?]

대도깨비들도 마찬가지였다. 최후를 앞둔 한수영의 선택을 실책이라 생각하는 눈치였다.

츠츠츠츠츳!

성좌들이 빠져나가자 채널 규모는 줄어들었다. 기회를 틈타 난립하는 채널들도 있었다. 〈김독자 컴퍼니〉를 적대시하는 도깨비들이 만든 채널들.

[끝내라.]

뒤쪽에서 제자리를 지키던 성좌들이 움직였다. 신화급, 또는 그에 거의 준하는 최상위 격 성좌들이었다.

[성좌, '우주의 순환을 책임지는 자'가 시나리오의 전장을 관망합니다!]

[성좌, '연기 나는 거울'이 시나리오의 전장에 현현합니다!]

[성좌, '천둥과 전쟁의 주인'이 시나리오의 전장에 현현합니다!]

인도 신화의 브라흐마.

아즈텍 신화의 테스카틀리포카.

슬라브 신화의 페룬까지.

줄곧 하위 시나리오에는 모습을 드러내지 않던, 다른 거대 성운의 성좌들. 그들을 움직이는 것 또한 '설화'였다. 거대 설화들의 준동이 시작되자 전장을 압박하는 흐름이 더욱 거세졌다.

갸아아아아— 퍼거걱!

김독자를 향해 다가오는 성좌들을 필사적으로 막아내던 '이름 없는 것들'이 무차별적으로 터져나가고 있었다.

신화급 성좌들은 각 성운의 '거대 설화'에 큰 지분을 가진 존재들. 그들이 개연성을 움직이자 전황은 순식간에 성좌들 쪽으로 기울었다.

한수영은 다가오는 별들의 파도를 바라보며 중얼거렸다.

"너희가 보지 않는 곳에서도 우린 어떻게든 살아가겠지."

화면은 꺼졌지만 여전히 음성은 남아 있었다. 그러니 지금 그녀의 목소리는 채널의 모든 성좌에게 들리고 있을 것이다.

「한수영도 알고 있었다. 모든 성좌가 그들을 좋아하는 것은 아니었다.」

〈김독자 컴퍼니〉에게는 적이 많았다. 누군가는 그들의 설화를 응원했지만, 누군가는 그들을 질투하거나 심지어는 증오했다. 근본을 찾을 수 없는 악의도 있었다.

하지만 그 모든 희로애락에는 공통점이 있었다.

그들이 어떤 설화를 오래도록 보아온 자들이라는 것.

「아주 오랜 시간을 함께한 이야기는, 이윽고 그의 일부가 된다.」

마치 멸살법과 김독자처럼.

"하지만 너희가 눈을 감는 순간, 너희가 보아온 이야기는 거기서 끝나."

청자를 정하지 않은 말. 그렇기에 실은 모두를 향한 선언이었다.

이윽고 이계의 신격들의 앞 열을 전멸시킨 성좌들이 밀려들었다. 〈김독자 컴퍼니〉의 일행들이 그들을 막아섰다.

콰아아아아아.

포세이돈의 파도 위로 제우스의 전격이 더해진 격의 세례가 밀려오고 있었다. 전기구이처럼 타버린 이계의 신격들이 죽어갔다. 아무리 〈김독자 컴퍼니〉라도 지금 같은 몸 상태로는 저 파도를 받아낼 수 없었다.

그럼에도 한수영은 동료들을 믿었다.

"난 죽어도 연재 중단은 안 해."

한수영이 온 힘을 다해 [흑염]을 쏘았다. 개연성의 억제력 탓에 파괴력이 평소의 사분의 일도 되지 않았다.

이윽고 코앞까지 밀려온 포세이돈의 파도가 그들을 덮치는 순간.

「아주 잠깐 세상이 멈추는 듯한 느낌이 들었다.」

미세한 붓으로 그림이 덧칠되듯이, 이 세계를 이루는 근본적인 뭔가가 바뀌었다. 다음 순간, 정지했던 세계가 다시 움직이기 시작했다. 그리고

[마지막 시나리오에 치명적인 문제가 발생했습니다!]

포세이돈의 파도와 제우스의 전격이 그녀와 〈김독자 컴퍼니〉를 덮쳤다.

콰드드드드드.

정확히는 그들의 정면을 막은 보호막을 덮쳤다. 탄탄하고 광활한 강철의 벽. 이현성의 설화였다. 〈오즈〉에서 행성 전체를 감쌌던 그의 설화가 일행들을 지키고 있었다.

여전히 이현성은 관리국에서 건 제약을 받는다. 그런데 어떻게.

"수영 씨."

이현성의 전신에 가공할 스파크가 흐르고 있었다.

이현성만이 아니었다. 관리국의 제재로 녹초가 되어가던 〈김독자 컴퍼니〉의 모두에게서 새파란 스파크가 튀었다. 옥죄던 근육이 자유로워지고, 구속된 마력이 해방되고 있었다.

[채널 내 후원 지급 오류가 정상화됐습니다.]

메시지가 들려온 것은 다음 순간이었다.

[밀려 있던 후원금이 일시 지급됩니다!]

허공에서 작게 우는 비유의 모습이 보였다.
동시에 어마어마한 양의 간접 메시지가 한수영의 귓전을 때렸다.

[성좌, '악마 같은 불의 심판자'가 자신이 가진 코인의 절반을 기쁘게 후원합니다!]

거의 신화급에 다다른 성좌가 모은 코인의 절반이란 대체 어느 정도일까. 한수영은 그 액수를 짐작할 수 없었다.

[성좌, '심연의 흑염룡'이 투덜거리며 막대한 코인을 지불합니다!]
[성좌, '가장 오래된 해방자'가……]

수많은 별들이 빛나고 있었다.

성운의 금고에 빠른 속도로 잔고가 쌓여갔다.

[성운 금고 총액: 83,112,540C]

[성운 금고 총액: 162,423,800C]

(…)

[성운 금고 총액: 1,041,512,080C]

코인의 총액은 1억을, 다시 10억을 돌파했다.

이제 한수영이 해야 할 일은 정해져 있었다. 그 후원액을 모조리 개연성에 지불하는 것.

"모두 조금만 버텨!"

[성좌, '양산형 제작자'가 빙긋 웃습니다.]

[성좌, '양산형 제작자'가 후원 상한을 초월한 양의 코인을 후원했습니다!]

파인애플 티셔츠를 입은 영감.

언젠가 한수영은 '페라르기니' 광고를 찍으러 갔을 때 그와 잠깐 이야기를 나눈 적이 있었다.

「정말 이런 광고로 차가 팔릴 거라 생각해?」

한수영의 말에, 양산형 제작자는 기묘한 대답을 남겼다.

「팔려고 광고하는 것이 아니라, 팔릴 물건을 광고하는 거라네.」

이제 한수영은 그 말의 의미를 조금은 알 것 같았다.

[성좌, '조선제일술사'가 5,000코인을 후원합니다!]
[성좌, '미염공 장목후'가 5,100코인을 후원합니다!]
[성좌, '부유한 밤의 아버지'가 자신의 모든 비자금을 후원합니다!]
[성좌, '가장 어두운 봄의 여왕'이 <명계> 잔고의 절반을 후원합니다!]
[성좌, '지고한 빛의 신'이 2,100,000코인을 후원합니다!]
[성좌, '물병자리에 핀 백합'이 1,500,000코인을 후원합니다!]

익히 수식언을 알고 있던 성좌들.

[성좌, '절름발이 사기꾼'이 15,000코인을 후원합니다.]
[성좌, '잡배의 군주'가 450,000코인을 후원합니다.]
[성좌, '달걀을 세우는 모험가'가 18,000코인을 후원합니다!]
[성좌, '이천일류의 달인'이 4,000코인을 후원합니다!]
[북두성군의 모든 별이 300,000코인을 후원합니다!]
[작은 행성의 작은 성좌가 300코인을 후원합니다!]

알고 있었지만 기대하지 않던 성좌들.

[수식언을 밝히지 않은 다수의 성좌가 성운, <김독자 컴퍼니>의 개연성에 힘을 보탭니다!]

그리고 그들이 모르던 성좌들까지. 〈김독자 컴퍼니〉의 설화를 함께한 모든 성좌가 그들의 이야기를 후원하고 있었다.
꺼져 있던 채널에 빛이 돌아오고, 중계가 시작되었다.

[채널, BY-9158의 중계가 재개됩니다!]

다시 이야기가 시작되고 있었다.
모든 코인 속에 성좌들의 의지가 담겨 있었다.

「이 설화의 끝을 보고 싶다는 마음.」

한수영 역시 그 마음을 이해했다.
하지만 이해 못 하는 자들도 있었다.
[대체 무슨 짓들을 하시는 겁니까. 설마 저 화신들을 동정하는 겁니까? 다른 누구도 아닌 '이야기의 적'들을? 다들 정신 차리십시오! 당신들이 누구인지 잊었습니까? 성좌들이여, 더러운 이야기에 눈을 빼앗기지 마십시오!]
터져나오는 대도깨비의 고함. 그러자 누군가가 답했다.

[성좌, '악마 같은 불의 심판자'가 자신은 그 어느 때보다 정신을 차리고 있다고 말합니다.]

츠츠츠츠츠츠!

가공할 개연성의 폭풍이 밀려나고, 포세이돈의 파도가 가라앉았다.

한수영은 천천히 눈을 감았다. 바람이 흐르고 있었다.

[<스타 스트림>의 의지가 새로운 개연성의 흐름을 받아들입니다.]

뭔가가 변하고 있었다.

[<스타 스트림>이 시나리오의 규칙 변경을 고려합니다.]

그녀와 일행들을 짓누르던 관리국의 모든 개연성이 사라지고 있었다. 불균형하게 맞춰져 있던 시나리오의 균형이 평형을 되찾고 있었다.

[당신은 여전히 '이야기의 적'을 이해할 수 없습니다.]

여전히 그녀에게 김독자는 어렵다.

['이야기의 적'은 당신에게 이해받기를 원합니다.]

하지만 아무것도 바뀌지 않은 것은 아니었다.

[시나리오의 규칙이 변경됩니다.]

[지금부터 모든 성좌는 최종 시나리오에서 자신의 진영을 선택할 수 있습니다!]

한수영은 천천히 주변을 둘러보았다.

마치 세계의 껍질이 한 꺼풀 벗겨지듯, 주변 정경이 변하고 있었다.

【■■■■■■…… 가! 싸워! 여기가 우리의 전장이다!】

말을 탄 사내 하나가 한수영의 곁을 지나쳤다.

분명 조금 전까지 이계의 신격이었던 것. '이름 없는 것들'이었던 존재였다. 촉수와 끈적한 진액으로 뒤덮여 있던, 그저 보는 것만으로도 공포를 불러일으키던 미지의 괴물들.

【이길 수 있어! 끝까지 포기하지 마!】

그들의 모습이 바뀌고 있었다. 누군가는 사람으로, 누군가는 난쟁이로. 각기 다른 종족이지만 그들은 더 이상 이형의 존재가 아니었다.

【범각! 움직여! 이곳이 우리가 꿈꾸던 마지막 시나리오다!】

【마르크!】

'이름 없는 것들'이던 모두가, 그곳에서는 이름이 있었다.

[당신은 '이야기의 적'의 편이 됐습니다.]

황혼이 내리는 전장에서, 성좌들을 향해 달려가는 존재들. 그들이 대열을 이루며 성좌들을 향해 돌격하고 있었다.

【저도 같이 가겠습니다!】

그중에는 이현성을 닮은 사내도 있었고, 신유승을 닮은 아이도 보였다. 정희원이나 이길영, 이지혜를 닮은 이도 있었다.

【제법이네, 이번 세계선에선 여기까지 왔다 이거지.】

얼핏, 한수영 자신을 닮은 소녀도 보였다.

그들 모두가 '이야기의 적'의 편에서 싸우고 있었다.

한수영은 멍한 눈으로 그들의 뒷모습을 좇았다.

「버려진 모든 세계선이 모여들고 있었다.」

그녀가 문장으로는 표현할 수 없던 세계. 오직, 독자의 눈으로만 상상할 수 있기에 [예상표절]로도 읽지 못했던 세계.

「이것이 김독자가 꿈꾸던 세계였다.」

한수영은 천천히 등을 돌렸다.

조금 전까지 외신왕이 있었던 장소. 너무나 커서 제대로 보이지도 않던, 뿌리 깊은 불가해가 드리워져 있던 그 벽 위에 한 사내가 서 있었다.

「"한수영, 엑스트라가 주목받으려면 어떻게 해야 돼?"」

찢어진 검은색 코트 사이로 연약하게 드러난 흰색 코트.

「"엑스트라는 주목을 못 받으니까 엑스트라지."」

한수영은 비틀거리듯 그쪽을 향해 다가갔다.

「"딱히 뭐 방법이 없어. 보통은 희생하면서 주목을 끌거나, 아니면······."」

걷고 또 걸어서 마침내 사내의 앞에 도착했다.

「"그들에게도 이야기를 줘야지."」

사내는 가만히 서서 그녀를 기다리고 있었다.

한수영은 그런 김독자 앞에 우뚝 섰다. 그녀답지 않게 눈물이 날 것 같기도 했다. 시야가 흐려져서 얼굴이 똑바로 보이지 않았다.

"고생했어."

그곳에 김독자가 있었다.

Episode

94

끝의 시작

1

저렇듯 뻔뻔하게 웃는 낯짝이라니. 독한 말을 쏟아붓고 싶었다. 또다시 이런 짓을 벌이면 죽여버리겠다고 말하고 싶었다. 언제나 그랬듯이 그렇게 하려고 했는데.

"한수영."

그럴 수가 없었다.

고개를 떨구니 김독자의 발목이 보였다. '양산형 제작자'가 만들어준 전투용 정장이 넝마가 되어 있었다. 외신왕이 되어 성좌들과 싸운 김독자의 전신은 당장 쓰러져도 이상하지 않을 정도로 상처투성이였다.

"괜찮아?"

이 와중에도 자신을 걱정하는 김독자를 보며, 한수영은 이 감정을 어떻게 해소해야 할지 알 수 없었다.

[성좌, '부유한 밤의 아버지'가 당신을 바라봅니다.]

[성좌, '가장 어두운 봄의 여왕'이 당신의 답에 만족합니다.]

[성좌, '해상전신'이 고개를 끄덕입니다.]

……

하늘에서 빛나는 별들의 시선. 들끓는 간접 메시지를 들으면서도 한수영은 아직 등줄기가 서늘했다. 조금 전까지만 해도 암전되어 있던 채널이 눈앞에 선연했다.

「만약, 조금만 실수했더라도.」

성좌들이 도와주지 않을 수도 있었다. 그녀가 생각한 대로 개연성이 흘러가지 않을 수도 있었다. 일행들이 버티지 못할 수도 있었다.

방금까지 그녀가 떠안고 있던 것은 수정 가능한 초고가 아니었다.

한 발짝이라도 잘못 디디면 지금껏 쌓아온 모든 것이 무너진다는 부담감.

김독자는 언제나 이런 기분 속에서 시나리오를 수행해왔던 것이다.

반쯤 비틀거리는 한수영을 김독자가 부축했다. 한수영은 그 손을 쳐내려다가 대신 한숨을 내쉬며 말했다.

"다시는 나한테 이런 거 시키지 마."

"너만 할 수 있는 일이었어."

그 말을 들으며 한수영은 입술을 꾹 깨물었다.

"넌 독자가 원하는 게 뭔지 잘 알잖아."

「김독자가 원하는 '끝'은 무엇일까.」

모든 세계를 적으로 앞둔 절체절명의 상황에서, 한수영이 생각한 것은 그 질문이었다.

그리고 아마도, 지금 그녀는 질문의 답에 도달한 것이리라.

"이게 네가 생각하던 끝이야?"

"그 끝의 시작이지."

그들을 지나쳐 전장을 달려가는 이들이 있었다. 조금 전까지는 이계의 신격이었지만, 이제는 자기 얼굴과 이름을 갖게 된 존재들.

【모두 밀어붙여!】

【개 같은 성좌 새끼들!】

알 것 같은 얼굴도 있었고, 전혀 모르는 얼굴도 있었다. 김남운을 닮은 이도 있고, 이지혜를 닮은 얼굴도 보였다. 하지만 그들은 김남운도 이지혜도 아니었다. 그들은 그저 끝나버린 이야기의 엑스트라였다.

「그 모든 존재가 이 세계선의 결말을 바꾸기 위해 싸우고 있었다.」

0회차부터 1,863회차까지. 버려진 세계선의 모두가 여기에 모였다.

【가! 모두!】

그들의 진군을 보며 한수영 역시 가슴이 벅차올랐다. 정해진 결말에 항거하기 위해 모인 그들 모두가, 〈김독자 컴퍼니〉의 편이었다.

[성운, <김독자 컴퍼니> 전원이 '이야기의 적'이 됐습니다!]

일행들이 뒤쪽에서 비틀거리며 다가왔다. 그들 또한 마침내 김독자의 세계를 볼 수 있게 된 것이다.

[설화, '예상표절'이 <김독자 컴퍼니> 전원에게 자신의 이해를 공유합니다!]
[설화, '별의 구원자'가 <김독자 컴퍼니> 전원에게 자기 생각을 나눕니다.]

모든 설화가 서로 이야기를 나누고 있었다.

일행들은 어안이 벙벙한 표정으로 주변을 둘러보았다. 이계의 신격들이 뒤집어쓰고 있던 끔찍한 마스크가 흘러내리는 것을 그들 또한 보고 있을 것이다.

한수영은 그런 일행 하나하나를 살피다가 문득 뭔가 깨달았다.

여전히 보이지 않는 한 사람.

"이 자식은 대체 어디 간 거야?"

그러고 보면 이상한 일이었다.

누구보다 성좌에 대한 분노를 불태우는 녀석. 일행 중 가장 치열하게 전투를 벌이던 녀석이, 아까부터 전장에 보이지 않았다.

그러자 김독자가 말했다.

"저기."

"뭐?"

그 말에 한수영은 황급히 주위를 둘러보았다.

콰아아아앙!

전방에서 폭음이 일어나며 짙은 먼지구름이 퍼졌다.

〈아스가르드〉측 성좌들이 이계의 신격을 짓뭉개고 있었다.

[징그러운 놈들이.]

성좌들이 전장을 가로지를 때마다 수십 개체의 '이름 없는 것들'이 죽었다. 이전이었다면 괴물이 죽어가는 것으로 보였을 광경이, 이제는 구체적인 인간의 죽음으로 보였다.

팔을 잃고, 다리가 잘리고, 내장을 흘리는 '이름 없는 것들'.

상대가 되지 않는 싸움이었다. 김독자의 부름을 받고 달려온 이계의 신격들은 하급 개체가 대다수. 가끔 상급 개체도 있으나, 그들 역시 신화급 성좌들의 집중포화를 받고 이미 쓰러진 상태였다. 지금 전력만으로는 성좌들의 전력을 막아낼 수 없었다.

그런데 이상했다.

「저토록 압도적인 전력 격차에도, 이들은 아직까지 버티고 있었다.」

자세히 보니 이계의 신격들의 최전선에 뭔가가 있었다.

츠츠츠츠츳!

전장을 휩쓰는 검푸른 검격. 검의 궤적이 지나간 자리마다 황금빛 잔상이 남았다.

[크아아아악!]

종전까지 이계의 신격을 짓밟던 성좌 하나의 목이 날아갔다. 이어서 둘, 다시 셋. 핏줄기 대신 솟구치는 설화의 세례를 맞으며, 새카만 신형이 연이어 검을 휘두르고 있었다.

"저거……!"

최전방에서 싸우는 이계의 신격들 중 아주 강력한 개체가 하나 있다는 것은 이미 알고 있었다. 처음에는 '역시 마지막 시나리오니까 강력한 놈이 나오는구나'라고만 생각했다.

날카로운 꼬리를 휘두르며 성좌들을 종잇장처럼 베어버리는 이계의 신격.

그런데 자세히 보니 녀석이 휘두른 것은 꼬리가 아니라 새카만 도검이었다.

[특성, '철혈의 패왕'이 발동합니다!]

성좌의 시체가 산처럼 쌓여 있었다. 그 산의 꼭대기에는 피의 옥좌가 있었다. 옥좌의 주인이 세상의 모든 별들을 오시하고 있었다.

"이 검술…… 당신, 유중혁이군요."

안나 크로프트가 이를 갈며 검강을 발출했다.

안나 크로프트, 전술 싸움에서는 결코 패하지 않는다는 미국 최강의 화신.

"대륙 최강은 나다."

이어서 페이후의 긴 창이 허공을 핏빛 강기로 물들였다.

페이후, 일대일 격투의 달인이자 중국 최강의 화신.

"직접 싸우는 것은 처음이군요. 하지만 제가 이깁니다."

마지막으로 란비르 칸의 수장手掌이 움직였다. 칼리의 손이 움직이듯 현란한 그림자를 남긴 그의 손바닥에서 이내 백여 갈래의 파형이 쏟아졌다.

콰아아아아아아아—!

다시 한번 전장에 폭음이 터졌다. 그 폭음 너머에서도 설화들은 끊임없이 이야기했다.

[설화, '생과 사의 동료'가 이야기를 계속합니다.]
[설화, '생과 사의 동료'의 특수 효과로 일부 설화가 공유 중입니다.]
[설화, '영원불멸의 지옥도'가 이야기를 계속합니다.]

도검이 난무하고 배가 갈라진 성좌들과 이계의 신격들이

드러눕는 정경 속에서, 한수영은 호사가들의 오래된 물음을 떠올렸다.

세계 최강의 화신은 누구인가.

[모두 저놈부터 죽여! 저놈만 죽이면 뚫린다!]

이제 한수영은 확실하게 그 답을 말할 수 있었다.

이견의 여지가 없었다.

「세계 최강의 화신은 유중혁이다.」

자존심 따위는 내팽개친 성좌들이 그를 향해 달려들었다. 어깨가 갈라지고 허벅지가 터져도, 유중혁은 조금도 흔들리지 않는 얼굴로 최전방에서 밀려드는 성좌들의 군세를 막고 있었다.

과거의 일부를 기억해낸 유중혁이기에 가능한 싸움이었다.

하지만 이해되지 않는 것도 있었다.

[화신 유중혁은 현재 '이야기의 적'입니다.]

"어떻게 저 자식이 먼저……."

유중혁은 어떻게 한수영이나 다른 일행들보다 먼저 김독자에게 가담할 수 있었을까.

신화급 성좌들의 가세와 함께 유중혁의 전장이 밀려나고 있었다. 유중혁의 모습이 가까워질수록, 녀석의 주변을 둘러싼 혼돈의 탁기도 명확히 보였다. 이계의 신격들에게서 보이는 혼돈의 힘.

「유중혁은 '은밀한 모략가'와 하나가 된 적이 있다.」

그제야 이해가 되었다.
유중혁이 누구보다 빠르게 김독자의 편이 될 수 있던 이유.
한수영이 분통을 터뜨렸다.
"개자식들이, 나한테는 말도 없이—"

「유중혁도 김독자의 의도를 알고 있었다.」

깊은 증오는 때로 깊은 이해와 맞닿는다.

「이 비극은 등장인물이 서로를 속여야만 성립할 수 있었다.」

유중혁은 누구보다 성좌를 증오해왔기에 김독자의 의도를 읽을 수 있었다. 그래서 그는 망설임 없이 행동했던 것이다.

「그래야, 성좌들에게 이것이 '이야기'임을 감출 수 있으니까.」

파츠츠츠츳!
어느새 근처까지 물러선 유중혁이 검을 집어넣으며 입을

열었다.

"더 이상은 버티기 어렵다."

무심한 얼굴로 뒤를 돌아보던 유중혁의 눈이 한수영과 마주쳤다.

유중혁이 먼저 입을 열었다.

"늦었군."

"닥쳐."

세 사람이 나란히 섰다. 유중혁의 흑천마도가 거센 울음을 터뜨렸고, 김독자의 검은 날개가 두 사람을 보호하듯 활짝 펼쳐졌다.

한수영은 [흑염]을 충전한 손을 쥐었다 폈다 하며 말했다.

"왜 이렇게 오랜만인 것 같은지 모르겠네."

그들의 뒤로 일행들이 달려왔다.

"독자 씨! 수영 씨!"

"형아―!"

무릎을 꿇은 이현성이 방패로 일행들을 보호했고, 그 옆에 선 정희원이 적들을 향해 검을 겨눴다. 신유승과 이길영을 태운 키메라 드래곤이 포효했다. 유상아의 연화대가 회전하며 일행들 곁을 감쌌다. 이지혜의 전함이 일행의 창공을 지켰다.

"장전!"

전함 끄트머리에서 함포가 힘을 비축하고 있었다. 전함 위에 요새를 구축한 공필두가, 맡겨두라는 듯 지상으로 포대를 겨누었다.

[성운, <김독자 컴퍼니>의 모든 별자리가 환하게 빛을 발합니다!]

스파크 속에서 푸른 태양처럼 빛나는 비유가 땀을 뻘뻘 흘리며 <김독자 컴퍼니>를 향해 쏟아지는 코인을 받고 있었다.

충만하게 빛나는 개연성이 그들을 가호하고 있었다.

말없이 곁을 지키는 일행들을 향해, 김독자가 입을 열었다.

"모두 고맙습니다."

그 한마디에, 일행 모두의 표정이 미미하게 흔들렸다.

정희원은 입술을 꽉 깨물었고, 이현성이 그렁그렁한 눈을 닦았다.

한수영도 느끼고 있었다.

「처음부터 김독자는 희생할 생각 따위는 없었다.」

아마 김독자는 생각하고 또 생각했을 것이다.

이 세계의 결말에서, 모두 행복해질 방법을.

그가 혼자 희생할 때 일행들이 겪을 상처를 알았을 것이고, 모두 함께 싸우는 대가로 그들이 겪을 파멸을 읽었을 것이다.

그랬기에 김독자는 이 시나리오를 택했다.

시나리오를 바꾸는 시나리오. 정해진 결말을 따르지 않는 시나리오. 모두 함께 종막에 도달할 수 있는 시나리오.

한수영은 이 이야기가 여기서 끝나도 좋다고 생각했다.

설화에 깃든 모든 감정이 생생하게 전해졌다. 김독자가 생각하는 것이 무엇인지, 원하는 것이 무엇인지 이제야 알 듯했다. 모든 것의 끝에 다다른 이제야 김독자는 마음을 연 것이다.

「그렇기에 한수영은 이게 끝이어서는 안 된다고 생각했다.」

"그런 이야긴 나중에 하고."
장하영이 입을 열었고.
"다들 마음 놓고 싸워요. 내가 아무도 안 죽게 할 거니까."
이설화가 말을 맺었다.
"온다!"
성좌들의 진군이 다시 시작되고 있었다.

[숫자가 조금 늘었을 뿐이다! 당황하지 마!]
[일개 소수 성운에 불과하다!]

시나리오의 격변 속에서, 어디로 향할지 모르는 이야기가 흐르고 있었다.
다만 한수영은 주먹을 휘둘렀다.
권장에서 뻗어나간 [흑염]이 화신들의 정수리를 꿰뚫었다. 유중혁의 [파천검도]가 성좌들의 검격을 받아냈고, 장하영의 [파천봉권]이 좌우에서 밀려오던 설화 병기들을 격추했다.

['심판의 시간'이 발동합니다!]

정희원의 [지옥염화]가 전방에서 밀려오는 별들을 불태웠다. 허공을 격하고 날아드는 암기를 막아내는 것은 이현성의 강철 방패였다.

"모두 숙여요!"

충전을 끝낸 이지혜의 거북선이 불을 뿜었다. 눈부신 폭발과 함께 전방의 적들이 쓸려나갔다.

"저 함선부터 떨어뜨려!"

주변에서 기회를 보던 화신들이 일제히 허공으로 날아올랐다. 그러자 공필두의 포탑이 굉음을 뿜었다.

"크아아아악!"

[한심한 놈들!]

몇몇 성좌가 추락하는 화신들을 딛고 날아올랐다. 거북선보다 더 높은 곳까지 올라선 성좌들은, 충전한 마력을 거북선을 향해 쏘았다.

[죽……!]

말을 채 끝맺기도 전에, 성좌의 화신체가 절반으로 찢어졌다. 키메라 드래곤이 포효하며 거대한 아가리로 성좌의 몸통을 뜯었다.

"형! 뒤!"

이길영의 황충들이 날아드는 성좌들을 막아섰다.

일행들은 조금씩 전진했다. 그들이 걸어온 세월처럼 아주 조금씩, 별들의 빛이 닿지 않는 길을 걸어나갔다.

한수영은 생각했다. 아마 다른 모든 별의 눈에 그들은 세계를 멸망시키려는 괴물처럼 보이겠지. 하지만 상관없다. 오히려 그쪽이 더 신나는 일이니까.

"김독자! 방주를 부숴!"

구름처럼 몰려든 성좌들 너머로 그들이 지키는 방주가 보였다. 지금도 부서진 방주의 선두에서 성좌들이 밀려나오고 있었다. 모두 이 세계선을 떠나기 위해 방주 속에 잠들어 있던 별들이었다.

['이야기의 적'이 방주를 향해 다가가고 있습니다.]

['이야기의 적'은 세상의 모든 설화를 파멸시킬 것입니다!]

저 방주를 부숴야만 성좌들의 유입을 끊을 수 있었다.

"빨리!"

[개연성 충돌로 시나리오가 격변을 일으키고 있습니다!]

[<스타 스트림>이 마지막 시나리오의 조건을 수정하기 시작합니다.]

그리고 방주 앞을 막아선 성좌들이 있었다.

[성좌, '우주의 순환을 책임지는 자'가 전장에 개입합니다!]

[성좌, '연기 나는 거울'이 시나리오에 개입합니다!]

[성좌, '천둥과 전쟁의 주인'이 시나리오에 개입합니다!]

지금껏 사태를 관망하던 신화급 성좌들이었다. 그들을 넘어야만 방주에 도달할 수 있었다.

개개인의 힘은 충분하지만 총전력이 밀리는 상황.

[성좌, '해역의 경계를 긋는 창'이 격노합니다!]

전방에서 '이름 없는 것들'을 도륙하던 포세이돈과 제우스가 가세하자, 어느새 일행들은 동그랗게 포위되고 말았다.

쿠드드드드드.

시체의 바다를 가르고 회수되는 창을 보며, 유중혁이 짓씹듯 말했다.

"포세이돈."

아무리 〈김독자 컴퍼니〉라고 해도 저 모두를 감당할 수는 없었다.

대도깨비들 표정에도 아직 여유가 있었다.

분했다. 이토록 충만한 개연성이 있음에도, 왜 저들을 넘을 수 없는가.

한수영은 외쳤다.

"야! 우리 쪽 성좌들은 언제 와!"

오기로 한 이들이 아직 오지 않았다. 우리엘도, 자신의 배후 성도, 〈명계〉 부부도, 그리고…….

김독자가 물었다.

"꼭 성좌여야 돼?"

"뭐?"

김독자가 씩 웃었다. 한수영이 싫어하는 그 미소였다.

"이제 이 전장엔 성좌들만 올 수 있는 게 아냐. 누구 덕분에 개연성이 생겼거든."

그 순간, 한수영은 뒷덜미가 오싹해졌다. 〈김독자 컴퍼니〉에게 투입된 어마어마한 개연성이 한꺼번에 빠져나가고 있었다. 이만한 개연성을 한꺼번에 사용해야만 불러올 수 있는 뭔가가 강림하고 있었다.

「모든 성좌가 두려워하는 존재.」

바닥에 끌리는 염화의 불길.

억겁의 설화를 불태운 태양이 동쪽에서 떠오르고 있었다.

「그 어떤 별도 감히 비견할 수 없는 밝기의 '살아 있는 불꽃'.」

비명을 지르며 타오르는 별들의 반대편에서, 새파란 바다가 밀려왔다.

서쪽의 파도. '가라앉은 섬'이 떠오르고 있었다.

「서쪽 세계의 재앙, '가라앉은 섬의 주인'.」

[크아아아악!]

파도에 휩쓸린 성좌들이 순식간에 설화 더미로 해체되었다.

이어서 북쪽의 하늘이 새카맣게 암전되더니, 그곳에서 성좌들이 소나기처럼 추락했다.

「북쪽 우주의 지배자, '위대한 심연의 군주'.」

날뛰는 악동처럼 별들의 머리를 터뜨리며 '이계의 신격의 왕'이 웃었다.

그들이 만들어낸 후폭풍을 받아낸 것은 이현성에게 강림한 존재였다.

「남쪽 성간을 다스리는 '은빛 심장의 왕.'」

그리고 무엇도 아닌 곳에서 다가오는 존재가 있었다.

그의 걸음걸이마다, 거대한 진천패도의 칼날이 밤하늘을 긁으며 천공의 별들을 떨어뜨렸다.

【오랜만이구나, 포세이돈.】

유중혁과 똑같이 생긴, 얼굴에 긴 상흔이 남은 사내.

태연히 다가가 포세이돈의 목을 틀어쥔 '은밀한 모략가'가 웃었다.

【널 죽이는 것은 이번이 스물여섯 번째다.】

2

마침내 외신왕이 되었을 때, 나는 드디어 올 것이 왔구나 싶었다.

[당신은 '이야기의 적'이 됐습니다.]

전신의 설화가 산산이 조각나는 감각. 처음 겪는 일은 아니었다. 언젠가 시나리오에서 추방되어 '이야기의 지평선'에 떨어졌을 때도 그랬으니까.

그때와 다른 점이 있다면, 이형의 존재가 되었어도 시나리오 바깥으로 추방되지는 않았다는 것이었다. 오히려 그 반대였다.

[당신은 최종 시나리오의 보스 몬스터가 됐습니다.]

[당신은 영원히 혼자가 될 것입니다.]

[이 세계관의 누구도 당신을 이해하지 못할 것입니다.]

그 순간 느꼈던 고독감을 기억한다. 이 우주에서 오직 나만이 외따로 떨어진 기분. 영원히 이해하지도 이해받지도 못하는 괴물이 되어버린 느낌.

하지만 그 느낌 역시, 처음 마주한 감정은 아니었다.

「"……일보 기자입니다. 잠깐 시간 있으신가요?"」

「"쟤가 걔야. 살인자 아들."」

그러니 이 역할은 내가 맡아야 했다.

이 일을 가장 잘할 수 있는 것은 나니까.

이것이 멸살법이란 이야기의 결말을 읽은 대가니까.

「【네 일행들은 네 선택을 이해하지 못할 것이다.】」

마치 내 계획을 안다는 듯, '은밀한 모략가'는 말했다.

녀석이 그렇게 말할 수밖에 없던 이유를 나는 이해했다.

「"그건 해봐야 알지."」

그도 나도 틀리지 않았다.

다만, 우리가 쌓아온 설화가 다를 뿐이다.

콰콰콰콰콰콰!

눈앞을 가득 메우는 설화의 해일. 해일 위로 번지는 눈부신
개연성의 스파크. 그 위로 성좌들의 시선이 흐르고 있었다.

[성좌, '가장 어두운 봄의 여왕'이 당신의 설화를 지켜봅니다.]
[성좌, '부유한 밤의 아버지'가 당신의 설화를 지켜봅니다.]
[성좌, '양산형 제작자'가 당신의 설화를 지켜봅니다.]
······.

혼자서 실현할 수 있는 도박이 아니었다. 내가 외신왕이 되
는 것은 그저 최종장의 시작이었다. 유중혁이 싸워주었고, 일
행들이 버텨주었고, 한수영이 성좌들의 주목을 끌었다.

우리를 믿는 성좌들이 이야기를 선택해주었다.

「그리고 계획은 성공했다.」

동쪽에서 떠오르는 '살아 있는 불꽃'.

서쪽 세계의 재앙 '가라앉은 섬의 주인'.

북쪽 우주의 지배자 '위대한 심연의 군주'.

남쪽 성간을 다스리는 '은빛 심장의 왕'.

그리고 무엇도 아닌 곳에서 기어오는 '위대한 모략'.

다섯 명의 '왕'이 모이자 시나리오의 부피가 급격히 팽창하고 있었다. 그들의 격을 감당하지 못한 위인급 성좌들이 무릎을 꿇은 채 설화를 토했다.

지금껏 시나리오에서 배제된 재앙의 왕들. 충만한 개연성에 의해 '심연을 좇는 사냥개'에게서 벗어난 그들이, 시나리오에 직접 강림했다.

'은밀한 모략가'가 내 쪽을 바라보았다. 나는 고개를 끄덕였다.

「이제, 그들의 무대가 열릴 차례였다.」

[으, 으어어어어—!]

공포에 질린 몇몇 성좌가 체통조차 잊고 마구 도망치기 시작했다.

그런 성좌의 뒷덜미를 붙잡은 '위대한 심연의 군주'— 999회차의 김남운이 웃고 있었다.

【벌써 가면 곤란하지. 지금부터 시작인데.】

녀석은 이번 개연성 범람으로 기운을 되찾은 모양이었다.

흘끗 나를 본 녀석이 중얼거렸다.

【그리고 너, 착각하지 마. 널 도와주러 모인 건 아니니까.】

그러자 내 곁에 선 '은빛 심장의 왕'이 말했다.

【도와드리러 왔습니다.】

"알고 있어요."

역시 이현성은 몇 회차를 살아도 믿음직스러운 사람이다.

'가라앉은 섬의 주인', 999회차의 이지혜도 움직였다.

양쪽에서 달려든 설화급 성좌들이 어떻게든 그들을 막아보려 안간힘을 썼으나 무리였다.

[서, 섬이 움직인다―!]

초록빛 이끼로 덮인 섬의 선두에서 은빛 포신이 번뜩였다.

세계선에서 가장 거대한 전함. 완성형의 '터틀 드래곤'이 세계를 향해 불을 뿜었다.

콰아아아아아.

전장 한쪽이 통째로 쓸려나가는 압도적인 정경 속에서 나도, 한수영도, 심지어는 유중혁조차 넋을 잃을 수밖에 없었다.

그리고 전선 최전방에서, 두 '왕'이 신화급 성좌들과 대치하고 있었다.

「아주 오래전, 함께 싸웠던 두 사람이 그곳에 있었다.」

[지옥염화]의 불꽃을 전신에 두른 999회차의 우리엘.

그리고 1,863번의 지옥도를 헤치며 살아남아 '이계의 신격'이 된 유중혁.

「순간, 김독자는 오래된 전장을 떠올렸다.」

유중혁의 999회차.

성좌들의 대전장에서 유중혁과 우리엘은 서로 등을 맞대고 싸웠다.

두 눈을 잃은 채 포효하던 유중혁과, 그런 유중혁을 지키던 우리엘.

멸살법 전체를 통틀어 내가 가장 좋아하는 장면 중 하나. 그 장면이 지금 눈앞에서 재현되고 있었다.

[설화, '영웅과 불꽃의 전장'이 오랜 잠에서 깨어납니다!]

아주 오래전에 사라졌던 설화가 두 왕의 사이를 잇고 있었다.

【<올림포스>를 맡기겠다.】

999회차의 우리엘이 먼저 날개를 활짝 펼쳤다. 그녀의 격이 개방되는 순간, 기다렸다는 듯 성좌들이 달려들었다.

<파피루스>와 <베다>의 최상급 성좌들. 우리와 '마왕 선발전'에서 겨룬 성좌들도 보였다. '최후의 파라오'와 '우레를 먹는 새'.

[설화, '절멸의 불꽃'이 이야기를 시작합니다!]

999회차 우리엘의 검이 움직인 순간, 달려들던 위인급 성좌들의 선발대가 가루가 되어 흩어졌다. 창백하게 질린 화신들이 등을 돌렸고, 설화급 성좌들이 악을 쓰며 외쳤다.

[저 검을 막아! 절대 휘두르지 못하게 해!]

우리엘의 검이 불태운 길을 따라 '은밀한 모략가'가 움직였다. 발치마다 우주의 역사가 흐르는 것 같았다. 너무 느리지도 빠르지도 않은 그 걸음을 누구도 감히 막아설 수 없었다.

[설화, '영원불멸의 지옥도'가 이야기를 시작합니다.]

모든 세계선에서 가장 지독한 설화가 이야기를 시작했다.

[거대 설화, '고독한 멸망의 순례자'가 이야기를 시작합니다.]

사내의 발걸음이 떨어진 곳마다 멸망한 세계가 울었다. 그림자처럼 들러붙은 세계의 원죄가 사내를 집요하게 좇고 있었다.

「그 어떤 성좌도 그를 막아설 수 없고, 그 어떤 설화도 그를 구원하지 못한다.」

적이든 아군이든, 성좌라면 누구라도 그의 이야기에 홀리지 않을 수 없었다. 아득한 경이로 얼룩진 슬픔. 불현듯 정신을 차렸을 때, 사내는 어느새 포세이돈의 목을 틀어쥐고 있었다.

가까스로 정신을 차린 포세이돈이 황급히 '은밀한 모략가'의 손아귀를 뿌리치며 격을 방출했다.

[성좌, '해역의 경계를 긋는 창'이 대로합니다!]

〈올림포스〉의 거대 설화가 준동하고 있었다. 포세이돈의 트라이아나가 강력한 설화를 두른 채 포악한 이빨을 드러냈다. 두려워하지 않을 수 없는 신화급 성좌의 위용이었다.

하지만 같은 신화급 성좌인 내게는 포세이돈의 그런 행동이 다르게 읽혔다.

「포세이돈은 공포를 느끼고 있었다.」

헛되이 허공을 베는 포세이돈의 창은 전처럼 날카롭지 않았다. 오만한 신화급 성좌답지 않은 실수에 곁에 있던 제우스가 경고성을 발했다.

하지만 때는 이미 늦었다.

스가가각!

뭔가가 포세이돈의 몸통을 베었고, 푸른색 비늘로 덮여 있던 그의 가슴에 길고 새카만 상흔이 남았다. 상흔 사이로, 거대 설화들이 줄기차게 흘러나왔다.

[커허어어억······!]

포세이돈은 가슴을 부여잡은 채 트라이아나를 휘둘렀다.

해역의 경계를 긋는 창. 그의 트라이아나가 선을 긋는 어디든 그곳은 바다가 된다. 하지만 이번만큼은 그렇지 않았다. 무엇도 두려워하지 않던 그의 창극이, 처음으로 겨눌 곳을 찾지 못한 채 흔들리고 있었다.

「그의 바다가 범접할 수 없는 곳.」

포세이돈의 두 눈이 새카만 심연으로 물들었다.

아마 지금 그는 이 세상에서 가장 어두운 설화를 보고 있을 것이다.

중력의 영향이 닿지 않기에, 땅도 바다도 하늘도 무의미한 우주. 모든 것이 멸망했기에 어떤 소중한 것도 남아 있지 않은 폐허.

그 폐허의 주인이 〈올림포스〉의 별자리를 올려다보았다.

【어느 세계선에서도 너희는 변치 않는구나.】

슬퍼하는 목소리가 아니었다. 오히려 안심하는 듯한 목소리였다.

스르룽, 하는 소리와 함께 진천패도의 칼날이 밤하늘에 닿았다.

[닥쳐라—!]

간신히 공포를 이겨낸 포세이돈이 재차 트라이아나를 휘둘렀다. 그리고 바로 그 순간, 진천패도가 움직였다.

언젠가 유중혁이 비슷한 기술을 쓰는 것을 본 적이 있었다. 각고의 노력을 통해 인간의 한계를 극복한 초월좌가 별을 베기 위해 고안한 기술.

그런데 뭔가가 달랐다. 저것은 마치 ─

「한 인간이 세계를 상대하기 위해 만든 검술 같았다.」

파천검도.

초월오의超越奧義.

은하참銀河斬

그제야 실감이 났다. 「서유기」의 격전에서 '은밀한 모략가'가 보여준 힘은 그의 전부가 아니라는 것을.

내가 지금까지 본 그 어떤 검격보다도 아름다운 궤적.

그의 일검에 세계가 갈라지고 있었다. 하나의 성운을 통째로 쪼개버리는 일검에 별가루가 흩날렸다.

그 마법 같은 빛살 끝에 포세이돈이 있었다. 푸가각, 소리와 함께 포세이돈의 팔과 다리가 동시에 잘려나갔다.

[포세이돈!]

경악한 제우스가 외쳤다.

'은밀한 모략가'의 전신에서 폭발하는 설화들이 전장을 집어삼키고 있었다. 그가 시나리오를 살아오며 느껴온 공허가 팽창하고 있었다.

설화를 울컥 토한 포세이돈이 무릎을 꿇자, 〈올림포스〉의 12신좌가 달려들었다. 아레스와 헤파이스토스가 포효하며 검과 망치를 휘둘러왔다. 그러나 그들 역시 진천패도의 검격 앞에 어린아이처럼 튕겨나갔다.

제우스가 악을 쓰듯이 외쳤다.

[위대한 모략이여! 건방 떨지 마라! 아직 너는 〈올림포스〉가 이룬 신화의 파편조차 보지 못했다!]

그 말과 함께, 제우스가 신형을 뒤로 물리기 시작했다. 뻔했다. 그가 향하는 곳에는 방주가 있었다.

[아버지!]

그에게 버려진 〈올림포스〉의 신좌들이 온몸에서 설화를 내뿜으며 '이름 없는 것들'에게 갉아 먹히고 있었다. 원망 어린 표정의 디오니소스가 아버지를 향해 분노를 터뜨렸다.

나는 그런 신좌들을 잠시 바라보다가 한수영과 유중혁을 향해 입을 열었다.

"제우스를 막아야 돼."

제우스가 향한 방주 안에는 〈올림포스〉뿐만 아니라 수많은 신화의 거대 설화들이 잠들어 있을 것이다. 그를 내버려두면, 이 시나리오는 다시 우리에게 불리해지게 된다.

우리는 죽은 별과 신격들의 설화로 뒤덮인 무대를 달렸다.

한수영이 의아하다는 듯 중얼거렸다.

"근데 저 자식은……."

포세이돈을 벤 '은밀한 모략가'가 멍하니 자리에 서서 어딘가를 올려다보고 있었다. 나는 녀석의 눈이 향한 곳을 바라보았다.

'은밀한 모략가'가 제우스를 쫓지 않은 이유는 간단했다. 애

초에 그의 목적은 겨우 〈올림포스〉의 절멸도, 방주의 파괴도
아니었다.

그가 바라보는 곳은 그보다 훨씬 먼 곳에 걸린 무엇.

「**최후의 벽.**」

이번에야말로 그 너머를 보고야 말겠다는 듯, 그의 눈 안에
서 끝없는 페이지가 넘어가고 있었다.

[〈스타 스트림〉의 개연성이 격변합니다!]

예상치 못한 개연성의 뒤틀림에 대도깨비들이 외쳤다.
[잠깐! 이것은……!]
[가장 오래된 꿈이시여……!]

[〈스타 스트림〉의 격변으로 인해 시나리오 내용이 갱신됩니다!]
[해당 시나리오는 선택한 진영에 따라 클리어 조건이 달라집니다.]

나는 갱신된 시나리오를 확인했다.

〈메인 시나리오 #99 - ■■■〉

처음으로 메인 시나리오의 제목이 사라졌다.

한 번도 존재한 적 없는 시나리오.

대도깨비들조차 모르는 시나리오가 시작된 것이다.

> 분류: 메인
>
> 난이도: ???
>
> 클리어 조건: 방주를 파괴하고 대도깨비의 계획을 저지하시오.

경악한 대도깨비들의 목소리가 들려왔다. '이야기꾼'을 포기하고 이 세계의 등장인물이 된 대가를 이제 그들도 치르게 된 것이다.

우리의 외형도 본래 모습을 찾아갔다. 마치 세계가 우리를 허락하는 듯했다.

"당신……!"

경악한 아스카 렌이 나를 바라보고 있었다. 그녀의 눈에도 이제 내 모습이 어렴풋이 보이는 모양이었다.

튀는 스파크 속에서, 공포와 혐오의 대상이던 이계의 신격들이 차례로 자기 모습을 드러내고 있었다. 그들은 이제 시나리오 바깥의 존재가 아니었다.

[절대다수의 성좌가 당신들의 설화를 지켜보고 있습니다.]

우리가 만든 시나리오가 정식으로 이 세계에 태어난 것이다.

['가장 오래된 꿈'이 당신의 존재를 바라보고 있습니다.]

아마 이 메시지를 '은밀한 모략가'도 듣고 있겠지.
정확히는 내 눈앞에 떠오른 이 메시지를 말이다.

보상: 최후의 벽

3

"형, 보상 내용이 '최후의 벽'이래요."

의문을 던진 건 뒤쫓아온 이길영이었다. 하지만 아이의 의문에 대답하기에는 나 역시 확실하게 아는 정보가 부족했다.

보상이 '최후의 벽'이라⋯⋯.

저렇게만 써놓으니 최후의 벽에 도달하는 것이 보상이라는 뜻인지, 아니면 시나리오가 끝나면 최후의 벽을 가질 수 있다는 뜻인지 모호했다.

애초에 저 벽이 누군가가 가질 수 있는 개념이기는 한 걸까.

지금 알 수 있는 것은 없다.

확실한 점은, 이 시나리오를 끝내면 우리는 이 세계의 진실에 도달하리라는 것뿐이었다.

【가십시오.】

999회차의 이현성의 엄호를 받아 일행들이 달려갔다. 뒤를 쫓는 성좌들을 '은밀한 모략가'와 다른 이계의 신격들이 막아 섰다.

이제 방주가 눈앞이었다. 저 방주만 부수면, 우리는 이 모든 시나리오의 끝에 도달하게 될 것이다.

[막아라―!]

그리고 다시 한번 밤하늘에서 별빛이 쏟아졌다. 이렇게나 많은 별이 있었다는 게 놀라울 정도였다. 어디에 숨어 있었는 지 모를 성좌들이었다.

[외신왕이다! 잡아!]

내게 병장기를 겨눈 채 달려드는 성좌들. 거대 성운의 하수 인으로 살아오며 제대로 시나리오도 클리어하지 않은 채, '마 지막 시나리오'의 진출권을 획득한 이들이었다.

놀랍게도 그 별들 중 일부는 한때 내 채널의 구독좌였거나 여전히 구독 중이었다. 간간이 후원을 하며 내 행동을 부추긴 이들. 강렬한 '사이다'를 원하고, 자극적인 전개를 종용하던 자들.

그들은 이제 내 반대편에 서 있었다.

[죽여버려!]

일행들도 우리를 적대시하는 성좌들의 모습에 놀란 모양이 었다.

한수영이 참다못해 입을 열었다.

"너희 아직도 하차 안 했냐?"

순간 '만다라의 수호자'가 '환생자들의 섬'에서 한 말이 떠올랐다.

「아무리 조악한 이야기라도, 그걸 오래도록 듣고 본 존재는 그 이야기를 사랑하게 되는 법입니다.」

그때는 무슨 말인지 이해하지 못했다. '성마대전'이라는 시나리오의 비극을 '만다라의 수호자'는 그렇게 보고 있구나, 하고 생각할 따름이었다. 하지만 지금 와서 보니, 그건 '성마대전'의 이야기만은 아니었을지도 모른다.

'피스 랜드'에서 우리가 상대했던 요괴 성좌가 하나둘 눈앞에 현현하고 있었다. '여덟 조각의 불꽃'인 카구츠치와 '밀물과 썰물의 조정자'인 해룡 류진도 보였다.

그들에게 맞선 것은 우리 일행의 창공을 지키는 존재였다.

[화신 '이지혜'가 자신의 격을 개방합니다!]
[성좌, '해상전신'이 자신의 격을 개방합니다!]

드넓은 해상이 펼쳐지는 듯한 느낌과 함께, 충만한 격이 주변 무대를 잠식했다. 상대는 설화급 성좌들이지만, 지금의 이지혜라면 절대로 밀리지 않는다.

하지만 이지혜는 곧장 발포하는 대신 내 쪽을 바라보았다.

"아저씨."

나 역시 그 애가 무엇을 망설이는지 알 수 있었다.

[가라! 도움이 안 되면 자폭이라도 해!]

화신들의 등을 떠미는 성좌들. 동공이 퀭하게 풀린 일본 측 화신들이 우리를 향해 비틀거리며 걸어왔다.

그들을 향해 칼을 뽑으려는 순간, 근처에서 누가 외쳤다.

"모두 정신 차리세요! 지금 당신들이 누굴 상대하는지 똑똑히 보라고!"

분명 내가 아는 목소리였다.

"이즈미도 똑같은 방식으로 죽었어요. 얼마나 더 많은 사람이 죽어야 정신을 차릴 거죠? '피스 랜드'에서 있었던 비극을 모두 잊은 건가요?"

아스카 렌이 그곳에 있었다.

[화신 '아스카 렌'은 '이야기의 적'이 됐습니다.]

놀랍게도 그녀는 이미 이쪽 진영을 선택한 상태였다.

[화신 '아스카 렌'의 특성 '만화가'가 활성화됩니다!]

아스카 렌의 검이 펜처럼 움직였다.

특성이 활성화되는 순간, 나를 비롯한 주변의 모든 '이름 없는 것들'의 설화가 움직였다. 우리의 부서진 설화들. 흩어진 문장들이 하나의 영상으로 직조되고 있었다.

생각해보면 '작가' 특성을 가진 이는 한수영만이 아니었다. 한수영과는 다르지만, 아스카 렌 역시 비슷한 특성을 가진 화신이었다.

"제발, 이제 그만해요. 이 사람들이 누군지 알잖아요. 이들처럼 되고 싶었잖아요."

「그것이 시작이었다.」

그녀 곁에 있던 미치오 쇼지도 입을 열었다.

"저는 이미 한 번 비겁하게 살아남았습니다. 그저 시나리오라는 핑계로 다른 사람들의 죽음을 외면했습니다."

미치오 쇼지. 누군가의 재앙이 되지 않기 위해, 죽음을 무릅쓰고 나와 함께 뱀을 대적했던 사내.

"하지만 적어도 마지막 시나리오에서만큼은, 제가 옳다고 믿는 선택을 하고 싶습니다."

쇼지의 말과 동시에 우리를 공격하던 화신들이 하나둘 병장기를 떨어뜨렸다. 그들은 공포에 질린 표정으로 주저앉거나 비참한 울음을 터뜨렸다.

"모, 못 해. 더 이상은 못 한다고……!"

무릎을 꿇은 화신들이 머리를 붙든 채 중얼거렸다. 화신들이 명령을 거부하자 순식간에 위험에 노출된 성좌들이 다급하게 외쳤다.

[이, 일어나라! 어서!]

화신들은 누구보다 같은 화신의 고통을 잘 이해하고 있다.

너무나 오래 시나리오를 수행하는 바람에 흔해 빠진 악역이 된 성좌들과는 다른 것이다.

"지혜야."

내가 말하기도 전에, 거북선의 함포가 발사되었다.

콰아아아아아!

격발음과 동시에 쓸려나가는 성좌 무리. 용케도 포화를 버텨낸 성좌들이 우리 일행과 부딪쳤다.

[으아아아아아아!]

방주의 선두에서 희미한 빛이 흐르고 있었다. 방주에 잠들어 있는 신화급 성좌들이 깨어나게 둘 수는 없었다.

다행히 우리의 전진 속도는 느리지 않았다. 유중혁의 [파천검도]와 한수영의 [흑염]이 양옆에서 나를 보조하며 착실하게 일행을 앞으로 인도했다.

다만 한 가지 걸리는 것이 있다면, 개연성이었다.

ㅊㅊㅊㅊ…….

성좌들의 코인으로 만들어진 개연성.

하늘을 올려다보니 비유가 고통스러운 얼굴로 채널을 통제하고 있었다.

도깨비가 된 지 얼마 안 된 아이기에, 이만한 코인을 개연성으로 교환하는 것 자체가 무리한 일일 것이다. 비유의 입에서도 설화가 뚝뚝 떨어지고 있었다.

"이제 다 왔어!"

이변이 발생한 것은 한수영의 목소리가 들린 그 순간이
었다.

[관리국이 BY-9158 채널에 통제권을 행사합니다!]

순간 가슴이 서늘해졌다.
본래 개별 채널은 도깨비의 소유다. 하지만 '채널'이라는 시
스템은 관리국이 가진 '거대 설화'에 기반하는 힘이었다.

[관리국이 채널 BY-9158의 코인 후원을 통제합니다!]

갑자기 몸의 움직임이 둔해지기 시작했다. 주변의 일행들도
마찬가지였다. 순풍처럼 뒤에서 불어오던 바람이 역풍으로 바
뀌고 있었다.
멀리서 열 명의 대도깨비가 하늘을 향해 손을 모으고 있는
것이 보였다.
"저 빌어먹을 새끼들이……!"
한수영도 무슨 일이 벌어지는지 눈치챈 모양이었다.
[바아아아아아아앗!]
비유가 감전된 것처럼 고통에 겨운 울음을 내뱉으며 추락
했다.
나보다 먼저 달려간 유상아가 떨어지는 비유를 받아 품에
안았다.

[성좌, '부유한 밤의 아버지'가 관리국의 비겁한 행동에 항의합니다.]

[성좌, '가장 어두운 봄의 여왕'이 관리국의 처사에 격노합니다.]

[성좌, '악마 같은 불의 심판자'가 ■같은 도깨비 새■들을⋯⋯]

⋯⋯.

우리의 채널이 무너지고 있었다.

대도깨비 가랑이 말했다.

[너희의 설화는 허락할 수 없다. '가장 오래된 꿈'에게 그런 설화를 바칠 수는 없다.]

이해할 수 없었다. 이미 이 시나리오의 일부가 된 그들은, 관리국의 거대 설화를 행사하는 것만으로도 막대한 후폭풍을 겪을 것이었다.

[호롱, 녹수. 그대들의 희생을 기억하겠다.]

두 명의 대도깨비가 허공에서 소멸하고 있었다.

가랑의 몸에서도 설화 파편이 떨어져 나오고 있었다.

전신에 소름이 돋았다. 저 빌어먹을 대도깨비들이 얼마나 큰 결심을 했는지 알 수 있었다.

[<스타 스트림>의 개연성이 다시 한번 격변합니다!]

주변에 범람하던 '이름 없는 것들'의 숫자가 급격하게 줄어들고 있었다.

개연성의 비호를 받아 본래 모습을 되찾았던 이들의 얼굴이 다시 괴물의 그것으로 변해가고 있었다.

【사냥개들이 온다.】

'은밀한 모략가'의 목소리와 함께, 999회차의 왕들이 중앙으로 몰렸다.

큰 개연성을 소진하던 이들일수록 후원 중단에 막대한 손해를 입었다.

밀려오는 후폭풍 사이로 나타난 '심연을 좇는 사냥개'들이 왕의 다리와 팔을 물어뜯었다.

【아파 이 개새끼들아!】

999회차 김남운이 소리를 질렀다.

곁에서 달려드는 성좌들을 베어낸 유중혁이 외쳤다.

"김독자!"

나는 하늘을 올려다보았다. 창공의 기후가 심상치 않았다. 단순히 신화급 성좌가 기후를 조정하는 수준의 변화가 아니었다. 뭔가, 내가 지금껏 한 번도 겪지 못한 끔찍한 일이 벌어지려 하고 있었다.

[온새, 허체. 지금까지 수고 많았다.]

두 명의 대도깨비가 추가로 소멸하고 있었다.

「대도깨비들은 이곳에서 그들의 이야기를 끝내려는 것이다.」

팔뚝의 모든 솜털이 오소소 섰다. 지금까지 시나리오를 수행하면서 이만한 두려움을 느껴본 적은 없었다.

['가장 오래된 꿈'이시여!]

하늘이 열리고 있었다. 자세히 보니 그것은 하늘이 아니라 벽이었다.

이 우주 전체를 감싸고 있는 '최후의 벽'.

페이지가 찢어지듯 갈라진 벽의 틈새로 뭔가가 넘어오고 있었다.

「순간, 김독자는 이 세계의 멸망을 직감했다.」

내가 가진 언어로는 그게 무엇인지 형용할 수 없었다.

저게 대체 뭘까.

마치 어린아이가 연필로 그린 조악한 낙서 같았다. 거대한 검 같기도 하고, 창 같기도 하고, 미사일 같기도 한 저것. 확실한 것은 저 알 수 없는 무언가가 이쪽으로 낙하하고 있다는 것이었다.

ㅊㅊㅊㅊㅊㅊ!

그 비정형의 덩어리를 내보내는 틈새로, 아주 잠깐이지만 누군가의 손 같은 것이 보인 것 같았다.

[성좌, '악마 같은 불의 심판자'가 경악하며 소리칩니다!]

[성좌, '심연의 흑염룡'이 당신을 향해 다급히 외칩니다!]

확실한 것은 하나뿐. 저걸 맞으면 우리는 모두 죽는다.

「김독자는 자신의 모든 격을 개방했다.」

내가 가진 모든 거대 설화가 동시에 이야기를 시작했다.

나는 일행들을 돌아보았다.

"모두……!"

그리고 바로 다음 순간, 시야가 하얗게 물들며 눈앞에서 개연성의 대폭발이 발생했다.

※ ※ ※

ㅊㅊㅊㅊㅊㅊ촛!

비형은 하나둘 시나리오 속으로 녹아 들어가는 대도깨비들을 멀거니 지켜보았다.

이야기꾼들은 최종 시나리오의 일부가 되었다.

비형 주변으로 크고 작은 하급 도깨비가 몰려들었다.

[비형 님! 이게 대체…….]

지금껏 중립을 지킨 관리국이, 자신의 의지로 시나리오 양상 전체를 뒤집고 있었다.

그 대가로 관리국의 지형도도 변하고 있었다. 설화를 모아둔 저장고들이 일시에 붕괴했고, 관리국 감찰하에 구속되어 있던 악명 높은 성좌들이 풀려났다.

그리고 비형은, 그 아수라장의 중심에서 한 성좌를 보고 있었다.

「추호도 자신이 주인공이라고는 생각하지 않는 녀석.」

처음 만났을 때부터 그랬다. '체근민' 합이 10레벨도 되지 않는 몸으로, 도깨비인 자신에게 기죽지 않고 대들던 녀석. 언제나 여유 있는 척 씩 웃기나 하고, 함부로 뒈지기도 십상이던 녀석.

「이야기꾼인 그보다도 다음 설화를 더 잘 알던 녀석.」

그의 설화 덕분에 비형은 빠르게 자신의 채널을 키울 수 있었고, 등급 심사에서 늘 좋은 평가를 받을 수 있었다.

「그 설화가 이제 종막을 앞두고 있었다.」

콰콰콰콰콰콰!
대도깨비가 된 비형은 창공을 가르고 떨어지는 것이 무엇인지 알 수 있었다.
저것은 '벽' 너머에서 왔다. 이 세계를 가르고 있는 최초이자 '최후의 벽' 너머에서 날아든, 아득한 망상의 파편.
비상을 준비하는 방주의 모습이 보였다. 남은 대도깨비들은 방주를 타고 탈출할 속셈일 것이다.

그리고 이 무대는 저 파편의 추락으로 인해 끝장날 것이다.

「그 순간, 도깨비 비형은 결심했다.」

한데 모여 의식을 치르던 대도깨비들이 비형을 발견하고 소리쳤다.

가장 먼저 그를 붙잡은 것은 바람이었다.

[비형! 무슨 생각인가!]

비형은 대답하지 않고 지상을 내려다보았다. 그가 지금껏 지켜보아온 이들이 그곳에 있었다. 언제나 분신체로 마주하던 화신들. 그들이 이제는 자신과 같은 자리에 있다.

비형은 자기 손을 보았다. 그때만 해도 작던 손바닥이 지금은 성인 남성만큼이나 커졌다.

[나는 아주 오랫동안 저 설화를 보아왔습니다.]

그들의 첫 만남은 그리 달갑지 않았다. 한쪽은 시나리오라는 비극을 파는 장본인이고, 다른 한쪽은 목숨을 걸고 그 시나리오를 수행해야 하는 쪽이었으니까.

그렇기에 비형은 지금 움직여야 했다.

이 손으로 비극의 무대를 열었기에 해야만 하는 일. 이것은 그가 끝까지 '이야기꾼'으로 남기 위해 해야만 하는 일이었다.

[바람, 모든 도깨비에겐 '단 하나의 설화'를 선택할 순간이 온다고 하셨지요.]

[기다리게 비형! 이번엔 자네가 틀렸어. 저 설화는 아니야! 저 설화는─]

비형은 자신의 팔을 붙든 바람의 손을 떼어놓으며 웃었다. 죽음을 앞두고도 씩 웃는 녀석이 있었다. 늘 이해가 가지 않았는데, 비형은 이제 그 마음이 무엇인지 알 것 같았다. 녀석은 정확히 이런 기분이었던 모양이다.

[아마도 나는 저 이야기를 사랑하게 된 모양입니다.]

비형은 관리국의 대도깨비들을 향해 자신의 격을 발출했다.

퍼거걱!

대도깨비들을 대표하여 관리국의 간섭력을 행사하던 가랑의 뿔이 부서졌다. 관리국이 컨트롤하던 개연성이 일제히 흩어지며 일대에 파란이 발생했다.

그 후폭풍은 비형에게도 고스란히 돌아왔다. 새카맣게 변한 설화를 토해내며, 비형은 그대로 몸을 돌렸다.

[비형! 감히……!]

그는 정확히 지상을 향해 낙하하는 망상의 파편을 가로막고 섰다.

지금껏 그가 기록해온 설화들이 울고 있었다.

이야기꾼을 지켜보는 성좌들이 그의 행동에 개연성을 실어주고 있었다.

후폭풍이 자신의 몸을 찢어발기는 고통 속에서 비형은 생각했다.

아마 그가 읽어온 설화의 주인공은 자신의 행동을 달갑게 생각하지 않을 것이다.

주인공은 언제나 모두를 살리고 싶어하니까.

그럼에도 거스를 수 없는 법칙은 있다.

「누구도 희생하지 않는 이야기는 없다.」

이야기를 지키기 위해, 개연성을 지키기 위해, '최후의 벽'에
도달할 '단 하나의 설화'가 되기 위해. 이것은 반드시 일어나
야만 하는 일이었다.

「도깨비 비형은 자신의 마침표를 정했다.」

파스슷, 하며 뭔가가 꿰뚫리는 소리가 들렸다.

돌아보자, 잠깐이지만 김독자의 얼굴이 보인 것도 같았다.

[당신의 ■ ■은 '희생'입니다.]

4

　허공에서 거무튀튀한 비정형의 덩어리가 폭발하는 순간, 나는 근처에 있던 아이들을 덮은 채 바닥에 납죽 엎드렸다.

　이현성이 펼친 강철 방벽 위로, 거센 금속성의 파찰음이 귀를 긁었다.

　그리고 얼마나 지났을까. 소리도 촉각도 모두 사라졌다.

[전송이 완료됐습니다.]

그리고 들려오는 알 수 없는 메시지.

전신의 근육이 흠씬 두들겨 맞은 것처럼 아팠다.

허공을 덮었던 이현성의 방벽이 사라졌다.

어떻게 된 거지?

상황이 잘 이해되지 않았다. 주변을 둘러봐도 보이는 것은 나뿐이었다. 품속에 있던 아이들도, 나를 감싸던 이현성과 정희원도, 허공으로 도약하며 검을 휘두르던 유중혁도 보이지 않았다.

보이는 것은 드넓은 벌판뿐.

고개를 돌리자 하늘 끝까지 닿은 나무와 우거진 숲으로 이뤄진 삼림 지대, 그리고 반대편을 차지한 유황 지대가 보였다.

대도깨비들이 '관리국'의 힘을 행사해 시나리오에 개입했다. 거기까지는 명료하게 기억이 났다. 뒤이어 관리국 측의 코인 제재가 시작되었고, 그것도 모자라서 녀석들이 괴이한 미사일 같은 것을 소환한 것도 생각났다.

그리고 그다음에는…….

「아. 아. 잘 들리시나요? 이것 참, 한국어 패치가 안 돼서 고생했네.」

서늘한 느낌에 반사적으로 주변을 둘러보았다.

어디선가 들려오는 설화. 내가 아주 잘 아는 설화였다.

「이건 영화 촬영이 아닙니다.」

연이어 무언가가 허공에 떠올랐다. 거무튀튀한 소환체가 폭발하던 바로 그 순간, 창공을 덮은 작은 그림자.

나는 분주히 주변을 둘러보았다.

「[꿈도 아니고, 소설도 아니며, 당신들이 알던 '현실'도 아닙니다. 아시겠어요? 그러니까 모두 닥치고 내 말 들으세요.]」

이 근처였다. 이 근처에 녀석이 있었다.

그렇게 얼마나 벌판을 헤집었을까. 갈대숲 사이에 쓰러져 있는 녀석이 보였다.

"비형."

나는 녀석을 안아 들었다. 대도깨비가 되면서 성인 남성만큼이나 커졌던 녀석은, 다시 아이처럼 작아져 있었다.

내가 녀석을 처음으로 지하철에서 만난 그날처럼.

"비형!"

내 모든 비극의 시작.

이 녀석을 만나지 않았더라면, 나는 지금도 평범한 미노 소프트의 계약직 사원이었을 것이다.

「[잠깐만. 지금 나랑 <스트림 계약>을 맺잔 말입니까?]」

그때 이 녀석과 빌어먹을 계약을 하지 않았더라면 나는 여기까지 오지 않았을 것이다.

비형의 몸에서 조금씩 설화 부스러기가 떨어지고 있었다.

「"당신들이 〈김독자 컴퍼니〉의 설화에 대체 무슨 기여를 했습니까. 무슨 염치로 코인 수급에 관여하는 겁니까?"」

「"그런 이야기는 이제 지루하지 않습니까? 언제까지 관리국의 공식에 맞는 설화만 찾아다닐 겁니까?"」

내가 모르는 비형의 설화들이 부서지고 있었다.

나는 다시 한번 비형을 흔들어 깨웠다. 녀석의 뺨을 마구 후려치기도 했다. 그러자 끊어질 듯한 목소리가 들려왔다.

"아프네. 그때 너한테 맞은 바울이 처음으로 불쌍하게 느껴져."

눈을 뜬 비형이 쓴웃음을 지었다. 진언이 아닌 흐트러진 육성. 오랜만에 듣는 도깨비 비형의 진짜 목소리였다.

내가 증오했던 목소리.

사람들을 화신으로 만들고, 시나리오를 세상에 퍼뜨려 이 세계를 관음의 왕국으로 만든 놈. 그렇기에, 묻지 않을 수 없었다.

"왜 나를 구한 거냐?"

비형이 이렇게 된 것은 건드리면 안 되는 개연성을 건드린 까닭이었다. 시나리오에 무리하게 간섭하여 소멸해버린 대도깨비들처럼, 비형 또한 자신이 막을 수 없는 후폭풍에 뛰어들어 이 꼴이 되었다.

「비형은 여기서 죽을 것이다.」

내가 가진 설화들이 흔들리고 있었다.

이것은 내 계획이 아니었다. 내가 원했던 설화가 아니었다.

[제4의 벽'이 격렬하게 흔들립니다!]

비형은 대답 대신 새카만 설화를 토했다. 녀석의 몸이 점점 더 작아지고 있었다.

"잠깐 일어났으면 좋겠는데."

나는 비형을 일으켰다.

창백한 밤하늘 너머로 별들의 운항이 보였다. 시나리오의 흐름에 따라 이리저리 흘러가는 별들. 아득한 성류의 흐름.

비형은 〈스타 스트림〉을 보고 있었다.

"네 동료들은 모두 전송했어. 그리고 인근에 있던 성좌와 화신도 대부분 살아남았을 거야. 여긴 외부 충격에서 안전해."

"너……."

"자세한 건 곧 알게 될 거야. 넌 똑똑한 놈이니까."

하늘에서 몇 개의 별이 추락하는 것이 보였다. 내가 할 말을 찾는 동안, 추락하는 별은 점점 늘어나고 있었다.

아득히 '별자리의 맥락'에서 죽어가는 별들.

비형은 저 별들의 꿈을 꾸며 살아왔을 것이다.

"김독자. 우리는 동료가 아니야."

별들의 설화를 좋아했을 것이고, 그들의 희비극을 함께 지켜보았을 것이다. 무수한 별들의 죽음을 보아왔을 것이다. 그

리고 한편으로는,

"너는 시나리오의 화신이고, 나는 이야기꾼일 뿐이지."

그런 별들의 죽음을 아름답다고 여겼을 것이다.

내가 비형을 증오하는 것은 사실이었다.

나는 어떻게든 그 감정을 더 불태우려 했다.

[설화, '왕이 없는 세계의 왕'이 자신의 이야기꾼을 바라봅니다.]

[설화, '이적에 맞서는 자'가 자신의 이야기꾼을 슬퍼합니다.]

[설화, '재앙의 왕을 사냥한 자'가 자신의 이야기꾼을 애도합니다.]

비명처럼 흩날리는 내 설화들이 비형에게 말하고 있었다.

비형이 웃었다. 자랑스러운 얼굴로.

"네 설화를 끝까지 보고 싶었어."

비형이 바라보는 하늘의 너머에 '최후의 벽'이 있었다.

비형이 꾸었던 꿈. 이 모든 시나리오의 왕인 '도깨비 왕'이 있는 곳.

나는 말하고 싶었다. 겨우 여기서 포기할 거냐고. 내가 그때 약속하지 않았느냐고.

「"도깨비 비형, 나와 계약해라. 그럼 내가 너를 도깨비들의 왕으로 만들어주겠다."」

아직 나는 그 약속을 이뤄주지 못했다.

「그는 김독자가 쌓아온 설화의 첫 번째 독자였다.」

양손이 점점 가벼워졌다. 천천히 고개를 내렸을 때, 이미 비형은 그곳에 없었다. 빌어먹을 이야기꾼답게, 녀석은 마지막까지 자신의 이야기만을 남겨놓고 떠난 것이다.

나는 비틀거리며 자리에서 일어났다.

「누구도 희생하지 않는 설화를 만들고 싶었다.」

[당신의 대서사시가 변혁의 계기를 맞이했습니다!]

으스러지도록 쥔 주먹에서 피가 흐르고 있었다. 내 모든 설화가 절규하고 있었다. 〈스타 스트림〉을 향해, '최후의 벽'을 향해 외쳐대고 있었다.

「아직 이야기는 끝나지 않았다, 김독자.」

비형은 죽었지만 녀석이 남긴 설화는 아직도 살아 있었다. 녀석이 죽기 전에 남긴 설화가 내 곁을 맴돌며 자신의 문장을 소진하고 있었다.

나는 간신히 정신을 차렸다. 비형 말이 맞았다. 내가 원하는 끝은 이제 시작이다. 비형이 나를 어디로 보냈는지, 일행들이 어디로 갔는지부터 알아내야 한다.

　그리고…….

　드넓은 벌판의 허공에서 개연성의 스파크가 내리치고 있었다. 그 스파크 너머로 외부의 정경이 어슴푸레 드러났다.

　폐허가 된 최종장의 무대. 죽은 성좌들과 화신들의 시체가 즐비한, 바로 조금 전까지 내가 있었던 전장.

　그 정경을 보는 순간, 나는 내가 어디에 있는지 깨달았다.

['최후의 방주'에 오신 것을 환영합니다.]

이곳은 바로, 내가 부숴야 하는 바로 그 '배'의 내부였다.

[현재 '최후의 방주'가 이륙 프로세스에 진입한 상태입니다.]

[최종 시나리오가 갱신됐습니다!]

　〈메인 시나리오 #99 - ■■■■〉

　분류: 메인

　난이도: ???

　클리어 조건: 방주를 움직이는 설화핵을 파괴하고, 대도깨비와

　신화급 성좌들의 세계선 이주 계획을 저지하시오.

　제한 시간: 24시간

보상: 최후의 벽

실패 시: 세계선 멸망

그런 것이었나.

이곳이 '최후의 방주'라면, 배 안에 이만한 세계가 깃들어 있는 것도 이해가 갔다. 지금 내가 서 있는 곳은, 방주 안에 잠들어 있는 무수한 신화가 시작된 태초의 땅이었다.

쿠구구구구.

그 땅의 건너편에서 거친 진동이 들려왔다.

뭔가가 이쪽으로 다가오고 있었다.

「도망쳐라, 김독자.」

자신의 세계관을 등에 업고 본연의 힘을 되찾은 존재들.

신화급 성좌들이 몰려오고 있었다.

⌘ ⌘ ⌘

「방주는 일종의 '거대 설화 병기'다. 방주를 확실하게 부수려면 내부에 있는 설화핵을 박살 내야 해.」

나는 비형이 남긴 설화들을 읽으며 방주의 내부를 달리고
또 달렸다.

[현재 당신은 거주 선실 D-21에 진입한 상태입니다.]
[해당 지역에서는 다른 신화의 영향력이 너무 강합니다.]
[현재 성운 멤버들과 연락이 닿지 않는 상태입니다.]

다른 거대 설화들의 영향력이 너무 강하기 때문일까, 일행
들에게 연락이 닿지 않았다. 다행인 점은, 나와 같은 선실에
떨어진 일행이 하나 더 있다는 사실이었다.

[같은 성운의 영향력이 강하게 느껴집니다!]

"김독자!"
내가 손을 뻗으며 무슨 말을 하려는 순간, 한수영이 외쳤다.
"닥치고 달려! 이쪽으로 오지 마!"
한수영의 뒤쪽에서 덤불 숲이 통째로 갈려나갔다. 뭔가가
쫓아오고 있었다. 재빨리 품속을 뒤진 한수영이 뒤를 향해 연
막탄을 던졌다.

['양산형 SSS급 연막탄'이 효력을 발휘합니다!]
[20초간 인근 지역의 시야가 차단됩니다!]

혼란에 빠진 성좌들이 아우성을 치는 동안, 우리는 재빨리 덤불 지역을 벗어났다. 한수영은 이미 사태 파악을 끝낸 모양이었다.

"그 자식은 뒈졌어?"

나는 아무 대답도 하지 않았다.

숨을 헐떡인 한수영이 바닥에 퉤 하고 침을 뱉었다.

"빌어먹을 도깨비 자식, 이런 걸 마지막 선물이라고 주고 가냐."

이걸 선물이라고 말할 수 있을까.

나는 방주의 천장을 올려다보았다. 이 방주 안에는, 아마 우리 말고도 무수한 '거대 설화'의 주인이 잠들어 있을 것이다.

"김독자."

"비형의 설화에 따르면 설화핵은 방주 중심부에 있어. 여긴 아마 선두 인근일 거야."

내가 그 말을 뱉자마자, 연막탄 사이에서 성좌들의 진언이 울려 퍼졌다.

[쫓아라!]

[이 근처에 놈들이 있다. 놈들과 함께 다음 세계선으로 갈 수는 없어!]

한수영이 '한낮의 밀회'를 통해 말을 걸었다.

—그냥 다 죽여버릴까?

그것도 하나의 방법일 것이다. 하지만 전황이 그리 좋지 않았다.

이 선실은 다른 성운의 세계관.

즉, 그들의 '무대화'가 적용되는 장소였다.

[거주 선실 D-21 지역은 우주수宇宙樹 이그드라실의 뿌리가 보존된 곳입니다.]

한수영이 인상을 찌푸렸다.

—빌어먹을, 하필이면 〈아스가르드〉야.

[성좌, '하프와 호른의 신'이 멸망의 진혼곡을 연주합니다.]

[성좌, '멸망의 늑대에게 팔을 잃은 자'가 자신의 사라진 팔을 찾고 있습니다.]

[성좌, '목요일의 천둥'이 자신의 위세를 과시하고 있습니다.]

성좌들이 하늘을 떠다니며 우리를 찾고 있었다.

대부분은 설화급 성좌였다. 하지만.

—토르가 저렇게 강했나?

묠니르에 번개를 응축한 '목요일의 천둥'이 새파란 눈으로 창공을 올려다보고 있었다.

설화급 성좌인 토르. 그런 그도 이 무대에서는 제우스에 육박하는 수준의 격을 방출할 수 있었다.

나는 한수영을 향해 말했다.

—우리한테 유리한 무대를 찾아야 돼.

―이 안에 그런 무대가 있겠어?

이들과 달리 〈김독자 컴퍼니〉는 세계관이라 칭할 만한 것이 없었다.

―하나 있지.

그럼에도, 내 생각이 옳다면 이곳에는 우리가 싸울 만한 무대가 하나 있었다. 그곳이라면 다른 모든 일행도 제힘을 충분히 낼 수 있을 것이었다.

문제는 그곳까지 어떻게 가느냐 하는 것인데.

[설화, '돌멩이와 나'가 이야기를 시작합니다!]

물론 방법은 있었다.

한수영이 눈을 동그랗게 떴다.

[설화, '돌멩이와 나'가 '우린 모두 한낱 돌멩이일 뿐'을 이야기합니다!]

―뭐야 이거?

나는 한수영의 손목을 잡은 채, 굴러가는 돌멩이처럼 조심조심 성좌들의 앞으로 나섰다. 예상대로 성좌들은 우리를 전혀 발견하지 못했다.

[성좌, '사랑과 고양이의 여신'이 침울한 표정을 짓고 있습니다.]
[성좌, '큰 뿔 다리의 수호자'가 누군가를 찾고 있습니다.]

바로 앞을 지나치는데도 발견하지 못하는 성좌들을 보며, 한수영이 입을 딱 벌렸다.

—미친, 개사기잖아.

사기는 사기지. 적어도 '돌멩이'는 그곳에 돌멩이가 있다는 사실을 애써 인지하기 전까지는 눈에 띄지 않으니까.

[성별 바꾸기를 좋아하는 한 성좌가 키득키득 웃고 있습니다.]

순간 불길한 느낌이 들었다. 한수영도 표정이 비슷했다.

하지만 이제 조금 남았다. 설령 로키가 우리 존재를 눈치챘다고 해도, 〈아스가르드〉의 주력 성좌들은 이미 저만치 멀어진 상태.

"이번에도 그 방법으로 도망칠 셈인가요?"

불현듯 들려온 목소리와 함께 나는 걸음을 멈추었다.

잠시 잊고 있었다.

설화 「돌멩이와 나」는, 그 설화의 실체를 간파한 사람에게는 통하지 않는다는 사실을.

그리고 불행하게도, 나는 이미 이 설화를 누군가에게 사용한 적이 있었다.

천천히 등을 돌리자, 소용돌이치는 붉은 눈동자가 우리를 보고 있었다.

95
Episode

개천

開天

Omniscient Reader's Viewpoint

1

[현재 BY-9158의 화면 송출이 일시적으로 중단된 상태입니다.]

현재 채널 내 성좌들은 우리 위치를 특정할 수 없었다. 비유가 임의로 행한 일일 수도 있고, 방주로의 전송 과정에서 문제가 발생했기 때문일 수도 있었다. 어느 쪽이든 도망 중인 지금의 우리에게는 잘된 셈이었다.

눈앞의 사람이 없다면 더 좋았을 것이다.

"안나 크로프트."

나는 바람에 흩날리는 예언자의 금발을 바라보았다.

우거진 숲의 인근에서 추가로 기척이 느껴졌다. 아마 그녀의 직할 부대인 '차라투스트라'겠지.

한수영이 인상을 찌푸렸다.

─돌멩인가 자갈인가 왜 재한텐 안 통해?

나는 대답하지 않았다. 지금 '환생자들의 섬'에서 있었던 일을 모두 설명할 수는 없었다.

한수영은 대답을 기다리는 대신 내 손을 강하게 움켜쥐었다. 그리고 다른 한 손으로 안나 크로프트를 노려보며 손가락을 겨눴다. 그 끝에 사나운 [흑염]의 불꽃이 일렁이고 있었다.

"비키든지 뒈지든지."

두 사람의 시선이 허공에서 부딪쳤다.

[예상표절]을 발동한 한수영의 동공에 새파란 귀기가 어리자, '대악마의 눈동자'를 가진 안나 크로프트의 눈에도 붉은 기운이 일렁였다. 미래를 읽는 두 사람의 시선이 부딪치자 희미한 스파크가 튀어 올랐다.

그 균형을 잠시 유지하던 안나 크로프트가 입을 열었다.

"김독자, 이 층을 빠져나가고 싶겠죠?"

한수영이 정색하며 으르렁거렸다.

"야, 나 무시하냐?"

"내가 당신을 도울 수 있어요."

"아까는 죽이겠다고 달려들더니?"

한수영의 말과 함께, 주변 성좌들의 기척이 느껴졌다. 주변 지형을 마구잡이로 파괴하며 우리를 찾는 녀석들도 있었다.

시간을 오래 벌기는 힘들었다.

"어쩔 수 없었어요. 거기서 당신들 편을 들었다간 우리가 먼저 쓸려나갔을 테니까."

"지금은 상황이 다른가?"

"이런 식으로 계속 시간을 끌 건가요? 지금 급한 건 내가 아니라 그쪽일 텐데요."

"그쪽을 신뢰할 근거가 있습니까?"

"근거를 제시하면 믿는 타입이었던가요?"

다른 상황이었다면 이 도움을 기쁘게 받아들였으리라. 하지만 안나 크로프트는 성운 전체와 직계약을 맺은 존재였다.

"당신은 성운 〈아스가르드〉의 화신입니다."

[성운, 〈아스가르드〉의 거대 설화들이 오랜 잠에서 깨어납니다!]

그리고 하필 이 층은, 〈아스가르드〉의 성좌들이 머무는 선실이었다.

안나 크로프트는 순순히 인정하며 고개를 끄덕였다.

"그렇죠. 난 저들의 화신입니다. 그러니 더욱 이상하지 않나요. 내가 당신들을 보고 있는데, 왜 저들이 달려오지 않는지."

나 역시 인근에서 서성이는 성좌들을 보고 있었다. 우리의 대화를 듣지 못하는 것 같았다. 그녀가 모종의 방식으로 성좌들의 시선을 차단한 모양이었다.

"무슨 생각이지?"

나는 안나 크로프트의 심유한 눈을 마주 보았다.

[전용 스킬, '독해력'이 발동합니다!]

「안나 크로프트는 누구보다 현실적인 대의를 중시하는 화신이다.」

어떤 의미에서 이 세계의 가장 큰 올바름을 추구하는 이는 안나 크로프트였다. 유중혁의 대의가 분노와 증오로 만들어진 것이라면, 안나 크로프트의 대의는 정의로 만들어졌다.

절대다수의 생존.

그녀의 목표는 자신이 태어난 라스베이거스를, 미국을, 나아가 지구 전체를 이 시나리오의 지옥 속에서 보존하는 것이었다.

「하지만 이번 세계선에서 미국은 멸망했다.」

그녀의 고향은 대멸망이 일어난 그날 사라졌다. 이제 남은 이들은 그녀를 따르는 소수의 '차라투스트라'뿐이다.

그럼에도 안나 크로프트의 표정은 어둡지 않았다. 오히려 그녀의 표정은 열의로 가득했다. 드디어 자신이 원하는 세계에 가까워진 사람의 표정.

배 전체에 울려 퍼지는 부드러운 진동을 느끼며, 나는 입을 열었다.

"당신은 이 방주를 차지할 생각이군."

거의 동시에 나와 같은 해답에 도달한 듯, 곁의 한수영이 침음했다.

안나 크로프트가 빙긋 웃었다.

"역시 이야기가 빨라서 좋군요."

"성좌들을 몰아내고 방주를 차지하는 건 쉽지 않을 겁니다."

"인류에게 주어진 마지막 기회예요."

안나 크로프트의 계획은 명료했다.

'최후의 방주'는 다른 세계선으로 설화의 씨앗을 옮기는 거대 설화 병기.

성좌들을 물리치고 이 방주의 통제권을 얻을 수만 있다면, 그녀는 새로운 세계선으로 인류를 이송할 수 있을 것이다. 그곳에서 모든 것은 다시 시작되는 것이다.

"단 하나의 성좌도 살려둘 순 없어요. 설령 그게 당신이라 해도."

그 말을 들으며, 나는 멸살법의 오래된 문장을 떠올렸다.

「안나 크로프트의 ■■은 '완전한 밤'이다.」

그 어떤 별빛도 비추지 않는 암흑의 세계.

안나 크로프트는 인간이 다시 그 어둠 속에서 자유로워지기를 원하는 사람이었다.

그녀가 꿈꾸는 세계라면 내 일행들도 모두 살아남을 수 있겠지.

나는 조금은 외로운 느낌을 받으며 입을 열었다.

"그럼 한시적인 동맹이겠군요. 방주의 '핵'이 있는 곳까지만 동행하는 겁니다."

"그때까진 내 [미래시]의 힘을 빌려주겠어요."

곁에 있던 한수영이 나를 향해 메시지를 보냈다.

—거짓 간파로 계속 확인하고 있는데, 거짓말은 없어. 딱히 포커페이스를 발동한 것 같지도 않고.

나는 고개를 끄덕였다.

"좋습니다. 동맹을 받아들이겠습니다."

※ ※ ※

나는 비형이 남긴 설화를 더듬으며 주변 지형을 읽었다.

「삼림 지대의 바깥쪽. 창공에 닿은 가지 쪽 출구.」

안나 크로프트를 따라가는 동안 깨달은 것은, 우리가 서 있는 장소가 벌판이 아니라 나무의 한 층위였다는 사실이었다.

—세계관 구현을 제법 잘해놨네.

한수영이 감탄했다는 듯 중얼거렸다.

정교하게 구현된 〈아스가르드〉의 세계관을 보고 있자니, 최후의 방주가 얼마나 오랫동안 준비된 물건인지 실감이 났다.

이것이 우주수 이그드라실의 전부는 아닐 것이다. 기껏해야 표본 정도겠지.

그럼에도 이 나무는 충분히 넓고 광대했다. 아마 〈아스가르드)의 성좌들은 이 설화를 기반으로 다음 세계선에서도 기득권의 지위를 누리며 살아갈 수 있을 것이다.

안나 크로프트는 그런 성좌들을 가만히 바라보더니, 이내 고개를 돌리고 전방 탐색에 집중했다.

안나 크로프트를 보던 한수영이 물었다.

—그런데 저 녀석 괜찮을까? 성운을 배신한 대가가 클 텐데.

내가 답하기도 전에 먼저 입을 연 것은 안나 크로프트였다.

"내 사정은 당신들이 상관할 바 아니에요."

"뭐야, 너 이런 것도 엿들을 수 있어?"

"오래 말이 없으니 '밀회'를 나누고 있을 거라 짐작했을 뿐이에요."

"믿고 있는 뒷배라도 있나 봐?"

한수영의 질문에, 안나 크로프트의 표정이 처음으로 굳어졌다.

"무슨 소리죠?"

"일개 화신이 '성운' 전체의 시야를 차단하는 게 상식적으로 가능할까 싶어서 말이지."

한수영 말이 맞다. 그 어떤 화신이라 해도 그런 일을 해낼 수는 없다.

나는 안나 크로프트의 뒤쪽을 가만히 노려보았다.

[전용 스킬, '독해력'의 집중도가 더욱 높아집니다!]

짐작 가는 것이라면 있었다.

그녀의 뒤쪽에서 부드럽게 뭉그러지는 혼돈의 기운.

그 너머에서, 안나 크로프트의 눈동자와 닮은 붉은 눈동자가 언뜻 보이는 것도 같았다. 애초에 성좌들이 보는 채널에 간섭할 수 있는 종족은 이 세계에서 둘뿐이다.

허공에서 날벼락이 떨어진 것은 그때였다. 일대의 대지가 갈라지고, 주변의 공기가 심상치 않게 흔들렸다. 폭풍이 오는 소리였다.

[성좌, '외눈의 아버지'가 자신의 외눈을 천천히 깜빡입니다.]

ㅊㅊㅊㅊㅊㅊ츳!

안나 크로프트도 안색이 하얗게 질리고 있었다.

98번 시나리오에서 싸운 창조신 '라'도 저 정도 박력은 아니었다. 아까 본 토르조차 능가하는 아득한 격.

이 세계관의 최강자가 지금 막 잠에서 깨어난 것이었다.

"오딘!"

우리는 달리기 시작했다.

아무리 〈김독자 컴퍼니〉가 강해졌다 해도, 〈아스가르드〉의 땅에서 신화급 성좌인 오딘을 맞상대하는 것은 멍청한 짓이었다.

[성좌, '외눈의 아버지'가 자신의 세계를 바라봅니다.]

무시무시한 시선이 세계를 훑었다. 그리고 얼마 지나지 않아, 뭔가가 우리를 노려보는 듯한 느낌이 들었다.

"이쪽이에요! 빨리!"

안나 크로프트가 가리키는 방향에서 이그드라실의 상층부로 통하는 나무줄기가 나타났다. 우리는 그 줄기 위를 달려갔다. 그리고 거의 동시에, 바닥의 줄기들이 힘을 잃고 무너지기 시작했다.

"더 빨리!"

나는 온 힘을 다해 달리며 바람을 움직였다.

[전용 스킬, '바람의 길 Lv.???'이 발동합니다!]

지금까지 모은 거대 설화의 영향으로 더욱 강력해진 [바람의 길]이 일행들에게 가속도를 붙였다. 가능하면 [마왕화]를 전개해 날개를 펼치고 싶었지만, 전송 직전 다친 한쪽 날개의 회복이 더딘 상태였다.

두두두두두두두!

뭔가가 우리 뒤를 쫓고 있었다.

[성좌, '하프와 호른의 신'이 아버지의 명령을 듣습니다.]
[성좌, '사랑과 고양이의 여신'이 아버지의 명령에 따릅니다.]

[성좌, '멸망의 늑대에게 팔을 잃은 자'가 울부짖습니다!]

[성좌, '큰 뿔 다리의 수호자'가 누군가의 존재를 눈치챘습니다!]

"이제 다 왔어요!"

말과 함께 돌아선 안나 크로프트가 뒤를 향해 양손을 뻗었다. 주변 정경이 변하며 일대의 시야가 사라졌다. 안나 크로프트의 특기인 [환영 결계]였다.

한순간 주변이 암전된 성좌들이 기함을 했다.

츠츠츠츠츠츳!

안나 크로프트의 눈이 충혈되더니, 곧이어 입과 귀에서 피가 흘러내리기 시작했다. 자신의 성운에 직접 대항한 대가였다. 안나 크로프트는 그런 상황에도 굴하지 않고 외쳤다.

"이리스! 셀레나! 동료들을 데려가!"

우리보다 앞서 달리던 두 사람이 '차라투스트라'를 데리고 가지의 끝을 향해 나아갔다.

"달려요! 바로 앞이니까!"

피를 쏟는 안나 크로프트는 어느새 한쪽 무릎이 꺾이고 있었다. 도저히 혼자서 달릴 수는 없는 상황이었다.

"한수영."

내 말이 떨어지기도 전에 한수영이 안나를 안고 달렸다. 얼마 지나지 않아 우리는 가지의 끝에 도달했다. 무지갯빛이 감도는 신비한 다리가 그곳에 있었다.

「다른 층으로 통하는 무지개다리, '비프로스트'.」

신화 속에나 나오던 환상의 다리가 눈앞에 놓여 있었다. 셀레나와 이리스 일행은 이미 그 다리를 절반 이상 건너간 상태였다.

나는 [전인화]를 발동해 추진력을 이용해 단번에 건너가려 했다. 그런데.

콰아아아아앙!

허공에서 빛이 번뜩인다 싶더니, '비프로스트'의 중심이 뚝 끊어졌다.

창공을 가르는 거대한 창이 회수되고 있었다.

나는 그 창이 무엇인지 바로 알아보았다.

신왕神王 오딘의 무기, 궁니르Gungnir.

그는 다른 세계로 통하는 다리를 직접 끊어버림으로써 우리를 제거하기로 결심한 것이다.

나는 뒤쪽에서 쫓아오는 성좌 무리를 바라보며 입술을 깨물었다.

이곳에서 오딘과 싸우면 우리는 필패한다. 결국 답은 다리를 건너가는 것뿐이었다.

하지만 끊어진 다리의 폭은 너무나 컸고, 그 사이에는 오딘이 생성한 폭풍이 불고 있었다. [바람의 길]이나 [전인화]를 전력으로 발동해도 건널 수 있다는 보장이 없었다.

한수영이 답답하다는 듯 외쳤다.

"빨리! 방법 없어?"

한수영에게 의지한 채 흔들리는 안나 크로프트가 피를 꾸역꾸역 토하며 말했다.

"내 미래시도 완전한 건 아니에요…… 다만 이번만큼은…… 확실히 봤어요. 이 다리를…… 우리 네 사람이 건너는 걸……."

네 사람?

물어보고 싶었지만, 지나치게 피를 많이 흘린 안나 크로프트는 어느덧 말이 없었다.

그 순간, 내 머릿속에 어떤 장면이 떠올랐다.

「김독자는 생각했다. '그게 될까?'」

하지만 다른 수가 없었다. 하늘을 올려다보자, 채널의 격변에 당황한 성좌들의 간접 메시지가 쏟아지고 있었다.

[성좌, '악마 같은 불의 심판자'가 채널 화면을 보고 싶어합니다!]
[성좌, '흥무대왕'이 갑작스러운 채널 암전에 불평합니다!]
[성좌, '대머리 의병장'이 사라진 김독자를 찾습니다!]

"비유! 화면 틀어!"

"뭐? 돌았어?"

지금 채널을 열면 방주 안의 모든 성좌가 내 위치를 눈치채게 될 것이다.

하지만 이것은 채널을 열어야만 가능한 일이었다.

[채널 BY-9158의 화면 송출이 정상화됐습니다.]
[다수의 성좌가 눈앞의 화면에 깜짝 놀랍니다!]
[일부 성좌가 당신의 위기를 깨닫고 경악합니다!]
[소수의 성좌가 이 상황에 대한 기시감을 느낍니다.]

성좌들이 말하는 기시감이 무엇인지 나도 잘 알고 있었다.

「언젠가 그들은 끊어진 다리를 함께 건넌 적이 있었다.」

끊어진 동호대교 위로 발동했던 '데우스 엑스 마키나'.

[절대다수의 성좌가 당시 상황을 기억합니다!]
[성운, <김독자 컴퍼니>의 거대 설화들이 움직입니다!]

성좌들의 시선과 함께 개연성이 요동쳤다.

['무대화'가 발동합니다!]
['데우스 엑스 마키나'가 발생합니다!]

그때 성좌들이 놓아준 바로 그 다리가, 눈앞에서 재현되고 있었다.

[데우스 엑스 마키나 - 짝수 다리]

설명: 성좌의 가호로 만들어진 빛의 다리. 오직 '짝수' 인원만이 다리를 건너갈 수 있다. 홀수 인원이 다리를 건너려 할 시, 다리 는 즉시 소멸한다.

짝수 다리. 정말 오랜만에 듣는 이름이었다.

"한수영! 안나를 데리고 달려!"

"뭐?"

"빨리!"

나는 한수영에게 [바람의 길]을 발동해 강제로 다리를 건너 게 했다.

—야! 에이 씨, 모르겠다!

나는 멀어지는 한수영의 뒷모습을 보며 등을 돌렸다.

어느새 안나 크로프트의 [환영 결계]를 빠져나온 성좌들이 하나둘 모습을 드러내고 있었다.

나는 그들을 향해 격을 개방하며 생각했다.

「짝수 다리는 반드시 짝수 인원만이 건널 수 있다.」

멀리서 한수영의 목소리와 분노한 오딘의 포효가 번갈아 들려왔다.

그리고 나는 '부러지지 않는 신념'을 뽑았다.

여기서 죽을 생각은 조금도 없었다.

「안나 크로프트는 '네 명'이라고 했다.」

달려드는 성좌들을 향해 [전인화]의 전격을 방출하는 순간, 성좌들의 후미에서 폭발음이 들려왔다.

누군가가 탱크처럼 성좌들을 깨부수며 이쪽으로 달려오고 있었다.

익숙한 설화. 방금 이 층으로 소환된 이가 있었다.

뿌옇게 차오른 설화의 안개 너머로 녀석의 얼굴이 나타났다.

—그대로 달려라. 김독자.

달려드는 화신들을 모조리 쳐내고, 성좌들의 골통을 박살 낸 놈이 흉흉한 눈빛으로 달려오고 있었다.

나는 쓴웃음을 지었다. 다른 사람은 몰라도 저 녀석이랑은 건너기 싫었는데.

—이번엔 던지지 마라, 개자식아.

※

2

    다리를 향해 달려오는 유중혁과, 뒤를 쫓는 〈아스가르드〉 측 성좌들.

    화면을 보던 '대머리 의병장'이 외쳤다.

    [힘내게 후손들이여!]

    그러자 '외눈 미륵'이 중얼거렸다.

    [머리에 땀 찼다, 너.]

    [자네 머리나 신경 쓰게.]

    [도우러 안 갈 거냐?]

    [화신이 없는데 무슨 수로 가나?]

    [직접 현현하면 되잖아.]

    [여기에 너무 오래 갇혀 있어서 돌아버린 건가? 남은 코인으로는 상징체 현현도 불가능하네.]

투덜거린 '대머리 의병장'이 머리를 닦으며 뒤쪽을 돌아보았다.

그곳에는 단조로운 무채색으로 만들어진 커다란 연무장이 있었다.

92층 시나리오 지역, '무한의 성소'.

총 10개의 미션을 완료해야만 탈출할 수 있는 이곳에, '대머리 의병장'을 포함한 다수의 위인급 성좌가 벌써 몇십 년째 갇혀 있었다.

'외눈 미륵'이 투덜거렸다.

[빌어먹을 척가 놈 때문에 이게 무슨 고생인지 모르겠군.]

'무한의 성소'를 처음으로 찾아낸 이는 고려제일검이었다.

「진정한 무인이라면 당연히 가야 할 곳이지. 시련들도 아주 쉬우니 숨겨진 조청 같은 곳이라 할 수 있다.」

척준경 다음으로 시나리오를 클리어한 '해상전신'은 이렇게 말했다.

「해볼 만한 곳일세. 통과하기만 하면 대단한 성취를 이룰 수 있어.」

척준경과 이순신의 무위를 동경하던 위인급 성좌들은, 그 말에 모두 '무한의 성소'로 향했다. 그리고 지금 수십 년째 이

꼴이었다.

[우리가 척준경과 이순신이 아니란 걸 그땐 잠깐 잊고 있었네.]

어디서든 재능이 문제다.

'대머리 의병장'은 한숨을 푹푹 내쉬었다.

연무장 중심에서 병장기의 파찰음이 반복해서 들려왔다.

[저치들은 아직도 싸우는 건가?]

'외눈 미륵'의 외눈이 향한 곳에는 드잡이질을 벌이는 두 노인이 있었다.

우락부락한 근육을 가진 호랑이 같은 사내와 호리호리하고 단단한 근육을 가진 여우 같은 사내.

두 자루의 검이 허공에서 부딪치자 강한 스파크가 튀었다.

[김유신! 오늘은 반드시 승부를 내겠다!]

[계백, 자네는 아직 내 상대가 안 되네.]

그들의 주변부로 '무대화'가 발생하며 황산벌의 전장이 펼쳐지고 있었다. 언젠가 김독자가 [간평의]를 이용해 만들었던 바로 그 전장이었다.

김유신의 용화향도들이 계백을 공격했고, 계백 또한 웅혼한 격을 방출하며 귀신처럼 전장을 누볐다.

대단한 전투였지만, 다른 위인급 성좌들은 따분한 눈으로 그 광경을 지켜볼 뿐이었다. '매금지존'은 고개를 절레절레 흔들었고, '한남군 개국공'은 혀를 쯧쯧 찼다.

'외눈 미륵'이 비웃었다.

[저렇게 폼 잡아봤자 지들도 알아. 이제 여긴 황산벌이 아니라는 거.]

한때는 진심인 적도 분명 있었을 것이다. 깊은 은원이 있었고, 죽음으로도 풀 수 없는 한이 있었다.

그들은 자신의 모든 것을 걸고 황산벌에서 싸웠다.

분명 그런 시절도 있었다.

[설화, '노을이 지는 황산벌'이 드문드문 이야기를 계속합니다.]

성좌가 되고 난 후 가장 빨리 닳아버리는 것은 성좌 자신의 '설화'다. 자신의 이야기가 고갈되어갈수록 성좌의 힘은 약해진다. 무료해지고, 따분해지며, 깊은 우울에 빠지거나 권태에 침식된다.

그런 수렁에서 벗어나기 위해 성좌들은 필연적으로 다른 설화를 찾게 된다. 이 끔찍한 영원의 굴레에서 잠깐이나마 해방되기 위해, 또 새로운 비극을 찾아 나서는 것이다.

카가강!

병장기가 부딪치는 속도가 점점 빨라지자, '서애일필'이 말했다.

[그래도 전보다는 힘이 좀 들어갔는데?]

[그때 '구원의 마왕'이 저들을 소환하고 나서부터 다시 불이 붙은 것 같아.]

'매금지존'의 말에 성좌들은 동시에 시나리오 채널을 향해 눈을 돌렸다.

다리를 건너가는 김독자와 유중혁의 모습.

이미 반대편에 도착한 한수영이 외치고 있었다.

—김독자! 더 빨리!

시끄럽던 병장기 소리가 멈췄다. 황산벌을 재현하던 김유신도, 계백도 어느덧 숨을 죽이고 있었다. 성좌들은 하나둘 건들거리며 패널 근처로 모여들었다.

몇몇이 김독자가 건너는 다리를 보며 알은체했다.

[잠깐, 저거 '짝수 다리' 아닌가? 옛날 생각나는군.]

[뭔 헛소린가. 자넨 저때 구독도 안 하지 않았던가?]

[험.]

오딘이 김독자와 유중혁을 쫓아오고 있었다. 거센 폭풍 속에 둘의 전진 속도는 점점 느려졌다. 서늘한 격의 움직임. 결코 빗나가지 않는다는 신창 궁니르가 김독자의 등을 겨냥하고 있었다.

'외눈 미륵'이 소리쳤다.

[아니! 오딘 저자는 그래도 신화급 성좌의 위상이 있지—]

[김독자 군도 신화급 성좌일세.]

[신화급이라도 다 같은가! 우리 김독자는 아직 연약한 새내기 신화급이야!]

언제 다투었냐는 듯, 화면 앞에 나란히 앉은 김유신과 계백도 외쳤다.

[후손이 수련을 게을리했군.]

[간평의로 나를 부를지도 모르겠어. 준비를 해야…….]

[계백 그대를? 저런 상황에서라면 당연히 나를 소환하겠지.]

또다시 황산벌이 재현되려는 기미가 보이자, '외눈 미륵'이 경고하듯 말했다.

[둘 다 닥치고 화면이나 보시지.]

[그나저나 저자가 또 김독자를 던져버리는 건 아니겠죠?]

다리 위를 달리는 유중혁의 오른쪽 팔에 스파크가 튀고 있었다. 모든 성좌가 우려하던 와중, 갑자기 유중혁이 그 팔로 김독자의 멱살을 잡았다.

[내 저럴 줄 알았네! 저럴 줄―]

유중혁은 김독자를 힘껏 앞으로 내던지며 김독자의 등을 발판 삼아 짓밟았다. 마치 서핑이라도 하는 듯 폭풍을 거슬러 나아가는 유중혁.

다음 순간, 오딘이 던진 궁니르가 광대한 빛살과 함께 폭발을 일으켰다.

콰아아아아아!

빛이 걷혔을 때, 그곳에는 부서진 '비프로스트'의 다리 잔해만이 남아 있었다.

[어떻게 된 거야? 성공인가?]

이내 화면이 전환되며, 다음 칸으로 넘어간 김독자 일행이 나타났다.

[오오, 성공이군!]

자기 일이라도 되는 것처럼, 한반도의 성좌들이 마주 보며 기뻐했다. 심지어 계백과 김유신조차 머쓱하게 서로 보더니 가볍게 주먹을 맞댔다. 그러나 기쁨은 오래가지 못했다.

—놈들을 쫓아라.

분노한 오딘의 일갈에 〈아스가르드〉 성좌들이 움직이기 시작한 것이다.

「〈김독자 컴퍼니〉는 오래 달아나지 못할 것이다.」

모두 알고 있는 사실이었다. 아무리 김독자라고 해도 저렇게 불리한 무대에서 거대 성운의 추적을 벗어나는 것은 불가능하다. 게다가 채널이 공개되었으니, 곧 방주 내 다른 성운도 〈김독자 컴퍼니〉를 노리기 시작할 터였다.

깊게 내려앉은 침묵. 누군가가 체념조로 중얼거렸다.

[이번엔 힘들겠군…….]

[사실 죽어도 한참 전에 죽어야 했던 친구지.]

그 말에 몇몇 성좌가 고개를 끄덕였다.

지금까지 김독자의 생존은 기적의 연속이었다. 동호대교 아래로 떨어졌을 때도, '절대왕좌'를 깨부술 때도, '구원의 마왕'이 되었을 때도, 1,863회차에 다녀왔을 때도. 김독자는 몇 번이나 죽어야 했다.

심지어 그가 '외신왕'이 되어 나타났을 때, 모두 이번에야말로 그가 죽을 것으로 생각했다.

「몇 년 전까지만 해도 그들보다 한참 하위 시나리오에 있던 화신.」

　이제 성좌들은 자신보다 앞선 시나리오를 살아가는 김독자의 뒷모습을 보고 있었다. 누군가는 부러운 눈으로, 누군가는 자조적인 눈으로. 모두 하고 싶은 말이 있지만, 누구도 감히 그 말을 꺼내지 못했다.

　입을 연 것은 계백이었다.

　[신단수의 예언을 훔쳐 들은 적이 있네. 어쩌면 이 세계선이 최후의 세계선이 될 수도 있다더군.]

　누구도 〈김독자 컴퍼니〉의 끝이 어디인지는 모른다. 그들이 끝내 어디에 도달할지, 어떤 ■■을 보게 될지는 아무도 알지 못한다. 어쩌면 많은 이의 예상대로 이 세계의 끝에 도달조차 해보지 못하고 끝나버릴 수도 있다.

　계백이 자신의 대도를 짚은 채 천천히 자리에서 일어났다.

　그의 시선은 연무장 중심에 있는 포털을 향해 있었다. '무한의 성소'의 마지막 시련이 있는 장소.

　김유신이 물었다.

　[설마 다시 도전할 셈인가? 이번에는 죽을 수도 있네.]

　[죽으면 여기가 나의 ■■이겠지.]

　계백의 말에, 김유신이 웃었다.

　[우리의 ■■은 황산벌이다.]

　목을 꺾으며 김유신도 자리에서 일어났다.

세 번째로 일어난 것은 '대머리 의병장'이었다.

[나도 다시 한번 도전해보겠네.]

의기에 찬 그의 눈동자가 빛났다. 이어서 몇몇 성좌가 자리에서 일어났다. '매금지존' '한남군 개국공' '서애일필'…… 그리고.

[지난번에 파티로 갔다가 몰살당할 뻔한 걸 다들 잊진 않았겠지.]

'외눈 미륵'의 말에 모두의 표정이 어두워졌다.

그들은 지금껏 이 시나리오의 마지막 관문을 통과할 수 없었다.

[하지만 저기를 통과하지 않으면 저치들을 도우러 갈 수가 없어.]

애초에 '무한의 성소' 최종장은 이 정도 인원으로 클리어할 수 있는 곳이 아니었다. 일인군단인 척준경과 군함을 이끄는 이순신이 괴물인 것이다. 하다못해 성좌 몇만 더 있었어도—

성소 한쪽 구석이 환하게 빛난 것은 그때였다.

[누군가가 '무한의 성소' 10층에 입장했습니다!]

'외눈 미륵'이 반색하며 외쳤다.

[오, 신입인가?]

빛살 속에서 나타난 이는 두 사람이었다.

잠시 후, 그들이 누구인지 눈치챈 '외눈 미륵'이 멍하니 입을 벌렸다. 아주 큰 사람과, 아주 작은 사람.

먼저 입을 연 것은 작은 사람 쪽이었다.

[척준경 말대로군. 아직도 여기에 있었나? 한심한 놈들.]

사나운 패기를 흩날리며 키리오스가 말했다.

[네놈들이 미적거려서 내 제자가 죽게 생겼다.]

✄ ✄ ✄

빛무리가 일제히 부서지는 광경과 함께, 나와 유중혁은 세계관의 출구로 빨려나갔다. 정신을 차렸을 때, 나는 유중혁에게 짓밟혀 있었다.

"던지지 말라니까!"

유중혁은 뭔가 불결하다는 듯 가볍게 자기 전투화를 털었다. 우리를 기다리고 있던 한수영이 다가왔다. 표정을 보니 또한마디 쏘아붙일 요량이었다. 불행인지 다행인지 안나 크로프트가 먼저 입을 열었다.

"'무대화'를 그런 식으로 사용할 줄은 몰랐군요. 솔직히 조금 감탄했습니다, 구원의 마왕."

그러자 한수영이 안나 쪽으로 시선을 돌렸다.

"넌 [미래시]로 다 본 거 아니었어?"

"다리를 건너는 건 보았지만 그게 저런 다리인 줄은 몰랐습니다."

"완전 사이비네 이거."

나는 둘의 다툼을 무시하고 주변 정경을 살폈다. 줄기의 관 다발처럼 생긴 통로가 곳곳으로 뻗어 있었다.

아마 이곳이 '최후의 방주'의 복도인 모양이었다.

우리보다 앞서 통로로 진입한 '차라투스트라'들은 보이지 않았다.

잠시 눈을 감고 뭔가 느끼던 안나 크로프트가 말했다.

"아마 각자 다른 통로로 흩어진 것 같군요. 다행히 목숨을 잃은 사람은 없습니다."

"우리 쪽 일행도 무사한 것 같군."

유중혁의 말에 나도 고개를 끄덕였다.

[해당 지역에서는 타 신화의 영향력이 약해집니다.]
[성운, <김독자 컴퍼니>의 맥락이 다시 활성화됩니다!]

〈아스가르드〉의 세계관에서 벗어나자, 일행들의 설화가 조금씩 감지되고 있었다. 곳곳에 흩어진 일행들의 기운이 느껴졌다.

[설화, '구원의 마왕'이 자신의 존재를 알립니다!]

나는 내 설화를 힘껏 방출해 일행들이 한곳으로 모일 수 있도록 유도했다. 일행들이라면 어렵지 않게 나를 찾을 수 있을 것이다.

우리가 닫고 나온 〈아스가르드〉 출입구에서 연달아 폭음이 울려 퍼졌다. 누군가가 닫힌 문을 열고 나오려 하고 있었다. 누구인지는 뻔했다.

　"계속 움직이죠."

3

우리는 〈아스가르드〉의 성좌들을 피해 복잡하게 배열된 통로를 달려나갔다.

[성좌, '멸망의 늑대에게 팔을 잃은 자'가 피 냄새를 맡습니다.]

[성좌, '하프와 호른의 신'의 음표들이 당신의 귓가에 아른거립니다.]

[성좌, '환생자들의 시조'가 당신의 영혼을 추적합니다!]

[성좌, '아비도스의 주인'이 당신에게 두 번의 기회는 없다고 선언합니다!]

채널을 통해 우리를 응원하는 성좌들이 있는가 하면, 채널에 공유된 시야로 우리를 쫓아오는 성좌들도 있었다. 우리 위치가 공개된 순간, 자신의 세계관 장벽을 넘어서 우리에게 살의를 드러낸 별들.

우리가 아직 잡히지 않은 것은 지금 모인 멤버가 바로 이 넷이었기 때문이다.

"오른쪽으로 꺾으면 안 돼요. 좋지 않은 예감이 드니까."

안나 크로프트의 직감을 믿고 방향을 틀었다. 비록 적이지만 이럴 때는 가장 든든한 우군이었다.

연이어 갈림길이 나타났다.

[설화, '예상표절'이 이야기를 시작합니다!]

"오른쪽으로 가면 죽을 확률 92퍼센트. 왼쪽으로 가면 죽을 확률 44퍼센트. 계속 직진!"

머릿속으로 수많은 클리셰의 패턴을 읽어내며 한수영이 소리쳤다.

"직진하면 살 확률은 얼만데?"

"나도 몰라!"

나를 쏘아본 한수영이 앞서 달려나갔다.

"위에서 온다."

다른 누구도 아닌 주인공의 직감이었다. 유중혁이 [파천강기]를 줄기차게 발산했다. 선제공격에 당한 성좌들이 비명과 함께 복도에 나뒹그러졌다. [파천검도]가 뭔가를 썰어대는 소리가 간간이 들렸다.

"계속 달려라."

문득 우리 네 사람이 모인 이유를 알 것도 같았다.

「이 넷은 이 시나리오를 가장 안전하게 클리어할 수 있는 사람들이었다.」

한 사람은 예언자, 한 사람은 작가, 또 한 사람은 회귀자.

그리고 마지막 한 사람은······.

"멈춰."

내 말과 함께, 일행들의 걸음이 동시에 멈췄다. 세 사람 모두 나를 보고 있었다. 나는 그들을 흘끗 보고는, 앞쪽의 선실을 향해 천천히 다가갔다.

안나 크로프트가 내 어깨를 붙잡았다.

"설마 그 방으로 들어갈 생각은 아니겠죠?"

유중혁은 아무 말도 하지 않았다. 나는 일행들을 돌아보며 말했다.

"여길 통과하는 게 유일한 방법입니다."

"지금 그 선실에 뭐라고 적혀 있는지 안 보여?"

아주 잘 보인다. 그리고 이 뒤에서 느껴지는 어마어마한 성좌들의 격도 아주 잘 느껴졌다.

〈올림포스〉.

「내가 원하는 장소에 도달하기 위해서는, 반드시 〈올림포스〉의 세계관을 지나가야만 한다.」

비형이 남긴 설화에 따르면 다른 길은 없었다. 당연한 일이지만 방주 밖에서 우리에게 치욕을 당한 제우스는 결코 길을 내주지 않을 것이다.

"뒤는 오딘, 앞은 제우스로군."

유중혁이 앞으로 다가오며 말했다.

"여기만 돌파하면 놈들에게 대적할 방법이 있는 건가?"

"있어, 반드시."

바로 뒤쪽에서 쫓아오는 오딘의 격이 느껴졌다.

한수영이 소리쳤다.

"젠장, 그럼 빨리 열어! 저 새끼들 쫓아오니까!"

우리는 〈올림포스〉의 문을 박차고 들어갔다. 뭔가가 우리를 강하게 흡입한다 싶더니, 정신을 차렸을 때는 〈올림포스〉의 창공을 활공 중이었다.

멀리서 〈올림포스〉의 웅장한 하늘성이 보였다.

[성운, 〈올림포스〉의 성좌들이 침입자의 정체를 확인했습니다!]

대기가 딱딱하게 굳어갔다.

삽시간에 몰려든 뇌운이 하늘을 뒤덮었다.

[성좌, '번개의 좌'가 〈올림포스〉 전체에 자신의 영향력을 행사합니다!]

〈올림포스〉의 왕이 우리를 기다리고 있었다.

그리고 그 왕의 주변을 지키는 12신좌.

[성좌, '전능의 태양'이 자신의 마차를 움직입니다!]

[성좌, '흉포의 군신'이 자신의 검을 집어 듭니다!]

[성좌, '순결한 달빛의 사냥꾼'이 활시위를 겨눕니다!]

해역 아래로 우리를 기다리는 신화의 괴물들이 보였다.

[성좌, '미궁의 괴물'이 당신을 향해 울부짖습니다!]

[성좌, '죽음을 노래하는 요정'이 당신의 죽음을 노래합니다!]

이 세계관 전체가 우리의 적이었다. 먼 곳에서 천둥이 치는 순간, 나는 일행들을 향해 외쳤다.

"움직여!"

내 [바람의 길]과 유중혁의 [허공답보]가 동시에 발동했다.

안나 크로프트의 [질풍가도]와 한수영의 [흑운칠성]이 그 뒤를 이었다. 우리가 낼 수 있는 최고의 속도로, 우리는 창공을 질주하고 있었다.

하늘의 뇌운이 점점 더 불길한 빛을 띠었다.

[구원의 마왕!]

12신좌가 뒤를 바짝 쫓아왔다.

허공을 가르고 날아드는 아레스의 거검. 나는 '부러지지 않는 신념'을 휘둘러 가까스로 그 공격을 막아냈다. 꽈드득, 하는 소리와 함께 관절 마디마디가 내려앉는 느낌이 들었다. 마치 중전차 아래에 깔린 듯한 느낌. 이것이 자신의 세계관을 등에 업은 12신좌의 진짜 힘이었다.

나는 전신의 격을 개방하며 진언을 발출했다.

[얕보지 마라, 아레스.]

[거대 설화, '신화를 삼킨 성화'가 포효합니다!]

다른 존재라면 모를까, 적어도 아레스에게는 지지 않는다.

왜냐하면 나는 이 녀석에 대한 승리 설화가 있기 때문이다.

[설화, '전쟁의 신을 패퇴시킨 자'가 이야기를 시작합니다!]

하지만 상황은 난항이었다.

[흑염]을 두른 한수영을 향해 '순결한 달빛의 사냥꾼' 아르테미스가 달려들었고, 허공을 누비는 유중혁은 이미 '정의와 지혜의 대변자' 아테나와 격전을 벌이는 중이었다. 가장 아래쪽에 있던 안나 크로프트를 〈올림포스〉의 하위 성좌들이 물고 늘어졌다.

[나는 너를 응원했다, 김독자.]

내 배후에서 들려오는 목소리.

이 하늘에서는 누구보다도 빠른 성좌. 신발 끝에 달린 날개 무늬.

[하지만 너는 이곳으로 오지 말았어야 했어.]

'하늘 걸음의 주인' 헤르메스였다. 그가 안타까운 눈으로 나를 보며 말을 이었다.

[아버지께서 몹시 분노하셨다.]

그리고 새하얗게 백열하던 뇌운이 폭발했다. 모든 것이 슬로모션처럼 움직였다. 하늘의 시야가 녹아버리듯 사라지고 있었다.

이 세상 전체를 뒤덮는 낙뢰. 세계관 안에 살아 있는 그 어떤 존재도 제우스의 분노를 피해 갈 수 없었다.

이쪽을 보는 한수영이 뭐라고 외쳐대고 있었다. 나는 그런 그녀를 향해 말해주었다.

'괜찮아.'

천천히 숨을 들이켜고, 정신을 집중했다. 벌써 승부가 끝났다는 듯 의기양양하게 웃는 아레스가 보였다. 나는 녀석을 무시하고 하늘을 향해 피뢰침처럼 검을 들었다.

콰아아아앙!

하늘의 낙뢰가 나를 향해 모여들었다. 단번에 모든 설맥이 타버릴 정도의 격이었다. 하지만 나는 그것을 버텨냈다. 정확히는, 내 손끝에서 일렁이는 어둠이 제우스의 낙뢰를 빨아들이고 있었다.

내 입에서 알 수 없는 비명이 터져나왔다.

[거대 설화, '신화를 삼킨 성화'가 으르렁거립니다!]

시야가 붉게 물들고, 입에서 설화가 꾸역꾸역 쏟아졌다.

파츠츠츠츠……!

제우스가 더욱 강한 격을 방출했다. 더 이상은 버틸 수 없었다. 힘이 빠진 몸이 추락하기 시작했다.

「이제 됐다.」

[끝이다, 구원의 마왕. 아무리 네놈이라 해도 우리 '세계관'에서는―!]

낙뢰를 맞고 하염없이 추락하던 내 몸이 허공에 멈춰 섰다. 놓치기 직전이던 '부러지지 않는 신념'에 다시 힘이 들어갔다. 딱딱하게 굳어진 아레스의 표정이 보였다. 그 어떤 공포에도 굴복하지 않는 전쟁의 신의 눈동자에 두려움의 감정이 번지고 있었다.

「누군가가, 김독자의 검을 함께 쥐고 있었다.」

아주 크고 튼튼한 손.

고결한 밤을 깎는 듯한 진언이 울려 퍼졌다.

[왜 이 세계관이 너희 것이라 생각하지?]

추락하는 내 몸을 안아 든 온화하고 깊은 어둠.

[오만하기 짝이 없구나, 아레스.]

낙뢰를 삼키는 밤이 창공에 번지고 있었다.

[성좌, '부유한 밤의 아버지'가 '최후의 방주'에 현현했습니다!]

[성좌, '가장 어두운 봄의 여왕'이 '최후의 방주'에 현현했습니다!]

〈올림포스〉의 신화는 제우스만의 것이 아니다.

그들의 빛나는 낮이 '신화'가 될 수 있었던 것은, 그들을 낮이라 불러준 밤이 있었던 까닭이다.

[<명계>가 지상에 현현합니다!]

지하의 가장 깊숙한 곳에 잠들어 있던 세계가 깨어나고 있었다.

[하데스!]

나를 지상에 내려놓은 명계의 왕이 하늘을 보며 담담히 말했다.

[승부를 가릴 시간이 왔다, 늙은 형제여.]

하늘을 향해 치켜든 하데스의 낮이 울자, 지하의 어둠이 활화산처럼 하늘을 향해 치솟았다. 〈명계〉의 군세였다. 심판관들의 진군 명령이 떨어지자, 〈타르타로스〉의 지하를 지키던 켈베로스가 울부짖었다.

[지하의 천한 것들이―!]

세계관의 영웅들이 병장기를 부딪쳤다. 아르고 호의 영웅들이 전장에 투입됐다.

제우스와 12신좌의 군세는 막강했다. 심판관 아이아코스와 헤파이스토스가 충돌했고, 켈베로스와 미노타우로스가 서로 물어뜯었다. 아르테미스를 위시한 숲의 병사가 몰려왔다. '현명한 점성술사' 케이론의 말발굽이 명계의 군세를 짓밟았다.

[그대들의 밤이 아무리 깊다 한들―!]

그런 케이론의 머리통이 허공을 날았다.

지하에서 기어 나온 괴물들이 거대한 손가락으로 그의 머리통을 떼어 으적으적 씹어먹었다.

[제―우―스―!]

깊은 설움과 원한으로 얼룩진 목소리.

나는 그들을 알고 있었다.

「그렇게, <올림포스> 최후의 <기간토마키아>가 시작되고 있었다.」

거신족 기간테스. 비통한 세월을 견디며 지하에 웅크리고 있던 모든 거신족이 <올림포스>의 밤 위로 모습을 드러내고 있었다. 심지어 그런 기간테스보다 몇 배는 더 커다란 몸집을 가진 괴물도 있었다. 언젠가 <명계>의 감옥에서 만난 적 있는 자들이었다.

[연옥의 모든 거신들이 <올림포스>의 하늘을 올려다봅니다.]

헤카톤케이레스 삼형제.

그리고 <기간토마키아>에서 함께 싸운 백수거신 브리아레오스.

[결국 여기까지 왔구나, 아이야.]

브리아레오스의 손 중 하나가 내 머리 위를 가볍게 스쳤다.

[이 전장은 너를 위한 것이다.]

하늘의 권좌에 도전하는 거신들이 밤을 딛고 일어났다. 그들의 포효에 <올림포스>의 천공이 흔들리고 있었다. 제우스의 옥좌를 위협할 정도의 격.

전장의 중심에서 하데스와 격전을 벌이는 제우스의 모습이 보였다. 두 신화급 성좌의 충돌에 새카만 낮과 밤이 뒤섞이며 세계의 시공간이 뭉그러지고 있었다.

명계의 병력을 지휘하던 페르세포네가 나를 향해 말했다.

[가거라. 절대 뒤를 돌아보지 마라. 네가 원하는 끝을 보거라.]

나는 고개를 끄덕인 후, 휘청이는 몸을 일으켰다. 이설화가 준 '생사환'을 삼키자 타버린 신경들이 조금씩 회복되기 시작했다. 살점이 부서지고 피가 튀는 전장을, 나는 비틀거리며 걸어나갔다.

아수라장을 헤쳐온 한수영과 유중혁, 그리고 안나 크로프트가 나를 기다리고 있었다. 한수영이 달려와 나를 부축했다. 뒤를 돌아보자 눈을 부릅뜨고 죽어간 영웅들의 시체가 그곳에 있었다. 하늘에서 추락한 별들. 이제 더 이상 이야기되지 않을 설화들이 원망스럽다는 듯 나를 올려다보고 있었다.

「내가 선택한 길이었다.」

처음부터 이렇게 될 것을 알고 있었다.
내가 이곳에 오면, 명계가 움직일 것은 당연했다.
나는 내가 원하는 ■■을 위해 그들의 설화를 이용했다.

[거대 설화, '신화를 삼킨 성화'가 울음을 토합니다!]

멀리 〈올림포스〉 출구가 보였다. 우리가 가야 할 길이었다.
그리고 그런 우리를 막은 성좌가 있었다.
나는 그를 향해 물었다.
"디오니소스. 우릴 막을 겁니까?"
자신의 신도단을 이끈 '술과 황홀경의 신' 디오니소스가 나를 보고 있었다. 그는 이미 술을 몇 병이나 마신 듯 얼큰하게 뺨이 달아올라 있었다.
취한 듯 몽롱한 눈길로 나를 보던 디오니소스가 술병을 쥐며 말했다.
[모두 비켜라.]

주인의 말에 바쿠스의 광신도들이 길을 비켰다. 우리는 그 길을 걸어나갔다. 어디선가 세이렌의 노랫소리와 오르페우스의 연주가 들렸다. 내가 아는 누군가가 죽어가는 듯한 소리도 들렸다.

「김독자는 뒤를 돌아보지 않았다.」

내 사위 또한 취한 것처럼 흔들렸다.

우리는 걷고, 다시 걸었다. 그리고 마침내 〈올림포스〉의 출구에 도착했다.

우리의 뒤에는 디오니소스가 있었다. 뒤를 돌아보면 슬픔으로 물든 그의 표정을 볼 수 있을 것이다. 우리의 이야기를 몹시 좋아했던 성좌였다.

[김독자. 네가 가는 결말에 우리 〈올림포스〉는 없겠지?]

나는 대답할 수 없었다.

「"그야, 네 이야기를 좋아하기 때문이지."」

아주 오랫동안 내 설화를 지켜보아준 이.

몇 번이나, 나를 구해준 존재.

「"나와 몇몇 성좌는 네가 ■■에 도달할 수 있는 존재라 믿는다."」

뒤를 돌아보려는 나를 향해, 디오니소스가 말했다.

[그동안 즐거웠다, 위대한 별이여.]

등 뒤로 하나의 세계가 닫히는 소리가 났다.

쉽게 걸음이 떨어지지 않았다.

한참이나 말없이 서 있는 나를 향해, 누군가가 말했다.

"아직 끝난 게 아니다."

우리는 불이 꺼진 방주의 어둠을 걸어나갔다. 이제 목적지
가 눈앞이었다.

✳

4

〈올림포스〉를 통과한 후 우리는 한동안 말이 없었다. 달리거나 걷고, 또 달릴 뿐이었다. 별들이 사라진 자리에서 휑한 비명이 메아리처럼 돌아왔다.

저 비명들도 설화로 남을까. 그리고 다시 누군가가 그것을 들을까. 얼마나 더 많은 설화가 반복되어야 이 세계가 끝날까.

"김독자."

"알고 있어."

나를 부축한 한수영의 목소리에 가까스로 마음을 다잡았다.

마침내 내가 찾던 선실의 문이 멀찍이 보이기 시작했다. 멀리서 보기에도, 다른 선실의 입구와는 달리 작고 누추한 문.

우리가 지나온 복도가 시끄러워졌다. 다른 세력의 성좌들이 부딪치는 소리였다. 나는 망설이지 않고 문을 열었다.

[‘소품 보관실’에 입장하셨습니다.]

"뭐야? 이 누추한―"

중얼거리던 한수영의 목소리는 방의 정경이 펼쳐진 순간
도로 들어갔다.

흰색 도료로 덮인, 크기를 한눈에 어림할 수 없는 방. 만약
이곳을 ‘소품 보관실’이라 말한다면 이 방은 세상에서 가장 큰
소품 보관실일 것이다.

「‘시나리오의 모든 것’을 모아놓은 선실.」

비형의 설화가 들려왔다.

「이제껏 시나리오에 사용된 모든 소품이 그곳에 전시되어 있었다.
소모성 아이템부터, 시나리오의 주요 보상이나 힘을 잃은 성운의 성
유물까지.」

내가 어룡을 사냥할 때 사용했던 ‘망치 해마의 점액’과 ‘스
톤호그의 뾰족한 가시’도 있었다. 그땐 진짜 죽는 줄 알았는
데…… 이렇게 보니 감회가 새로웠다.

"나쁘지 않군. 아직 쓸 만한 것들이다."

어느새 소품들 사이로 뚜벅뚜벅 걸어간 유중혁이 장비를
교체하고 있었다. 놈은 흑천마도 표면을 설화 금속 스프레이

로 코팅하고, 입고 있던 코트도 새것으로 교체하더니, 낡은 전투화를 내던지고 성유물을 집어 들었다. 번뜩이는 눈동자를 보니 만족스러운 듯했다.

"쓸 만한 정도가 아니라, 아예 지금까지 본 적도 없는 것들인데? 빨리 챙겨서 뜨자."

어느새 아이템 더미에 뛰어든 한수영도 착용할 물품을 골라내기에 바빴다. 늘 성운의 풍족한 지원을 받아온 안나 크로프트조차, 허리를 숙이고 아이템을 물색하고 있었다.

우리는 시나리오의 히든 피스를 발견한 평범한 화신처럼 아이템을 찾고, 물품을 교체하고, 서로를 보며 빙긋 웃었다.

「모두 알고 있었다. 이렇게라도 하지 않으면, 지금 이 순간을 견뎌낼 수 없다는 것을.」

방 밖에서 다시 한번 폭음이 울렸다.

이번에는 소리가 매우 가까웠다.

"다음 방은 어디야?"

피로 때문일까, 한수영은 잠시 [예상표절]의 이야기를 중지한 상태였다.

시선이 마주친 한수영의 눈꼬리가 슬쩍 떨렸다.

「"작가라고 항상 이야기하는 게 즐거운 줄 아냐?"」

저 웃음의 의미를 이제는 이해할 수 있었다.

세계가 멸망해도, 시나리오가 비극으로 향해도, 녀석은 여전히 작가다. 그렇기에 더 고통스러울 것이다. 서술되지 않은 아픔까지도 녀석의 머릿속에는 전부 존재하고 있을 테니까.

「그렇기에 이 선택은 '독자'인 그만이 할 수 있었다.」

"아니, 우린 여기서 싸울 거야."

「어떻게든 원하는 결말을 보고야 말겠다는 탐욕과 아집으로 가득 찬 그만이 할 수 있는 선택이었다.」

한수영이 역정을 냈다.

"설화핵을 부수러 가는 거 아니고?"

"설화핵에 도달하려면 거대 성운의 세계관을 더 지나쳐야 해."

"잘 피해서 가면 되잖아. 저 문으로 나가면—"

한수영은 그 말을 하며 한쪽 구석에 덩그러니 놓여 있는 문을 향해 걸어갔다.

"그쪽은 〈황제〉로 통하는 문이야."

"그럼 저쪽으로—"

"거긴 〈베다〉와 연결된 문이고."

"시바."

기겁한 한수영이 문고리에서 떨어지며 선실의 잠금장치를 눌렀다.

다시 한번 폭음이 울려 퍼졌다. 둔중한 진동과 함께, 누군가가 선실 문을 두들겼다. 뭔가가 터지는 소리. 선실 벽이 격렬하게 흔들렸다.

"이제 바로 앞까지 왔어요."

안나 크로프트가 말했다. 가득 인상을 찌푸린 한수영이 다시 이마를 짚었다.

[설화, '예상표절'이 이야기를 재개합니다!]

결국 한수영이 다시 설화를 발동했다. 표정이 심상치 않은 걸 보아하니, 예상하고 싶지 않은 전개들이 녀석의 머릿속을 물들이는 모양이었다. [미래시]를 가진 안나 크로프트도, 무수한 회차를 겪으며 패턴을 읽어온 유중혁도 슬슬 태세를 갖추기 시작했다.

"우린 여기서 싸워야 해. 이곳이 우리가 이길 가능성이 있는 유일한 방이야."

'최후의 방주'의 모든 선실에는 거대 성운의 세계관이 구현되어 있다.

「그러나 이 방주에서 유일하게, 그런 세계관이 만들어지지 않은 장소가 있었다.」

바로 이 '소품 보관실'이었다.

시나리오에 사용될 아이템을 비축해놓은 장소.

[해당 선실은 어떤 세계관의 영향도 받지 않는 곳입니다.]

내가 이 방을 전장으로 택한 이유였다.

"왔다."

유중혁이 흑천마도의 칼자루를 뽑는 순간, 보관실의 네 방위를 차지하고 있던 문이 한꺼번에 터졌다. 문을 통해 성좌들이 넘어오기 시작했다.

[성좌, '12월 25일의 주인'이 방주에 현현했습니다!]

[성좌, '우주의 순환을 책임지는 자'가 자신의 시종들과 함께 전장에 합류합니다!]

〈베다〉.

[성좌, '아비도스의 주인'이 분노와 함께 현현합니다!]

[성좌, '지진과 화산의 관장자'가 오랜 잠에서 깨어납니다!]

[성좌, '들숨과 날숨의 지배자'가 자신의 설화를 일깨웁니다!]

〈파피루스〉.

[성좌, '외눈의 아버지'가 자신의 창을 바로 잡습니다.]

[성좌, '멸망의 늑대에게 팔을 잃은 자'가 당신을 발견합니다!]

〈아스가르드〉.

[성좌, '흙으로 사람을 빚은 대모신'이 방주에 현현했습니다!]

[성좌, '대라천존'이 방주에 현현했습니다!]

[성좌, '황천상제'가 자신의 옥좌에 올랐습니다!]

[성좌, '삼첨창의 주인'이 자신의 보패를 모두 꺼냈습니다!]

거기다 〈황제〉까지.

보관실의 모든 문이 개방되는 순간, 공간 전체의 설화들이 부딪치며 팽창했다. 서로 다른 세계관의 '거대 설화'들이 자신의 언성을 드높이고 있었다.

한수영이 웃었다.

"우리 싫어하는 놈들은 다 몰려왔네."

[저쪽이다!]

누군가가 외침과 동시에 우리는 뒤쪽으로 훌쩍 물러났다. 꿍음과 함께 조금 전까지 우리가 서 있던 바닥에 새카만 재가 흩날렸다.

['거대 설화'들이 새로운 선실을 발견했습니다!]

[일부 설화가 선실에 자신의 세계관을 이식하기 시작합니다!]

시간은 그리 많지 않았다.

폭발음과 함께 우리는 제각기 병장기를 꺼내 들었다. 나 역시 온갖 종류의 시나리오 소품을 미리 챙겨둔 상황이었다.

우리는 동서남북으로 등을 맞대고 선 채 다가오는 성좌들을 향해 격을 방출했다. 한수영이 [흑염]을 발출하며 전방으로 몸을 날렸다.

"다 뒈져라!"

한수영이 던진 새카만 구체가 허공을 날아 성좌들 사이에 떨어졌다. 뭔가 싶었는데, 다음 순간 구체에서 어마어마한 폭염이 끓어 올랐다.

[크아아아아아아!]

나는 폭염의 정체를 바로 알아보았다. 241회차, 95번 시나리오의 보상 아이템이던 '악몽 폭염'. 〈에덴〉의 지옥에서 끌어올린 불길을 담은 그 폭탄은, 범위 내 지역에 불꽃을 점화해 십 년의 세월 동안 불태우는 지독한 설화 병기였다.

[멸망한 성운의 불꽃 따위―]

후우우우, 하는 소리와 함께 여와의 흙이 겁화의 중심에 길을 냈다. 〈황제〉의 성좌들이 그 길을 밟고 우리를 향해 달려들었다. 한때 '서유기'에서 우리와 맞서 싸운 적들도 있었다.

한수영이 바락바락 이를 갈았다.

"쟤들도 왔는데 넌 왜 아직이야 흑염룡!"

[성좌, '심연의 흑염룡'이 조금만 기다리라고 외칩니다!]

문을 통해 넘어오는 성좌의 수가 기백을 넘어섰다. 삼백, 사백, 오백…… 세계관 내에 흩어져 있던 모든 성좌가 이 광활한 방으로 들어오고 있었다.

성좌 숫자가 많아지면서 그들을 중심으로 '무대화'가 발생하기 시작했다. 무채색의 땅이 황폐한 사막으로 바뀌고, 거대한 피라미드가 솟아올랐다. '아비도스의 주인' 오시리스가 말했다.

[나를 잠에서 깨운 게 누구인가 했더니.]

이어서 하늘의 구름이 모여들며 천상계의 전경이 펼쳐졌다. '흙으로 사람을 빚은 대모신' 여와가 말했다.

[아직 늦지 않았다, 아이야. 내가 네게 자리를 마련해줄 수 있다.]

[누구 마음대로?]

어디선가 코끼리 울음이 들리는가 싶더니, 거대한 거북의 머리에 올라탄 '12월 25일의 주인' 미트라가 말하고 있었다.

[내 '부활의 축일'을 거부한 녀석에게 처해질 형벌은 죽음뿐이다.]

우주수의 가지 끝에 걸터앉은 오딘이 세상의 삼라만상을 통찰하는 눈으로 나를 보고 있었다.

[어리석은 별아, 너는 정말로 우리 모두를 상대할 수 있다 믿는 것이냐?]

터져나오는 웃음소리. 이 안전한 '방주'에서 자신의 거대 설화를 보장받고 있던 모든 별들이 우리를 비웃고 있었다.

['신화'조차 되지 못한 설화로 감히 ―]

우리를 향해 껄렁한 목소리를 늘어놓던 '우레를 먹는 새'의 입이 푸슈슉, 소리와 함께 꿰뚫렸다. 어느새 녀석의 배후를 점한 유중혁이 녀석의 목을 베어낸 것이었다.

"말이 너무 많군."

[죽여라!]

싸움이 시작되었다. 숫자에서 압도적으로 불리한 우리는 주변의 소품을 적극적으로 활용하며 싸웠다. 곳곳에 우리가 사용할 수 있는 설화 병기가 놓여 있었다.

특히나 80번대 시나리오의 병기 창고는, 그야말로 유중혁의 전장이었다.

[설화, '생과 사의 동료'가 이야기를 시작합니다!]

[설화, '영원불멸의 지옥도'가 이야기를 시작합니다!]

'마왕 선발전'에서 한번 드러났던 유중혁의 재능이 빛을 발하고 있었다.

올라운더 유중혁. 1,863회차의 세월을 거치며 모든 병장기에 숙달된 녀석이 대궁으로 성좌를 학살하고 있었다.

[저놈부터 죽여!]

유중혁의 속사에 위인급 성좌가 죽어나가며 별들의 잔해로 이루어진 방호벽이 만들어졌다. 우리는 그 틈에 엄폐하며 싸웠다.

[오른쪽으로 피해요!]

안나의 경고와 함께, 신화급 성좌의 맹공이 발치를 휩쓸었다. 한 대만 맞아도 치명상을 피할 수 없는 일격들. 이설화의 생사환이 거의 다 떨어진 상황이기에, 더 이상의 중상을 감수할 수는 없었다.

〈아스가르드〉의 하위 성좌들이 안나 크로프트를 향해 달려들었다.

[감히 우리 성운을 배신해?]

말을 잇던 성좌의 머리통이 그대로 터졌다. 안나 크로프트의 배후에서 긴 혓바닥 같은 것이 튀어나와 성좌의 머리를 터뜨려버린 것이다.

[성별 바꾸기를 좋아하는 한 성좌가 이죽거립니다.]

안나 크로프트가 성운을 배신하도록 협력한 배후가 우리를 돕고 있었다.

"김독자! 더 버티기 힘들어! 유중혁도 한계야!"

신화급 성좌들의 시선이 유중혁에게 집중되고 있었다. 병장기 창고가 불에 타올랐고, 피 칠갑을 한 유중혁이 거대한 해머를 휘둘러 성좌들과 맞서 싸우고 있었다.

「김독자는 보관실을 뒤지며 뭔가를 찾기 시작했다.」

"찾았다."

나는 '성유물 카테고리' 가장 끄트머리에 놓여 있는 한 병의 시험관을 끄집어냈다. 시험관에는 다음과 같은 이름이 붙어 있었다.

신단수의 씨앗.

나는 망설이지 않고 씨앗을 바닥에 풀었다. 그러자 바닥에 떨어진 씨앗이 곧 싹을 틔웠다. 싹은 순식간에 자라서 내 키만 한 나무가 되었다. 그러고는 성장을 멈추었다.

[거대 설화, '신단수'가 자신의 뿌리를 내립니다!]

[거대 설화, '신단수'가 당신의 존재를 인식합니다.]

[거대 설화, '신단수'가 개천開天을 위한 설화를 필요로 합니다!]

보관실이 불타고 있었다.

유중혁은 아직까지 잘 버티는 중이었다. 독기 어린 유중혁과 눈이 마주친 성좌들이 질겁하며 외쳤다.

[멍청한 놈들! 머리를 써! 이쪽도 아이템을 사용해서 대적해라!]

그들이 가장 먼저 발견한 것은 우리 역시 잘 아는 아이템이었다.

'절대왕좌'.

네 번째 시나리오의 핵심 아이템이자, 획득하는 것만으로도 이계의 신격의 가호를 받을 수 있는 아이템. 왕좌를 발견한 위인급 성좌들이 탐욕스러운 눈으로 그쪽을 향해 달려갔다.

나는 그쪽을 향해 달려가려는 한수영을 막았다.

"내버려둬."

몰려가는 위인급 성좌들.

[왕좌는 나의 차지다!]

누군가가 '절대왕좌'에 올라선 바로 그 순간, 나는 '신단수'의 잎사귀를 쥐었다. 아무리 생각해도 이 녀석에게 먹일 만한 설화는 이것뿐이었다.

심상찮은 기색을 느낀 일부 성좌가 '절대왕좌'를 향해 소리쳤다.

[잠깐만, 멈춰라!]

'절대왕좌'에서 흘러나오는 격이 이쪽을 향해 범람하는 순간, 내 가슴 깊은 곳에서 뭔가가 꿈틀거렸다.

[설화, '왕이 없는 세계의 왕'이 이야기를 시작합니다!]

[거대 설화, '신단수'가 새로운 신화의 시작을 감지합니다!]

「그 이야기는 왕좌를 부수며 시작되었다.」

쿠구구구구.

설화 조각을 먹어치운 '신단수'가 폭발적인 개연을 얻어 자라나기 시작했다.

[새로운 세계관이 해당 지역에 뿌리를 내립니다!]

「신단수」.

거대 성운 〈홍익〉의 거대 설화.

나는 성좌들을 향해 말했다.

"너희 말대로 우리한텐 '신화'가 없어. 하지만 우리는 늘 그 '신화'와 싸워왔지."

설화가 이야기를 시작했다.

「어떤 신화도 그 이야기에서 벗어날 수는 없다.」

다음 순간, 보관실 천장까지 뻗어나간 '신단수'가 굉음을 일으켰다. 방주의 천장이 무너지고 있었다.

[개천이 시작됩니다!]

가공할 소용돌이와 함께 하늘이 열리기 시작했다.

[오래된 성운의 늙은 별들이 아득한 잠에서 깨어납니다!]

눈부신 광휘 속, 찢어진 하늘 사이로 만개한 가지의 그림자가 보였다.

그림자의 끝에 별들이 열매처럼 맺히기 시작했다.

[그 왕좌, 오랜만이군.]

가지 끝에 매달린 일곱 개의 별. 내가 '절대왕좌'를 파괴할 때 도움을 주었던 북두성군들이 그곳에 있었다.

무수한 성좌들이 하늘에서 유성처럼 낙하하기 시작했다.

[성좌, '대머리 의병장'이 방주에 현현합니다!]

[성좌, '흥무대왕'이 방주에 현현합니다!]

[성좌, '매금지존'이 방주에 현현합니다!]

[성좌, '천제의 풍신'이 방주에 현현합니다!]

이 방주에서 유일하게 우리 편이 되어줄 별들.

낙하하는 성좌들 사이로 벼락같은 일검이 떨어지며 '절대왕좌'가 폭발했다.

부서진 왕좌 위에서 가짜 왕을 짓밟은 성좌가 나를 보며 입을 열었다.

[잘했다, 후예여.]

[성좌, '고려제일검'이 방주에 현현합니다!]

악마 같은
불의 심판자

Omniscient Reader's Viewpoint

1

['최후의 방주'에 진입했습니다!]

방주에 떨어지자마자 정희원이 마주한 것은 성좌들의 무리였다.

[당신은 '팔열지옥八熱地獄'에 입장했습니다!]

대체 뭐가 어떻게 돌아가는지 알 수 없었다.

"하필 떨어져도 지옥에 떨어지다니, 전생에 죄를 많이 지었나."

확실한 것은 눈앞에 그녀를 노리는 적들이 있다는 것뿐. 정희원은 서로 몸통을 밟고 파도처럼 밀려오는 배불뚝이 아귀들을 노려보며 소리쳤다.

"우리엘!"

우리엘은 대답이 없었다. 하지만 우리엘의 가호는 여전히 그녀에게 깃들어 있었다. 등에서 흰색 날개가 돋아남과 동시에, 정희원의 전신에 환한 불꽃이 깃들었다.

['심판의 시간'이 발동합니다!]

검을 휘두르는 순간, 앞쪽 아귀 떼가 모조리 휩쓸려 나갔다.

[악 성향의 성좌들이 당신의 냄새를 맡습니다.]

끝도 없이 몰려오는 아귀들. 아무래도 이 「팔열지옥」이란 세계관에 기생하는 괴물인 것 같았다.

"희원 씨!"

어디선가 달려온 이현성이 정희원과 등을 맞대고 섰다.

"현성 씨도 잘못한 게 많은가 봐요?"

[마왕, '붉은 안개의 지배자'가 당신을 노려보고 있습니다!]

[마왕, '괴완공'이 당신을 향해 증오심을 드러냅니다!]

[성좌, '지옥 기생자'가 당신을 지켜보고 있습니다!]

[성좌, '무스펠하임의 불꽃'이 당신을 보며 인내심을 기르고 있습니다.]

여기서 모든 아귀를 상대하다가는 마력이 남아나질 않을 것이다.

게다가 호시탐탐 기회를 노리고 있는 지옥의 성좌와 마왕들도 있었다.

"뒤쪽입니다!"

어느새 그녀의 뒤로 접근한 아귀 떼가 아가리를 벌리며 달려들었다. 그 아귀를 향해 어디선가 날아든 탄환이 폭발했다.

"희원 언니!"

이지혜의 전함이었다. 화색이 된 정희원이 외쳤다.

"지혜야, 애들은?"

"애들은 상아 언니, 설화 언니랑 같이 근처에 떨어진 거 같아요! 그리고 필두 아저씨는—"

"그 아저씨까지 신경 쓸 시간 없어!"

갸아아아아악.

지옥의 존재가 점점 더 늘어나고 있었다.

'암흑성'에서 상대했던 악마 백작부터, '마계'의 지배자였던 악마 공작급에 육박하는 적들도 보였다. 모두 다음 시나리오의 소재로 쓰이기 위해 지옥의 일부가 되어 있던 자들이었다.

"대천사!"

"놈들을 죽이면 우리도 마왕위를 얻을 수 있다!"

그들을 향해 이지혜가 사격을 개시했다. '터틀 드래곤'의 모든 총포가 불을 뿜자, 지옥이 지각 변동을 일으키며 곳곳에서 용암이 분사되었다. 용암 덩어리에 맞은 악마들이 녹아내렸다. 하지만 악마들의 개체수는 거의 줄어들지 않았다.

[해당 세계관은 '악'의 지배구역입니다.]

죽은 줄 알았던 개체들도 몇 분 뒤 자리에서 다시 몸을 일으키고 있었다. 이지혜가 경악하며 소리쳤다.

"장군님! 대체 어디 계세요! 성좌들은 왜 안 와!"

하지만 그녀의 부름에 그 어떤 성좌도 응답하지 않았다. 우리엘도, 해상전신도, 999회차의 이현성도. 그들은 온전히 그들의 힘으로 싸워야 했다.

허공에서 스파크가 튄 것은 그때였다.

[바아아앗!]

동그란 포털과 함께 비유가 나타났다.

"비유!"

축구공만 했던 비유의 몸통은, 이제 품을 벌려 안아도 모두 감쌀 수 없을 정도로 자라나 있었다.

「모든 도깨비는 설화를 먹고 자라난다.」

몸을 한껏 웅크린 비유의 전신에서 강렬한 스파크가 튀었다. 이내 스파크는 선실의 한쪽 벽면을 열어젖혔다.

두두두두두두.

열어젖힌 벽면에서 튀어나온 자동 포탑의 탄환들.

"모두 괜찮나!"

공필두의 '움직이는 성'이 그곳에 있었다. 성흔의 진화를 거듭해, 오롯한 전투 성채의 규모를 갖춘 공필두의 [무장요새].

요새의 꼭대기에는 유상아와 이설화, 그리고 두 아이도 있었다.

"언니! 아저씨! 이쪽으로 올라오세요!"

정희원과 이현성이 이설화의 손을 잡고 요새 위쪽으로 뛰어올랐다.

요새의 벽면을 타고 무섭게 따라붙는 아귀 떼를 향해 이지혜의 장도가 번뜩였다.

「어떤 별빛도 그들을 비추지 않는 세계에서, 오직 <김독자 컴퍼니>의 일행들만이 서로를 비추었다.」

"시작하죠."

[연화대]의 권능으로 유상아가 적들의 움직임을 제어하자, 이지혜와 공필두가 발포를 계속했다. 요새의 최첨단에 앉은 '키메라 드래곤'이 공중으로 접근하는 성좌들을 향해 브레스를 쏘아댔다. 아수라장을 뚫고 기어코 올라오는 적들에게 정희원의 검격이 쏟아졌다. 이현성의 [강철화]가 일행들의 피부를 보호했고, 일행들을 대신해 다친 이현성을 이설화가 치료했다.

「그 조합은 아주 오래전부터 한 사람이 구상한 것이었다.」

그중에는 원작에 등장하지 않는 한 소년도 있었다.
"아아아아아아아아!"

['선악을 가르는 벽'이 자신의 권능을 발휘합니다!]
[성좌, '무저갱의 지배자'가 자신의 권속들을 불러들입니다!]

새카만 황충이 몰려와 지옥의 하늘을 덮었다. 황충들은 죽음에서 되살아난 악마들의 화신체에 달라붙어 그들을 뜯어먹기 시작했다.

[아아아아아악!]

피부가 재생될 때마다 다시 뜯어먹히는 고통에 악마들이 절규했다.

조금씩 줄어가는 아귀의 세력을 보며 정희원의 눈에도 희망의 빛이 감돌았다. 일방적으로 불리하던 전세가 조금씩 뒤바뀌고 있었다. '팔열지옥'을 부수는 것은 무리겠지만, 적어도 시간을 끄는 것은 가능했다.

문제는 아직까지 전장에 개입하지 않고 있는 성좌들이었다.

그때, 지옥도의 하늘을 차지하던 별들이 한꺼번에 어딘가로 움직이기 시작했다. '팔열지옥'의 내벽을 두드려 부순 성좌들이 모두 어딘가로 빠져나가고 있었다.

성좌들의 빛이 사라지자 세계관 전체의 균형도 무너졌다. 아귀들은 더 이상 회복하지 못하고 지옥의 심연으로 가라앉았다.

간신히 한숨 돌릴 수 있게 된 일행들이 그제야 서로 돌아보았다.

"어떻게 된 걸까요?"

이설화가 물음을 던졌으나, 대답할 수 있는 이는 없었다. 확실한 점은, 저 별들이 이곳에 흥미를 잃을 만큼 어디선가 엄청난 일이 벌어지고 있다는 것이었다.

일행들의 시선이 공필두에게 꽂혔다. 작게 투덜거린 공필두가 [무장요새]를 운전하기 시작했다.

"알겠으니까 재촉하지 마라."

〈김독자 컴퍼니〉 또한 그 별들을 따라 움직이기 시작했다. '최후의 방주' 구석구석에서 모습을 드러낸 성좌들이 블랙홀에 빨려들 듯 하나의 선실을 향해 움직이고 있었다. 그렇게 많은 별들이 움직이는 광경을 본 것은 처음이었다.

정희원도, 이현성도, 유상아도…… 하늘의 모든 별이 쏟아지는 듯한 그 압도적인 정경에서 눈을 뗄 수 없었다. 아름다웠고, 전율적이었다.

그리고 슬펐다.

불현듯 정신을 차렸을 때, 일행은 그 모든 별들이 하나의 별을 중심으로 소용돌이치고 있다는 것을 깨달았다.

부서진 내벽의 균열 사이로 방의 정경이 드러나고 있었다.

하늘을 부순 '신단목'.

그 나무를 중심에 두고 싸우는 김독자의 별들이 있었다.

[막아라! 여기가 우리의 황산벌이다!]

한반도의 성좌들이었다.

팔을 잃은 김유신이 외치자, 계백이 성좌들을 향해 거환도를 휘둘렀다. '대머리 의병장'이 자신의 곤봉으로 적들을 격멸했고, '서애일필'이 허공에 써 갈긴 붓으로 성좌들의 격을 강화했다.

거대한 호랑이로 변신한 '조선제일술사'가 미트라의 거북이와 맞섰고, 자신의 화랑을 모두 불러들인 '매금지존'이 〈황제〉의 세력을 막아내고 있었다.

개중에는 처음 보는 성좌도 있었다. 나무의 중심에서 눈을 감고 있는 별.

그를 중심으로 '신단목'의 설화가 용솟음치고 있었다.

[성좌, '선인왕검仙人王儉'이 창세신들의 개연성을 모으고 있습니다!]

아마도 그가 한반도의 '창세신' 중 하나인 모양이었다.

창세신의 가호가 김독자와 한반도의 성좌들을 감싸며 수호하고 있었다.

"장군님?"

거북선을 타고 싸우는 성좌들도 보였다.

'무대화'로 넘실대는 바다의 정경. 그곳에 이지혜의 배후성이 있었다.

[노량露梁의 그날이 생각나는군. 함께 싸울 수 있어 영광이오, 준경.]

[나 또한 그러하다.]

으르렁거린 척준경의 검이 토르의 해머와 충돌했다. 하지만 그 둘만으로 막아서기에, 〈아스가르드〉의 군세는 지나치게 많았다.

[성좌, '무스펠하임의 불꽃'이 자신의 거검을 소환합니다!]

이윽고 정희원과 같은 지옥에서 찾아온 성좌들까지 가세했다.

아무리 척준경과 이순신이 뛰어난 성좌라도, 저들을 전부 막아낼 수는 없었다.

'신단목'에서 빛이 번쩍이더니, 가지 끝에 뭔가 맺히기 시작했다. 열매처럼 낙하하는 빛살 속에, 일행들도 잘 아는 누군가가 있었다.

"대사부들!"

백청의 강기와 파천의 검격이 전장을 물들였다. 그들과 함께 장하영과 「무림」의 초월좌들이 전장을 누볐다.

마주 달려드는 일본 측 요괴 성좌들이 보였다. 깃털 부채를 쥔 '텐구'들과, 물속에서 떠오른 '갓파', '야마타노오로치'의 권속도 있었다.

[고작 일개 화신에 불과한 놈들이……!]

'신단목'에서 열매가 끊임없이 떨어졌다.

전장을 물들이는 백청의 전격 사이로, 6번 시나리오에서 만난 존재들이 나타났다.

"김 도게자를 위하여!"

'피스 랜드'의 소인들이었다. 재앙에 맞서 함께 싸우던 이들이, 이제 〈김독자 컴퍼니〉를 돕기 위해 이 전장에 강림하고 있었다.

[작은 행성의 작은 성좌가 필살 병기 '드래곤 니들'을 꺼내 듭니다.]

성좌들의 검이 움직일 때마다 소인들이 죽어나갔다.

"아아, 아아아……!"

선실의 끔찍한 정경에 일행 중 누구도 입을 열지 못했다.

그들은 다만 전장의 중심, 별들의 시체로 이루어진 산의 중턱에 위치한 가장 빛나는 별을 보았다.

「부서진 '절대왕좌'의 꼭대기에서 김독자가 침묵하고 있었다.」

유중혁과, 한수영과, 안나 크로프트가 그곳에서 싸우고 있었다. 피를 토하고, 설화를 그러모으며, 자신이 가진 모든 기지를 총동원해서 성좌들과 맞서 싸우고 있었다.

세계관의 충돌 속에 창공이 격변하고 있었다.

〈아스가르드〉의 오딘, 〈파피루스〉의 오시리스, 〈베다〉의 시바, 〈황제〉의 여와…… 그 외 이름도 잘 알지 못하는 성운들의 성좌까지 가세해, 창공은 눈부신 빛으로 범람했다.

빛을 가리는 것은 어둠이 아니라 또 다른 빛이다.

숨 막히도록 밝은 그 세계에서, 일행들은 자신이 부정당하는 것만 같았다.

성좌들의 별빛이 말하고 있었다. 그들이 쌓아온 역사는 아무것도 아니라고.

[거대 설화, '마계의 봄'이 이야기를 시작합니다!]

정희원도 알고 있었다.

지금 일행 모두가 덤벼들어도, 저들을 막아낼 수는 없다.

[거대 설화, '신화를 삼킨 성화'가 이야기를 시작합니다!]

더 강한 설화가 필요했다. 저 눈부신 별들을 모조리 추락시킬 수 있는 설화. 저 모든 별자리를 파멸시킬 수 있는 힘.

그러나 정희원에게는 그런 힘이 없었다. [신살]로도, [지옥염화]로도 무리였다.

[성좌, '악마 같은 불의 심판자'가 자신의 화신을 보고 있습니다.]

정희원이 하늘을 올려다보았다. 지금껏 침묵하던 자신의 배후성이 그곳에 있었다.

그녀는 자신의 배후성을 무척 좋아했다. 그렇기에 함부로 부탁하고 싶지 않은 것도 있었다.

"김독자를……."

그럼에도 정희원은 말했다.

"구해줘요, 우리엘."

그러자 그녀의 배후성이 응답했다.

[그래.]

뜨거운 불꽃이 주변 바닥을 덮었다. 바로 등 뒤에 우리엘이 함께 서 있음을 느낄 수 있었다. 그녀는 특유의 고귀한 눈으로 자신이 보는 세계를 함께 보고 있을 것이다.

순간, 정희원은 덜컥 겁이 났다.

「만약, 이곳에서 우리엘이 죽는다면.」

우리엘은 '설화급 성좌'였다. 아무리 그녀가 강하다고 해도, 신화급 성좌들과 대적해 이길 수는 없다.

그러자 어깨에 고운 손이 닿았다.

[걱정 마, 희원아. 내가 어떻게든 해줄게.]

앞으로 나서는 우리엘의 등은 자신의 것보다 작았다. 정희원은 그 등에서 눈을 뗄 수 없었다.

['가장 오래된 선'이 이야기를 시작합니다!]

대천사의 등에서 펼쳐진 백색의 날개가 세상을 덮으며, 우리엘의 진언이 울려 퍼졌다.

[〈에덴〉이여.]

정희원은 자신의 내부에서 뭔가가 흔들리는 것을 느꼈다. 조각 같은 것이 꿈틀거리고 있었다. '성마대전' 이후로, 그녀의 안에 줄곧 잠들어 있던 무거운 파편.

['선악을 가르는 벽'이 본연의 힘을 되찾습니다!]

츠츠츠츠츳!

다음 순간, 주변에 하나둘 천사들이 나타나기 시작했다. 십, 백, 이내는 천을 훌쩍 넘긴 하급 천사와 중급 천사들.

개중에는 익히 아는 얼굴도 있었다. 대천사 가브리엘. 심지어는 '성마대전'에서 죽은 줄만 알았던 대천사들의 영령도 보였다.

[우리엘.]

'젊은이와 여행의 수호자', 라파엘.

항상 졸린 눈으로 세계를 보던 그 천사가, 다른 모든 천사와 함께 천천히 무릎을 꿇고 있었다.

[〈에덴〉을 계승할 텐가?]

우리엘은 대답이 없었다. 그 대신 그녀는 자신의 화신을 돌아보았다. 고고한 대천사의 표정에 희미한 미소가 깃들어 있었다.

정희원이 소리쳤다. 하지만 그녀의 목소리는 닿지 못했다.

우리엘이 고개를 끄덕이는 순간, 라파엘이 선언했다.

[우리엘, 그대가 이제 우리의 대선大善이다.]

아득한 태양의 불꽃이 우리엘의 전신을 덮었다.

찬연한 백금빛 플레이트 아머.

무수한 마왕의 머리를 베어내고 악마들의 공포로 군림하던 그날처럼, 우리엘의 모든 격이 현현하고 있었다.

〈에덴〉 최강의 별.

'악마 같은 불의 심판자'가 검을 쥐는 순간, 모든 천사가 자리에서 일어났다.

[천사들이여, 최후의 '성마대전'을 시작하자.]

2

동쪽의 오딘, 서쪽의 여와, 남쪽의 오시리스……

쉴 틈 없이 몰아치는 거대 설화의 틈바구니에서, 우리는 아슬아슬한 균형을 유지한 채 자리를 지키고 있었다.

[당신의 화신체가 붕괴하고 있습니다!]

저 메시지를 벌써 몇 번이나 들었는지도 잊었다. 바로 곁에 있는 유중혁의 몸도 정상이 아니었다. 한수영이나 나를 대신해서 오딘과 여와의 공격을 감당한 녀석의 전신은 이미 걸레짝이 되어 있었다.

눈이 마주친 유중혁은 뭘 보느냐는 듯 눈살을 찌푸리더니 품속에서 뭔가를 꺼내 삼켰다.

[화신 '유중혁'이 '생사환'을 사용합니다!]

결국 이설화가 준 마지막 생사환까지 사용했다. 이제 남은 생사환은 없었다.

[으아아아아아! 버텨라!]

한반도의 성좌들이 야수처럼 울부짖으면서 병장기를 휘둘렀다.

김유신도, 계백도, 관창도. 한때 서로 검을 맞댔던 모든 성좌가 '신단수'를 사이에 두고 하나의 신화로 거듭나고 있었다.

가장 선두에서 적들을 베어내는 척준경의 모습도 보였다.

「[내가 이래서 이 땅을 저주하면서도 떠날 수가 없지. 몇 명만 돼지면 되는 걸 다 같이 죽자고 덤벼들다니…….]」

풍백도 그의 곁에서 바람을 일으키며 사자후를 터뜨렸다. '성마대전'에서는 우리와 대립한 그가 이제는 우리를 위해 함께 맞서고 있었다.

「[<홍익>이 후예에게 도움을 줄 수 있다. 대가 같은 건 필요 없다.]」

풍백의 바람이 요동치자 <홍익>의 성좌들이 일제히 바람을 타고 달려 나갔다. 이순신의 [유령함대]가 발포를 계속했고, 견훤의 화살이 별들의 심장을 꿰뚫었다.

하지만 적의 숫자는 조금도 줄어들지 않았다.

[한반도는 어디에 있는 나라인가?]

[고작해야 위인급 성좌들이다. 벌레 같은 놈들…… 모두 쓸어버려라!]

그럼에도 한반도의 성좌들은 잘 버티고 있었다.

[거대 설화, '신단수'가 한반도의 모든 성좌의 힘을 격상시킵니다!]

적들에게 오딘이나 오시리스가 있다면, 이쪽에도 신화급 성좌는 있었다.

'신단수'의 힘을 증폭시키는 신화급 성좌, '선인왕검'.

[성좌, '선인왕검'이 자신이 도울 수 있는 것은 여기까지라고 말합니다.]

다른 신화급 성좌와 달리, '선인왕검'은 존재감이 희미했다. 이번 세계선의 영향 때문일 것이다. 〈홍익〉은 이번 회차에서 거의 활약하지 못했으니까. 아마 〈홍익〉의 성좌들은 줄곧 다른 신화급 성좌들의 등쌀에 밀려 방주에서 나오지 못하고 있었을 것이다.

[등을 보이지 마라! 우리는 후퇴하지 않는다!]

[설화, '배수의 진'이 이야기를 시작합니다!]

척준경이 검을 치켜들었고, 이순신이 별들을 지휘했다.

그 어떤 신화에도 굴하지 않는 신화적 역사의 주인공들이, 까마득한 신화의 신들과 맞서 싸웠다. 살점이 찢어지고 전신이 난자당하면서도, 무릎 꿇지 않고 검을 휘둘렀다.

「한반도의 면적은 점점 더 좁아지고 있었다.」

백호로 변신해 싸우던 전우치가 쓰러졌다. '서애일필'의 붓이 부러졌고, 이순신의 유령함대가 한 척씩 침몰했다. 천 명을 베고, 산과 바다를 가르던 척준경의 검도 둔해지고 있었다.

예상한 일이었다. 몇 번이고 마음의 준비를 마친 일이었다.

지금부터 써나갈 설화는 별들의 피로 얼룩진 문장들이었다.

[<스타 스트림> 최후의 거대 설화가 움트고 있습니다!]

다음 순간, 척준경의 목을 향해 토르의 도끼가 날아들었다. 한반도 최고의 무장도 피할 수 없는 일격이었다.

[성좌, '악마 같은 불의 심판자'가 자신의 모든 격을 개방합니다!]

도끼를 막은 것은 전장에 강림한 우리엘.

"김독자! 대천사들이 왔어!"

한수영이 외쳤다.

눈부신 섬광과 함께 전장에 강림하는 대천사들. 그 중심에 '업화의 불꽃'을 휘두르는 우리엘이 있었다.

「[저기, 나랑 가브리엘도 '김독자 컴퍼니'에 들어가고 싶은데.]」

최종 시나리오로 진입하기 직전, 우리엘은 내게 그런 말을 했다.

우리 성운으로 와서, 힘이 되어주고 싶다고.

「김독자가 아는 '원작'과 가장 많이 달라진 성좌.」

나는 우리엘이 왜 우리 이야기를 좋아해주는지 잘 알 수 없었다.

「"그렇게까지 저희를 돕고 싶으십니까?"」

내가 할 수 있는 일은, 비겁하게도 그녀의 선의를 이용하는 것뿐이었다.

[<에덴>에 새로운 '대선'이 등장했습니다!]

화려하게 몰아치는 우리엘의 격.

이제 그녀는 '설화급 성좌' 우리엘이 아니었다.

[새로운 '대선'?]

신화급 성좌들이 우리엘을 보며 경악했다.

〈에덴〉의 새로운 대선이자, 신화급 성좌인 '메타트론'을 대체할 존재.

우리엘은 〈에덴〉의 수장이 되어 우리를 돕기를 선택했다.

[치천사들은 모두 돌진하라!]

라파엘의 신호와 함께 대천사들이 〈파피루스〉와 〈베다〉의 설화급 성좌들과 충돌했다.

['가장 오래된 선'이 자신의 적수를 찾습니다!]

[멸망한 성운 따위가 전세를 뒤집을 수 있다 믿는가?]

여전히 건재한 오딘이, 자신의 창으로 우리엘을 가리켰다. 무엇으로도 피할 수 없다는 신창 '궁니르'가 우리엘을 향해 쇄도했다.

[꺼져.]

'업화의 불꽃'이 '궁니르'의 격과 충돌했다. 하늘을 찢어발기는 오딘의 벼락과 지옥을 불태우는 우리엘의 염화가 정면으로 부딪쳤다.

격과 격의 대결. 한 발짝도 물러나지 않는 두 신화급 성좌의 싸움에서 먼저 물러난 것은 놀랍게도 오딘이었다. 창을 회수한 오딘의 왼팔이 가볍게 떨리고 있었다.

[한심하군, 오딘. 내가 돕지.]

신화급 성좌는 누구보다 위험에 예민한 존재들이었다. 변수를 싫어하는 이 세계의 가장 늙은 별들. 그렇기에 그들은 결코 위험을 감수하지 않는다.

찰나에 시선을 주고받은 신화급 성좌들이 동시에 우리엘을 향해 포격을 개시했다.

콰콰콰콰콰콰.

아무리 〈에덴〉의 대선이라도 받아치기 어려운 힘이었다.

하지만 우리엘은 물러서지 않았다. 날개의 깃털이 찢겨나가고, 새하얀 뺨에 붉은 설화가 튀어 올라도 결코 검을 물리지 않았다.

[너희는 나의 대적大敵이 아니야.]

언제나 하늘 위에서 우리의 설화를 지켜보던 우리엘. 그런 우리엘의 눈이 이제 나를 향하고 있었다.

[성운, 〈에덴〉이 자신의 '거대 설화'를 준비합니다.]

"독자 씨!"

멀리서 정희원을 비롯한 일행들이 달려오고 있었다. 어쩌면 정희원은 알고 있을 것이다. 지금 우리엘이 무엇을 하려는 것인지.

〈에덴〉만으로 저 모든 거대 성운을 상대할 수는 없다. 이 방주에 깃든 신화급 성좌들의 기량은 〈스타 스트림〉 전체와 맞먹으니까.

그러니 저들을 물리치기 위해서는, 가공할 개연성의 '거대 설화'가 필요했다.

['무대화'가 발생합니다!]

말하자면, 저 모든 신화를 멸망시킬 거대한 신화가.

[나는 '악마 같은 불의 심판자'.]

천천히 깜빡인 우리엘의 눈이 그야말로 악귀처럼 불타고 있었다.

[나는 나의 수식언을 성립시킬 '악'을 원한다.]

그 말과 동시에 '업화의 불꽃'에서 뻗어나온 불길이 천공의 별들을 불태웠다. 지옥의 건너편에서 무엇인가가 요동치고 있었다.

「가장 오래된 선이 자신의 적수를 부르자,」

곁에 있던 이길영의 눈동자가 하얗게 뒤집혔다.

「지옥의 무저갱에서 몸을 웅크린 악마가 부름에 응답했다.」

불타는 하늘의 저편에서 새카만 먹구름 같은 것이 밀려오고 있었다.

〈아스가르드〉도, 〈베다〉도, 〈파피루스〉도 아닌 누군가가, 사악하고 음험한 기운을 품은 채 이쪽을 향해 밀려오고 있었다.

[성좌, '무저갱의 지배자'가 '만마전萬魔殿'을 개방합니다!]

불타는 지옥의 하늘에서 마귀들이 깨어나기 시작했다.

['가장 오래된 악'이 자신의 적수를 찾습니다!]
['선악을 가르는 벽'이 자신의 테마를 그려냅니다!]

마왕들의 부재를 대신해, 억겁의 세월 동안 숨을 죽여왔던 만마의 주인이 자신의 힘을 드러냈다. 신화급 성좌들을 사이에 두고 두 개의 선악이 충돌하고 있었다.

「그리고 그 선악의 대결을 지켜보던 오래된 존재가 있었다.」

신유승의 곁에서 날갯짓하던 '키메라 드래곤'의 몸에서 빛이 솟아나기 시작했다. 이미 원작에서도 본 적 있는 광경이었다. 마침내 신유승의 드래곤이 '고대룡'으로 진화하기 시작한 것이다.

눈부신 황금빛 광채. 온전한 '에인션트 드래곤'의 격을 갖춘

'키메라 드래곤'이, 창공을 향해 포효했다.

「드래곤 콜Dragon call.」

자신의 생을 바쳐 동족을 부르는 용왕종들의 하울링.

어두컴컴해진 하늘의 건너편에서, 드래곤의 포효가 들려왔다. 곳곳에서 튀는 전류와 불꽃의 잔흔들. 세계의 모든 드래곤이 '키메라 드래곤'의 부름에 응답해 날아오고 있었다.

['무대화'의 재현율이 급격하게 높아집니다!]

용족들은 별들을 물어뜯는 대신 서로 혈투를 벌이기 시작했다.

내 화신체의 심장을 대신하는 「골드 드래곤의 심장」도 요동치고 있었다.

'성마대전'에서 이미 본 적이 있는 광경이었다.

「가장 뜨거운 지옥의 중심에서, 머리가 일곱이고 뿔이 열인 용이 깨어날 것이다.」

「그는 용 중의 용. 혼돈의 중심에서 태어난 모든 용들의 수장이자 세계에서 가장 늙은 증오.」

지옥의 가장 뜨거운 곳에서 벌어지는 용들의 축제, '용의 제전'이 시작된 것이다.

뒤늦게 무슨 일이 벌어지는지 깨달은 신화급 성좌들이 대경했다.

[이, 이 녀석들 설마……!]

[놈들을 멈추게 해라!]

여기서 '성마대전'이 벌어진다면, 어떤 재앙이 들이닥칠지 모르는 이는 없었다.

[감히, 감히 네놈들이!]

비형의 희생으로 이제 몇 남지 않은 대도깨비가 방주 안에 모습을 드러냈다.

뿔이 부러진 대도깨비 '가랑'이 외치고 있었다.

[거대 설화의 개연성을 억제해라!]

대도깨비들이 자신의 권능을 발현하자, 방주의 신화급 성좌들도 일제히 코인을 사용했다.

[성좌, '12월 25일의 주인'이 '성마대전'을 원하지 않습니다!]

[성좌, '흙으로 사람을 빚은 대모신'이 '성마대전'을 원하지 않습니다!]

[성좌, '외눈의 아버지'가 '성마대전'을 원하지 않습니다!]

[성좌, '아비도스의 주인'이 '성마대전'을 원하지 않습니다!]

어마어마한 코인이 한꺼번에 투입되자, 펼쳐지던 '무대화'의 개연성이 억제되기 시작했다.

〈스타 스트림〉의 개연성은 다수가 원하는 방향으로 흘러간다. 이 세계에서 가장 많은 코인을 지닌 별들의 의지를 막을 수 있는 존재는 아무도 없어 보였다.

「오직, 한 성좌를 제외하고는.」

뒤쪽에서 들려오는 가벼운 엔진 소리. 그리고 익숙한 궐련 냄새.

"오셨습니까."

내 곁으로 척 다가선 '양산형 제작자'가 말했다.

[내가 제일 좋아하는 설화로군.]

언젠가 미식협에서 처음 만났을 때도 비슷한 말을 했다.

이 세상 모든 설화를 사랑하는 성좌.

눈앞에서 요동치는 '성마대전'의 설화를 보며, '양산형 제작자'는 알 수 없는 표정을 짓고 있었다.

평생 SSS급 아이템들을 양산하며 살아온 늙은 별.

어쩌면 저곳의 신화급 성좌들보다 더 오랜 세월을 살아왔을지 모를 이.

그의 시선에 감화된 것일까. 한순간 전장의 풍경이 느릿하게 보였다.

오래된 명화를 감상하는 투로, 양산형 제작자가 물었다.

[언제부터 생각했던 건가?]

밑도 끝도 없는 질문. 그래서 나 역시 같은 방식으로 답했다.

"미식협에서 처음 뵈었을 때부터입니다."

그는 왼손에 쥔 담배를 가볍게 빨아들이고는, 묵은 한숨 같은 목소리로 말했다.

[아주…… 오래 걸렸구먼.]

"죄송합니다."

우리는 함께 하늘을 올려다보았다.

언젠가 미식협의 홀에서, 양산형 제작자의 설화를 함께 감상하던 그날처럼. 그때 나는 별점 테러를 당하던 양산형 제작자의 설화에 점수를 주었다.

양산형 제작자 역시 그날 일을 기억하는 모양이었다.

[빚을 갚을 때가 됐군.]

"몇 점이나 주시겠습니까."

내 말에 양산형 제작자가 너털웃음을 지었다. 곳곳에서 뇌전이 떨어지고, 지옥불이 활화산처럼 폭발하는 전장의 화폭 위에서 양산형 제작자의 표정은 한없이 평온해 보였다. 다시 한번 담배를 빨아들인 그가 말했다.

[처음 내 ■■을 알게 되었을 때, 나는 좀 의아했다네. 내게 그런 ■■이 찾아올 리가 없다고 생각했거든.]

"지금은 생각이 다르십니까?"

'양산형 제작자'는 말없이 궐련을 비벼 껐다.

스파크와 함께 '성마대전'의 무대가 비틀리고 있었다. 도깨비들과 성좌들이 움직인 개연성이 우리의 '성마대전'을 밀어내고 있었다. 〈김독자 컴퍼니〉가 싸워온 모든 설화가 미어질 듯 위태롭게 흔들렸다.

양산형 제작자는 담담한 얼굴로 그 이야기들을 향해 가볍게 손바닥을 펼쳤다.

[적어도 하나는 알 것 같네. 어째서 나의 설화들이, 내가 이토록 많은 코인을 모으도록 종용했는지.]

'양산형 제작자'의 손끝에서 코인이 떠오르고 있었다. 내가 감히 셀 수도 없을 만큼 많은 양의 코인.

['단 하나의 무대'를 완성시키기 위함이었나.]

그의 생과 함께 축적된 코인이 하늘을 향해 빨려나가고 있었다. 그의 코인이 무수한 성좌들의 의지와 충돌하고 있었다.

성난 신화급 성좌들이 고함을 치자, '양산형 제작자'가 입을 열었다.

지금 이 순간, 선실에서 가장 큰 권위를 획득한 성좌가 말하고 있었다.

[성좌들이여, 미안하지만 나는 이 무대를 볼 것이다.]

그의 모든 코인이 창공의 개연성으로 투입되자, 방주 전체가 개연성의 폭풍으로 뒤덮였다. '양산형 제작자'의 육신이 급격하게 노쇠하기 시작했다.

[성좌, '양산형 제작자'의 ■■은 '고갈'입니다.]

[부족한 개연성이 충족됐습니다!]

[거대 설화, '빛과 어둠의 계절'이 무대 위에 완전히 재현됩니다!]

천공에서 끔찍한 굉음이 발생했다. 폭발음과 함께 용족들이 지상으로 추락했다. 나는 한수영과 안나 크로프트를 끌어당기며 유중혁과 함께 일행들이 있는 곳으로 대피했다.

마침내 이 모든 시나리오의 종장, 모든 별의 멸망이 다가오고 있었다.

['성마대전' 따위에 말려들지 마라! 이깟 대멸망 따위, 우린 몇 번이나 겪고 또 이겨내며 여기까지 왔다!]

신화급 성좌의 '거대 설화'들이 한꺼번에 깨어나고 있었다. '성마대전'의 스케일에 결코 압도되지 않겠다는 듯, 세상의 모든 '거대 설화'들이 포효하고 있었다.

하지만 이미 늦었다.

「그 용은 하늘을 한 번, 땅을 한 번 보고 꼬리를 내리칠 것이다. 그 한 번의 꼬리짓에 별들이 추락하고 세계의 한 방위傍位가 사라지리라.」

천공의 어둠 속에서 빛나는 두 개의 눈동자.

거친 용의 하울링이 들려오는 순간, 한수영이 소스라쳤다.

"김독자! 설마―"

"맞아."

"미쳤어? 지금 그놈을 다시 깨우면―"

"우리가 깨우려는 건 그놈이 아냐."

나는 한쪽에서 가부좌를 튼 채 정신을 집중하고 있는 유상아를 보았다. 이마에 송골송골 땀이 맺혀 있었다.

['윤회를 결정하는 벽'이 묵시룡의 봉인을 유지하고 있습니다.]

석존의 후예인 그녀가 살아 있는 한, 봉인된 묵시룡은 이곳으로 초환되지 못할 것이다.

당황한 한수영이 되물었다.

"그럼……."

"모르겠어?"

하늘에서 추락하는 용족들을 보며 한수영이 멍한 표정을 지었다.

'용의 제전'은 최강의 용을 가리는 의식. 그리고 마지막까지 남은 단 하나의 용이, '묵시록의 최후룡'이 된다.

언제부터였을까. 한수영의 왼팔이 미친 듯이 떨리고 있었다.

[새로운 '묵시록의 최후룡'이 선출됐습니다!]

쿠오오오오오오!

마침내, 방주의 부서진 천장 너머로 거대한 용이 모습을 드러냈다. 어지간한 거성조차 손쉽게 찢어발길 정도의 크기. 마지막 탈피를 마친 새카만 유선형의 외피에 황홀한 흑염이 타오르고 있었다.

[성좌, '심연의 흑염룡'이 '최후의 방주'에 현현했습니다!]

"녀석이, 이제 묵시룡이야."

3

묵시록의 최후룡.

'성마대전'의 마지막을 결정하는 대재앙이자, 〈스타 스트림〉의 가장 끔찍한 멸망.

['무대화'의 재현율이 한계치를 돌파했습니다!]

먹구름 사이로 내리치는 천둥이 이전과는 다른 빛을 띠고 있었다.

〈아스가르드〉의 오딘, 〈파피루스〉의 오시리스도 입을 벌린 채 경악했다.

"흑염룡!"

묵시룡의 시선이 아주 짧게 한수영의 얼굴에 머물렀다.

「원작과 다른 성좌는, 우리엘만이 아닐지도 모른다.」

원작에서는 망상악귀 김남운의 배후성이던 녀석.

'절대악'을 대표하는 악룡의 수장이자, 성운 〈흑운〉의 지배자.

녀석이 고개를 들어 천공을 향해 울었다.

이 세계의 최종장을 알리는 포효에 〈스타 스트림〉 전체가 흔들렸다.

「[성좌, '심연의 흑염룡'의 ■■은 '찾을 수 없는 것'입니다.]」

나는 원작에서 녀석의 ■■이 무엇인지 읽었다.

1,863회차에서 잠깐 유중혁의 편이 되었을 때, 녀석에 관한 서술이 나왔다.

「이 〈스타 스트림〉에서 가장 지독한 우울을 앓는 악룡.」

'심연의 흑염룡'이 자신을 15세라 믿는 이유는, 그렇게 믿지 않으면 살아갈 수 없는 존재이기 때문이다.

수천수만 년에 달하는 아득한 생이 고독한 용을 그렇게 만들었다.

자신을 파멸시키지 않기 위해서 녀석은 늙지 않았다. 세상에 대한 호기심을 잃어버리지 않았다. 화신들을 괴롭히거나 괴상한 장난을 쳤다. 최후의 장난으로 '절대악'을 배신했다.

유중혁의 편에 서서, 〈스타 스트림〉을 조롱하며 자신의 생을 마감했다.

[성좌, '심연의 흑염룡'이 자신의 ■■에 도달했습니다!]

이번 세계선에서는 어떨까. 녀석은 이 공허한 우주에서 자신의 ■■을 찾아냈을까.

[성좌, '심연의 흑염룡'의 ■■은 '순수純粹'입니다!]

'심연의 흑염룡'이 나를 보며 웃었다. 자신이 찾아낸 역할이 썩 마음에 든다는 듯, 흑염룡의 어린아이 같은 눈동자가 세계를 멸망의 밤으로 물들이고 있었다.

[충만한 개연성이 최종 시나리오에 '묵시룡'을 재현했습니다!]
[거대 설화, '빛과 어둠의 계절'이 시나리오와 완전한 합일을 이루었습니다!]

묵시룡의 재현에 신화급 성좌들이 고래고래 소리를 질렀다.
[말도 안 되는……!]
묵시룡의 설화에 대해 모르는 성좌는 아무도 없다.

[막아라! 꼬리짓이 시작되기 전에 놈을 처치해!]

'최초의 꼬리짓'은 〈스타 스트림〉의 한 방위를 날려버릴 대재앙.

대경한 신화급 성좌들이 허둥대며 명령했다.

나도, 한수영도, 유중혁도 그 광경을 올려다보았다.

「신화급 성좌들 중, 정말로 '묵시룡'을 제대로 겪어본 이는 아무도 없다. 왜냐하면 그때 함께 싸운 신화급 성좌는 모두 죽었기 때문이다.」

이 세계에서 가장 안전한 '방주'에 숨어, 묵시룡이 해방되던 그 순간에도 시나리오를 유희처럼 관망하던 게 바로 이곳의 신화급 성좌들이었다.

멸망의 공포를, 두려움을, 목숨을 거는 위험을 오래전에 잊은 자들.

곁에 있던 유중혁이 물었다.

"네놈은 줄곧 이 순간을 준비했던 건가?"

나는 천천히 고개를 끄덕였다.

"그래."

처음 시나리오를 시작하던 순간부터 나는 줄곧 계산해왔다.

「마지막 시나리오의 성좌들을 몰살하려면, 얼마만큼의 설화를 쌓아야 할까.」

답이 나오지 않았다. 인간의 생은 짧았고, 별들은 불멸했다. 시작 지점이 다르니 공평한 싸움이 될 수도 없었고, 무엇보다 나는 유중혁 같은 회귀자가 아니었다. 1,863회차에 달하는 생을 쌓아 놈들에게 대적할 수 없었다.

"설화를 모아 대적하겠다는 생각부터가 틀렸던 거야. 전설 급이든 신화급이든, 아무리 많은 설화를 모아도 순수한 격으로 저들을 누를 수는 없어."

"그래서 생각해낸 게 이건가."

나는 고개를 끄덕이며 '신단목'을 등진 채 함께 싸우는 김유신과 계백을 바라보았다.

「김독자는 '무대화'에서 싸움의 해답을 찾아냈다.」

'무대화'. 비록 가상假像이지만 개연성이 커지면 현실이 되는 힘.

'마왕선발전'에서 수르야를 물리쳤을 때 그 힘의 가능성을 확인했고, '기간토마키아'에서 〈올림포스〉를 물리쳤을 때 계획의 초안이 완성되었다.

'성마대전'을 겪고, '서유기'를 이겨내면서부터는 확신이 생겼다.

「그들이 불가능한 시나리오를 이겨낼수록, 그들이 가진 '거대 설화'의 재현력은 더욱 강해진다.」

그날의 공기. 그날의 감정. 쏟아지는 별들을 바라보며 멸망을 마주한 인간들이 느꼈던 공포.

「그날, 그들이 느꼈던 공포를 이제 성좌들이 느낄 차례였다.」

[거대 설화, '빛과 어둠의 계절'이 이야기를 계속합니다!]

묵시룡의 '최초의 꼬리짓'이 시작되었다.

묵시룡의 꼬리짓은 세 개의 충격파로 나뉜다.

1단계 '전격파', 2단계 '염열파', 그리고 실질적인 꼬리짓이자 3단계인 '혼돈파'.

[크아아아아아아— 내가 막겠다!]

언젠가 나와 함께 전격파를 막아낸 토르가 앞장섰다. 이전에도 함께 충격파를 감당한 적이 있으니 자신이 있었던 모양이다. 하지만 완전한 오판이었다.

[토르—!]

새카맣게 타버린 토르가 허공에서 추락했다.

그때 토르가 전격파를 막을 수 있었던 것은 나와 디오니소스, 그리고 스승님이 계셨기 때문이다.

하지만 지금 토르를 돕는 이는 아무도 없었다.

[으아아아아아아—!]

겁에 질린 성좌들이 등을 돌려 달아나는 순간, 모든 신화급 성좌가 자신의 격을 개방했다. 어마어마한 후폭풍과 함께, 천공의 모든 별들이 일제히 점멸했다. 폭발한 전격파가 고운 안개 입자처럼 사위를 덮었다.

시야가 개었을 때, 묵시룡의 전격파는 상당 부분 상쇄되어 있었다.

[고작 이 정도인가?]

전격파를 받아낸 것은 〈아스가르드〉의 수장, 오딘이었다. 그가 자랑하던 고풍스러운 수염이 새카맣게 그을려 있었다. 옷도 완전히 녹아내려 나신이 된 오딘은, 전격파로 흉측하게 일그러진 피부를 드러내며 웃었다.

[겨우 이 정도로……!]

스스스스슷…….

그리고 다음 순간, 그의 곁에 있던 〈아스가르드〉의 성좌들이 먼지로 흩어지기 시작했다. 충격파를 상쇄할 개연성을 감당하다가 생을 다한 성좌들.

오딘의 눈이 커졌다. 허공에 하릴없이 퍼지는 잿빛 가루.

방금의 일격으로, 〈아스가르드〉의 절반이 소멸했다.

〈베다〉도, 〈파피루스〉도 상황은 마찬가지였다.

[여와!]

뒤늦게 상황을 눈치챈 오시리스가 뒤쪽을 돌아보며 외쳤다. 그곳에는 이미 〈황제〉의 세력을 이끌고 선실에서 철수하는 여와의 모습이 있었다. 전황이 불리함을 깨달은 성좌들이 퇴각하고 있었다.

"공필두."

내 말과 함께 공필두의 성채가 움직였다. 〈황제〉의 세계관으로 향하는 길목을 정확히 막아선 [무장요새]의 포탑이 불을 뿜었다.

"너흰 못 간다."

그와 동시에 묵시룡의 두 번째 충격파가 터졌다. 지옥의 가장 깊은 곳에서 끓어 오른 '염열파'의 불꽃이 창공의 성좌들을 녹이고 있었다.

[관리국! 언제까지 보고만 있을 건가!]

오딘의 비명에, 대도깨비 가랑이 설화를 꾸역꾸역 토하며 손을 위로 들었다.

[좋다. 네놈들이 '무대화'를 이용한다면.]

순간 불길한 예감이 들었다.

ㅊㅊㅊㅊㅊㅊ……!

'무대화'의 권능이 발휘되고 있었다. 강력한 스파크의 기운에 뒤를 돌아보자, 유상아가 입에서 피를 흘리고 있었다.

"상아 씨!"

그녀의 곁에서 회전하던 연화대에 균열이 일었다.

울컥울컥 피를 쏟는 유상아가 면목 없다는 듯 입을 열었다.

"하나는…… 나오지 못했지만…… 다른 하나의 일부가……."

석존이 '환생자들의 섬'에 봉인한 대존재는 둘.

하나는 전대의 묵시룡. 그리고 다른 하나는…….

['윤회를 결정하는 벽'이 거칠게 요동칩니다!]

['윤회를 결정하는 벽'이 자신의 테마를 드러냅니다!]

[이계의 존재가 '벽'의 봉인을 뚫고 세계에 재현됩니다!]

허공을 일그러뜨리며 검은 안개가 밀려오고 있었다.

암무의 건너편으로 보이는 셀 수 없이 많은 눈들.

석존에게 봉인되어 영원의 암흑 속에 갇혀 있어야 했을 〈스타 스트림〉의 청소부.

[■■■■■■■! '형언할 수 없는 아득함'이여!]

나는 도깨비들이 하려는 짓을 깨달았다. 저놈들은 내가 '성마대전'에서 묵시룡을 막은 방법을 쓰려는 것이다.

「그리하여 〈스타 스트림〉의 최악 최흉을 대변하는 두 개의 재앙이 부딪쳤으니.」

[하하하! 너희는 결코 종장에 도달할 수 없다. 너희는 결코—!]

그 말을 마지막으로 대도깨비들의 머리가 폭발했다.

그들의 설화를 빨아들인 '형언할 수 없는 아득함'이 거칠게 요동쳤다.

묵시의 힘을 얻은 흑염룡과, 대도깨비의 설화를 얻은 이계의 신격이 서로 마주 보았다.

[세 번째 충격파가 시작됩니다!]

그리고 묵시룡의 꼬리가 움직였다. 아주 천천히, 느릿하지만 확실한 속도로 떨어지는 재앙.

마음이 급해진 여와가 허공을 향해 고함쳤다.

[대체 무엇들 하고 있는가! 복희! 신농! 제곡! 빌어먹을 삼황오제三皇五帝여, 언제까지 심연의 잠에 빠져 있을 셈인가!]

쿠구구구구구!

여와의 진언이 오래된 〈황제〉의 성좌들을 일깨우고 있었다.

이제껏 나타나지 않았던 '신화급 성좌'들의 가호가 여와의 화신체 위로 덧씌워졌다.

막대한 격의 증폭에 공필두의 [무장요새]가 밀려나고 있었다.

막아야 했다. 여기서 저들을 자신의 세계관으로 돌아가게 내버려둘 수는 없었다.

[거대 설화, '서유기'가 이야기를 시작합니다!]

성운 〈황제〉의 거대 설화가 이야기를 시작하자, 거대한 이무기로 변한 여와가 자신의 불꽃을 입에 물었다. 기세를 모아 〈황제〉의 성좌들이 우리를 향해 달려드는 바로 그 순간.

쿠르르르릉!

하늘에서 뇌전이 내리치며 여와가 비명을 질렀다.

[거대 설화, '잊혀진 것들의 해방자'가 이야기를 시작합니다!]

통천하의 정경이 펼쳐지며, 황금빛 호랑이 가죽을 걸친 존재가 내 앞을 지켰다.
황제의 아득한 신화급 성좌에게 맞설 수 있는 유일한 존재.

[성좌, '가장 오래된 해방자'가 '최후의 방주'에 현현했습니다!]

이제 나의 형제가 된 별.

['미후왕'이 당신을 바라보고 있습니다.]
['필마온'이 당신을 바라보고 있습니다.]
['투전승불'이 당신을 바라보고 있습니다.]

모든 손오공이 내게 말을 걸었다.

['제천대성'이 당신에게서 등을 돌립니다.]

[가거라, 막내야.]
먼 하늘에서 묵시룡의 꼬리와 형언할 수 없는 아득함이 충돌하는 것이 보였다. 저 충돌로 벌어질 결과를 알고 있었다.

「모든 별들의 파멸을 꿈꾸었다. 정말 그리되길 원했는가.」

1,863회차의 마지막 장면이 잊히지 않았다.

돌아선 제천대성이 〈황제〉의 성좌들을 향해 달려 나갔다.

내가 손을 뻗기도 전에, 유중혁과 한수영이 나를 들고 달렸다. 공필두가 뭐라 뭐라 외쳤고, 이설화가 품속에 들어 있던 모든 환약을 꺼냈다. 이현성의 강철이 우리를 덮은 것이 먼저였는지, 새하얀 섬광이 세계를 덮은 것이 먼저였는지 모르겠다. 전신이 뜨거운 고열에 녹아버릴 것 같다 싶더니, 그다음에는 차가운 한파에 노출된 것처럼 추워졌다.

정신을 차렸을 때, 우리는 선실 바깥에 널브러져 있었다.

붕괴한 내벽 사이로 마구잡이로 흘러나온 설화들이 고통스럽게 별들의 최후를 노래했다.

'소품 보관실'의 문은 아직 닫히지 않았다. 반쯤 열린 그 문 너머로, 잿빛 가루가 흘러나오고 있었다.

[제4의 벽'이 격렬하게 흔들립니다.]

어쩌면, 저 안에 있는 모두는—

스슷.

작은 인기척과 함께, 한수영의 목소리가 들렸다.

"김독자⋯⋯?"

나는 문을 향해 기어갔다. 심장의 두근거림이 멈추지 않았다. 가까스로 문의 언저리에 도달했을 때, 나는 누군가가 그곳에 서 있는 것을 보았다.

「찢어진 백색 깃털이 하늘하늘 떨어지고 있었다.」

나는 입을 뻐끔거렸다. 무언가 말을 하고 싶었다.

입을 열려는 나를 대신해, 우리엘이 천천히 몸을 숙였다.

[……독자……]

진언은 제대로 들려오지 않았다. 어떻게든 몸을 일으키려는 나를 향해 우리엘이 손을 내밀었다. 그녀의 하얀 손이, 내 뺨과 눈가를 어루만지듯 스쳤다.

망가진 우리엘의 날개 너머로, 적측 성좌들이 몸을 일으키는 것이 보였다. 그 끔찍한 재앙 속에서도 기어이 살아남은 별들이 있었다.

['무대화'가 종료됐습니다.]

'형언할 수 없는 아득함'의 격은 느껴지지 않았다.

바닥에 쓰러진 '심연의 흑염룡'의 거체가 보였다. 그 위로 달려드는 거대 성운의 성좌들과, 대천사들의 날개를 뜯는 악마들.

수많은 적들이 우리엘을 향해 다가오고 있었다.

"우리에……!"

나는 문을 열고, 검을 쥐고 우리엘을 대신해 녀석들을 베려고 했다.

「하지만 문은 열리지 않았다.」

맞은편에서, 단단히 문고리를 붙잡은 우리엘이 손을 놓지 않았다.

비명에 가까운 정희원의 외침이 들렸다.

"우리엘! 나와! 거기서 빨리 나와—!"

[괜찮아.]

이어질 말을 듣고 싶지 않았다.

우리엘이 나를 향해 미소 지었다.

[너희는, 이 이야기를 여기까지만 본 거야.]

선실 문이 닫혔다.

[당신은 <스타 스트림>의 그 어떤 별도 이룩하지 못한 업적을 달성했습니다.]

문 너머의 이야기는 더 이상 들려오지 않았다. 누군가가 비명을 질렀고, 또 누군가가 절규했다.

방주가 기우뚱하더니 굉음을 내며 어딘가에 충돌했다. 나는 바닥을 엉망으로 나뒹굴었다.

현기증 속에서 바닥을 짚었을 때, 진동은 어느새 멎어 있었다. 몸을 일으킬 기운조차 나지 않았다. 간신히 고개를 들어 앞을 바라보았다. 부서진 격벽을 따라 시선을 돌리자, 낯선 정경이 보였다. 외부와 충돌한 방주의 바닥이 새로운 세계를 향한 교량처럼 드리워져 있었다.

[<스타 스트림>의 모든 별은 영원토록 당신을 잊지 못할 것입니다.]

그 어떤 별도 우리를 보고 있지 않았다.
우리를 보고 있는 것은 오직 한 존재뿐이었다.

['이야기의 왕'이 당신을 기다리고 있습니다.]

노란 광물 같은 것이 파괴된 방주의 경사를 따라 굴러떨어졌다. 나는 그것이 무엇인지 알았다. 그 보석이야말로 우리가 방주에서 줄곧 찾던 것이었으니까. 하지만 나도 일행들도, 그 보석에 집중할 기력이 없었다.

"……."

방주에서 내린 우리는 천천히 주변을 둘러보았다.

끝이 보이지 않는 넓이의 벽. 방주에서 흘러내린 설화들이 벽 안으로 스며들고 있었다.

「그리하여, 마침내 김독자는 목적지에 도달했다.」

그 벽이 나를 향해 말하고 있었다.

「이 모든 이야기의 끝. '최후의 벽'이 눈앞에 있었다.」

97
Episode

볼 수 없는 별

1

웅웅, 하는 소리와 함께 코트 속 스마트폰이 진동했다.

「모든 이야기는 그가 그 소설을 읽은 순간 시작되었다.」

스마트폰에 떠오르는 문장들.
눈앞의 광활한 벽은 스마트폰의 액정과 몹시 닮아 있었다.
유중혁의 3회차부터 1,863회차까지. 아마도 내가 아는 모든 이야기가 쓰여 있을 벽.

「QA팀에 근무했던 시절, 김독자는 그런 생각을 한 적이 있다. '나만 이 버그를 알고 있다면 어떻게 될까.'」

"너……."

등을 돌리자 한수영이 그곳에 있었다. 무슨 말인가 하고 싶은데 정확한 말을 찾지 못하는 것 같았다. 그녀가 쥐고 있던 왼손 붕대가 점차 흩어지고 있었다. '심연의 흑염룡'의 가호가 담긴 붕대였다.

나는 일행들을 하나하나 살폈다. 정희원은 무릎을 꿇은 채 덜덜 떨리는 손으로 바닥을 짚고 있었고, 이현성은 혼절한 이길영을 안고 있었다. 이설화와 공필두는 서로를 부축하며 방주를 빠져나오고 있었다.

멀리서 스승들과 함께 가까스로 선실을 탈출하는 장하영이 보였다.

"아저씨."

자기 손바닥을 내려다보는 신유승의 모습. 나를 불렀다기보다는, 중얼거림에 가까운 말. 아이의 손에는 '키메라 드래곤'의 비늘 조각이 남겨져 있었다. 그런 아이의 어깨에 유상아의 손이 닿았다. 흐느끼는 떨림을 느끼며, 유상아는 말없이 우리가 빠져나온 출입구를 바라보았다.

「그들이 아는 별들이 저물었다.」

현기증으로 시야가 흔들렸다. 별들의 시선이 느껴지지 않았다. 모든 별이 소멸했기 때문일까? 아닐 것이다. 그저 대도깨비가 사라졌기 때문이다. 관리국의 모든 채널이 커다란 타격을 받으며 이상을 일으켰기 때문이다.

「그렇게 믿지 않으면 앞으로 나아갈 수 없다.」

비틀거리며 간신히 중심을 바로잡자, 마지막으로 유중혁의 모습이 보였다. 녀석의 흑천마도에 죽은 대도깨비들의 시체가 꿰어 있었다. 죽은 성좌들의 설화가 칼끝으로 뚝뚝 떨어졌다.
평소와 똑같은 표정으로, 녀석은 나를 보고 있었다.

「이것이 네가 원하던 결말인가.」

['제4의 벽'이 격렬하게 흔들립니다!]
['제4의 벽'이 더욱 강하게 발동합니다!]

나는 천천히 입을 열었다가 도로 다물었다.

[최종 시나리오 완료가 임박했습니다.]

눈앞에 내가 줄곧 찾아온 방주의 설화핵이 굴러다니고 있었다.
영롱한 노란빛의 광물.
이 세계선을 표류하는 무수한 '거대 설화'들의 힘이 응집된 정수.

[방주의 내핵].

거대 설화 병기인 '최후의 방주'의 에너지원.
저걸 부수면, 우리가 싸워온 99번 시나리오도 끝을 맺는다.

[〈스타 스트림〉 최후의 설화가 완성을 앞두고 있습니다!]

순간적으로 발걸음이 굳었다. 바닥에서 튀어나온 덩굴이 내 발목을 잡고 있었다. 어디선가 나타난 '차라투스트라'들이 내게 제어 스킬을 걸고 있었다. 송구스럽다는 듯 내 시선을 피한 셀레나 킴의 얼굴. 이어서 예언자의 목소리가 들려왔다.
"덕분에 수고를 덜었어요, 구원의 마왕."
어느새 방주의 내핵을 손에 쥔 안나 크로프트가 이쪽을 보고 있었다.

「김독자와는 다른 결말을 꿈꾸는 인간의 영웅.」

"별로 놀랍지는 않겠죠? 내핵은 내가 가져가겠어요."
나는 그녀가 꿈꾸는 세계를 이미 들었다.
'완전한 밤'. 모든 성좌의 시선에서 자유로워지는 것. 그녀의 꿈은 이 세계선의 화신들과 함께 다른 세계선으로 무사히 이주하는 것이었다.

하지만.

"이미 방주는 부서졌어."

"다시 만들면 됩니다."

안나 크로프트는 부서진 방주를 돌아보았다. 방주는 이미 재활용이 불가능할 정도로 망가진 상태였다. 하지만 그녀는 희망을 놓지 않았다.

"인간 화신들 중에도 설화 병기 제작에 능한 이들이 있습니다. 당신이 데리고 있는 아일렌도 그중 하나고요. 방해할 신화급 성좌도 이제 없으니—"

나는 말 없이 손바닥을 내밀었다. 그만 내핵을 내놓으라는 표시였다. 안나 크로프트는 내 손바닥을 물끄러미 바라보다가 입을 열었다.

"그렇군요. 아직 '신화급 성좌'가 하나 남아 있었죠."

안나 크로프트의 눈동자가 붉게 빛났다.

'대악마의 눈동자'. 이 세계의 미래와 과거를 읽어내는 그녀의 힘이 나를 옥죄기 시작했다. 이제 완연한 눈의 힘을 각성한 그녀는, 어지간한 설화급 성좌 이상의 격을 갖춘 상태였다.

「모든 별들의 대적자.」

원작과 똑같았다. 이 세상의 모든 성좌를 증오하는 안나 크로프트. 그렇기에 별의 힘을 이용해 별을 파멸시키고자 맹세한 인물. 그녀는 자신의 밤을 완수하기 위해 나를 살려두지 않을 것이다.

「이 이야기가 정말 원작과 같은 것이라면.」

나를 가리킨 안나 크로프트의 검극이 뭔가 망설였다.

"아직 늦지 않았어요, 김독자."

원작에서는 한 번도 없던 일. 곁에서 흑천마도 손잡이를 움켜쥐던 유중혁이 희미하게 놀라는 것이 느껴졌다.

가볍게 숨을 들이켠 안나 크로프트가 이야기를 시작했다.

"나는…… 당신이 생각하는 결말이 무엇인지 몰라요. 내 [미래시]로도 거기까지는 읽어낼 수 없으니까요. 하지만 짐작가는 것은 있어요. 내 [미래시]가 당신의 결말을 알 수 없다는 건, 당신의 결말이 저 '최후의 벽'과 관련되어 있다는 뜻이겠죠. 하지만 잘 생각하세요, 김독자. 그게 정말로 우리 모두를, 인류를 위한 길인지 말이에요."

그녀가 그토록 많은 말을 한꺼번에 하는 것은 처음이었다. 나는 묵묵히 들었다.

"이만하면 충분하지 않나요? 당신은 이미 충분히 불행을 겪었어요. 많은 것을 잃었고, 소중한 것을 조롱당했어요. 무엇이 기쁨이고 무엇이 슬픔인지 구별해낼 수 없을 만큼 닳아버렸고, 이야기에 지쳐버렸어요. 그런데도 당신은 아직 이 세계의 '단 하나의 설화'가 궁금한가요? 고작 그런 것을 위해 인류의 생존을 저버리겠다는 건가요?"

한 마디 한 마디에 절박함이 있었다. 자신의 정의를 역설하고, 나의 정의를 원망하는 말들.

이내 그것은 설화가 되었다.

'안나 크로프트'와 차라투스트라들을 감싸는 눈부신 설화. 그것은 성좌들의 것처럼 밝지도 화려하지도 않았지만, 굳건하고 아름다웠다. 그들이 쌓아온 설화의 모든 국면에 그들의 신념이 담겨 있었다.

무수한 별들이 오래전에 잊은 감정. 저 마음을 잊지 않았기에, 그녀는 여기까지 올 수 있었다.

"김독자. 당신의 ■■을 포기하세요."

"……"

"부탁입니다. 당신도 내 '완전한 밤'으로 함께 가요."

그 말에 몇몇 차라투스트라가 눈을 크게 떴다. 그럴 만도 했다. 지금 그녀의 제안은 그녀의 신념을 어기는 것이니까.

지금 안나 크로프트는 내게 새로운 세계의 밤을 밝힐 단 하나의 별이 되어달라고 말하고 있었다.

고마운 제안이었다. 그러나

[나는 성좌입니다.]

나는 결코 받아들일 수 없는 제안이었다.

츠츠츠츠……

가볍게 일으킨 격에 내 손발을 구속하던 덩굴들이 일제히 부서졌다.

그녀의 선의를 조롱하듯, 내 모든 설화가 이야기를 시작하고 있었다.

[거대 설화, '마계의 봄'이 이야기를 시작합니다!]

마왕의 뿔이 머리에서 돋아났고.

[거대 설화, '신화를 삼킨 성화'가 포효합니다!]

신을 죽인 '부러지지 않는 신념'이 거칠게 울었으며.

[거대 설화, '빛과 어둠의 계절'이 인간의 세계를 바라봅니다.]

대천사를 배신하여 얻은 날개가 펼쳐졌고.

[거대 설화, '잊혀진 것들의 해방자'가 <스타 스트림>을 조롱합니다.]

불길하고 사악한 혼돈의 아우라가 내 전신을 덮었다.
안나 크로프트의 눈동자가 격렬하게 흔들렸다. 나의 모습에서 한 줌의 인간성이라도 찾아내려는 듯이 애처롭게 헤매는 눈. 하지만 나도 알고 그녀도 아는 사실이 있었다. 인간성을 애써 찾아야 하는 존재를, 어찌 평범한 인간이라 말할 수있을까.

"당신도 결국은 똑같은 건가, 구원의 마왕."

안나 크로프트의 중얼거림에 깊은 비탄이 묻어 있었다. 담담한 사실의 토로라기보다는 어떤 결의가 서린 목소리였다.

"당신을 여기서 죽이겠습니다."

안나 크로프트의 전신에서 가공할 격이 범람했다. 여기까지 오는 내내, 그녀가 힘을 아끼고 있었다는 사실은 알고 있었다.

"당신이 아무리 '신화급 성좌'라고 해도, 그런 몸 상태로 나를 막을 수는 없습니다. 이미 당신 동료들도 제정신이 아닌 것 같으니—"

정희원도, 이현성도, 이길영도, 신유승도 여전히 정신을 차리지 못하는 얼굴들이었다. 심지어는 한수영조차 말없이 나를 바라보고만 있었다. 항상 나를 믿어주던 그 눈동자가 처음으로 흔들리고 있었다.

어쩌면 당연한 일이었다. 자신의 배후성들이 당하는 것을 바로 눈앞에서 지켜본 이들이었다.

"이만 끝내죠."

열댓 명의 차라투스트라들이 순식간에 유중혁을 향해 미끄러져 갔다. 그리고 다음 순간, 섬광처럼 다가온 안나 크로프트의 단검이 내 목을 찔러왔다. 나는 태연히 그 단검의 끝을 바라보다가 입을 열었다.

[이제 장난은 그만둬라, 로키.]

그 말과 함께, 안나 크로프트의 움직임이 굳었다.

나는 가볍게 손가락을 들어 그녀의 단검을 옆으로 치웠다.

경악한 안나 크로프트가 중얼거렸다.

"이, 이게 무슨……?"

[성별 바꾸기를 좋아하는 한 성좌가 킬킬 웃습니다.]

"로키, 이건 약속과는 다른—!"

일대의 공기를 짓누르는 격이 안나 크로프트와 차라투스트라들을 동시에 무릎 꿇렸다.

성별 바꾸기를 좋아하는 성좌. 〈아스가르드〉 최후의 별인 '로키'가 그곳에 있었다.

차라투스트라 중 로키의 힘에 저항할 수 있는 이는 없었다. 왜냐하면 그들을 〈아스가르드〉의 지배로부터 해방한 이가 바로 저 로키이기 때문이었다.

"나는 사람들을 위해……!"

그 말을 마지막으로 안나 크로프트가 혼절했다. 그녀의 손에서 떨어진 내핵이 바닥을 굴러 내 발치로 다가왔다. 나는 그것을 주워들었다.

[그동안 정말 재미있었어, 구원의 마왕.]

허리를 들자 눈앞에 사내가 있었다. 초록색 머리카락에 장난스러운 표정.

[성좌, '자신의 존재를 바꾸는 자'가 당신을 바라봅니다.]

자신의 존재를 바꾸는 자.

〈아스가르드〉의 최상위 성좌 중 하나인 '로키'.

여기까지 오는 내내 몇 번이고 우리를 도와준 성좌이자, 그 의중을 전혀 알 수 없는 성좌. 그는 묵시룡의 재앙에서 무사히 벗어나 우리를 쫓아온 것이다.

"도와줘서 고맙군."

[이제 세계의 결말이 코앞인데 하찮은 인간 때문에 모든 걸 망칠 수는 없지. 그보다 이제 겁줄 대상도 사라졌으니, 그 무서운 모습은 해제해도 될 거 같은데.]

나는 뿔과 날개를 해제했다. 그리고 말했다.

"그쪽도 그만 본모습을 드러내는 게 좋겠군."

[무슨 소리지?]

"피차 연기는 그만두기로 한 거 아니었나?"

내 말에, 아까부터 상황을 지켜보고 있던 유중혁이 말을 걸어왔다.

—김독자.

—네 생각이 맞아.

나는 로키를 노려보았다.

성좌, '자신의 존재를 바꾸는 자'.

내 생각이 맞는다면, 저 녀석은 '성좌'가 아니었다.

[성좌, '자신의 존재를 바꾸는 자'가 진정한 정체를 드러냅니다!]

[성 ■좌, ■ '자신 ■의 ??존재 ■를??'……]

눈부신 빛이 로키의 몸을 감싸더니, 이내 외형이 변하기 시작했다. 키가 조금 작아졌고, 얼굴의 주름이 급격하게 늘어났다. 그러더니 볼을 중심으로 두 개의 커다란 혹이 자라났다.

「<스타 스트림>의 버그를 자유자재로 이용하는 존재. 세상 모든 도깨비들의 숙적이자, '종말의 구도자'의 창시자.」

그는 이미 나와 조우한 적이 있었다. '서유기'의 통천하에서, 그는 나를 방해하는 대도깨비들을 대신해 상대해주었다.

희미하게 일그러진 그의 입술에 불온한 미소가 떠올랐다.

[<스타 스트림>의 종말을 꿈꾸는 것은 그대들만이 아니지.]

"혹부리 왕."

그의 정체를 알아본 유중혁이 망설임 없이 흑천마도를 뽑았다.

[집어넣지. 나는 그대들과 싸울 생각이 없다.]

혹부리 왕이 손사래를 치며 말했다.

[내가 보고 싶은 것은 하나뿐이야. 너희가 찾아온 이 최후의 벽 너머에 있는 '무언가'. 그뿐이지. 그리고…… 지금 그대들은 날 신경 쓸 처지가 아닌 것 같은데.]

뒤를 돌아본 순간, 누군가가 내 멱살을 강하게 붙들었다. 이지혜의 얼굴이 코앞에 있었다. 그녀에게서 흘러나온 분노와 원망의 설화가 내 전신을 두들겨 패고 있었다.

"아저씨. 이거 뭔데. 응? 이것도 계획의 일부야?"

이지혜에게서는 이제 바다의 기상이 느껴지지 않았다. 처음 지하철에서 소녀와 마주했을 때 불어오던 은은한 소금향을, 이제는 맡을 수가 없었다.

"김독자!"

이지혜가 울면서 나를 흔들었다. 누구도 그녀를 말리지 못했다. 유상아도, 정희원도, 신유승도. 모두 고개를 숙인 채로 바닥을 바라보고 있었다.

「그리고 김독자는 그 마음을 이해했다.」

이 원망은 온전히 나의 몫이었다.

「그러나 그렇게 생각하지 않는 사람이 있었다.」

"이지혜."

「한수영이었다.」

"이거 봐!"

어깨를 잡는 한수영의 손길에 이지혜가 거칠게 반응했다. 하지만 한수영은 그녀의 어깨를 놓지 않았다. 완강한 손길로 이지혜의 앞머리를 넘기고, 그렁그렁한 눈물을 닦으면서, 한수영은 계속해서 말했다.

"흑염룡도, 우리엘도, 해상전신도 안 죽었어."

"그걸, 그걸 어떻게 아는데."

"느낄 수 있어. 아주 희미하지만, 그들이 살아 있다는 걸 분명하게 느낄 수 있어. 그리고……."

차갑지만 다정하고, 정확하지만 흐트러짐 없는 목소리. 오직 한수영만이 낼 수 있는 목소리였다.

"눈물 닦고 똑바로 봐. 지금 네가 멱살 잡은 놈이 어떤 상태인지."

혼미한 눈으로 고개를 떨어뜨린 이지혜가, 그제야 천천히 눈을 들었다. 그리고 한참이나 머뭇거리며 나를 바라보았다. 나 역시 시선을 피하지 않았다.

"왜……?"

이지혜가 떨리는 목소리로 말했다.

"왜, 아저씨가 울어……?"

멱살을 잡았던 손이 풀렸다. 그 틈을 파고든 한수영이 내 얼굴을 주먹으로 쳤다.

"정신 차려, 멍청아! 제대로 설명해주라고. 너도 아무 생각 없이 여기까지 온 건 아닐 거 아냐!"

그 말은 거꾸로 하면, 아무 생각 없이 이런 짓을 저질렀다면 반드시 나를 죽여버리겠다는 엄포였다.

한수영이 물었다.

"배후성들을 구할 방법이 있는 거지? 그렇지……?"

「그런 방법 따윈 없었다.」

나는 하늘을 올려다보았다.

캄캄한 〈스타 스트림〉의 밤하늘. 많은 성좌들의 불빛이 꺼졌지만, 자세히 보면 여전히 반짝이는 것들이 있었다. 아주 오래 보아야만 어렴풋이 빛을 느낄 수 있는 별이었다.

「김독자는 성좌들을 증오했다. 단 한 순간도 그 감정을 잊어본 적이 없었다.」

"어쩌면……."

「하지만 이 세계의 시나리오는 그런 김독자조차 변하게 만들었다.」

나는 '최후의 벽'을 바라보았다.

이 세계의 모든 '설화'가 기록된 벽.

모든 도깨비의 소망인 '단 하나의 설화'를 기록하기 위해 존재하는 벽.

"너무 늦었을 수도 있어."

이 모든 불행은, 저 벽에 기록되기 위해 존재한다.

아니, 어쩌면 그 반대일 수도 있다. '저 벽에 기록되었기 때문에' 이 모든 일이 일어난 것이다.

"하지만, 가능할 수도 있어."

이미 일어난 일을 바꾸는 것은 불가능하다. 이미 영혼까지 소멸한 이들을 되살리고, 받은 상처를 없었던 일로 만드는 일 따위 가능할 턱이 없다. 이미 멸망해버린 세계선을 구원하는 게 가능할 리가 없다. 이 세계의 빌어먹을 개연성은 그런 것을 허락하지 않으니까. 그런 것은 한수영이 말했던 '네모난 원'과 같은 이야기니까.

「하지만 그런 게 가능하다면.」

「'네모난 원'을 현실로 만들 수 있는 '벽'이 이 세계에 존재한다면.」

나는 손안의 내핵을 있는 힘껏 움켜쥐었다.

[메인 시나리오 #99 - '이야기의 적'을 클리어했습니다!]
[완료 보상 정산이 시작됩니다.]
[현재 보상 정산을 담당할 대도깨비가 존재하지 않습니다.]
[보상 정산이 지연됩니다.]

.

.

.

[당신은 '이야기의 왕'을 만날 자격을 얻었습니다.]

눈부신 벽이 우리를 향해 입을 벌렸다.

✦

2

[<스타 스트림>이 당신의 마지막 설화에 이름을 짓고 싶어합니다.]

[당신에게 최종 설화의 선택지가 주어집니다.]

[성운, <김독자 컴퍼니>의 서사시가 '단 하나의 설화' 최종 후보에 올랐습니다!]

[<스타 스트림>에 태어날 모든 별들이 당신의 설화를 칭송할 것입니다!]

연이어 떠오르는 메시지를 하나씩 읽으며, 나와 일행들은 사태를 점검했다. 다들 여전히 충격에서 벗어나지 못한 얼굴이었지만, 여기서 멈출 때가 아니라는 것도 이해하고 있었다.

공필두가 물었다.

"이걸로 메인 시나리오는 끝난 건가?"

평소와 달리, 메인 시나리오가 끝났음에도 연계 시나리오는 발동하지 않았다. 그 대신 들려온 것은 시스템 메시지였다.

[<스타 스트림>의 메인 시나리오 시스템이 종료 시퀀스에 돌입합니다.]

생전 처음 들어보는 메시지.

장대한 시나리오의 세계가 드디어 막을 내리고 있는 것이었다.

모두 무슨 말을 해야 할지 모르겠다는 표정들이었다.

"이게 끝나면…… 세계는 어떻게 되는 거지?"

공필두가 허탈한 얼굴로 벽을 바라보았다. 벽에 피어난 무수한 문장들이 그의 시선을 느낀 듯 흩어졌다 뭉치기를 반복했다.

그 문장 중에는 공필두에 관한 것도 있었다.

「시나리오의 시작과 함께 가족을 잃은 남자.」

그는 어딘가 지쳐 보였다. 착각인지 모르겠지만, 눈에 물기가 고여 있는 것 같기도 했다.

망설이던 내가 입을 열었다.

"아직 이 모든 시나리오를 총괄한 존재가 남아 있습니다."

"그 녀석도…… 해치워야 하나?"

"힘들다면 여기 계셔도 괜찮습니다."

"이제 와서?"

공필두의 표정에 분노가 떠올랐다.

"나는 그놈을 용서할 수 없어. 갈가리 찢어 죽여도 모자라."

그 눈을 보는 순간, 나는 마치 내가 공격당하는 것 같았다. 그의 등 뒤로 시나리오에서 죽어간 평범한 사람들의 설화가 비치고 있었다.

「그 모든 설화가 김독자를 원망하고 있는 것 같았다.」

"가족을 빼앗고, 내 땅을 모두 빼앗은 놈이야. 나는, 나는 반드시……!"

거기까지 말하던 공필두가 피거품을 물고 쓰러졌다. 잽싸게 그를 부축한 이설화가 공필두의 맥을 짚었다.

"화신체 손상이 심해요."

선실의 싸움에서 공필두는 이현성과 함께 일행들을 보호했다. 그가 자랑하던 [무장요새]는 엉망으로 망가졌다. 배후성인 '디펜스 마스터'의 격도 거의 느껴지지 않는다. 아마 그가 함께 싸우는 것은 여기까지이리라.

"제가 데리고 갈게요. 이 아저씨도 어쨌든 마지막을 볼 자격이 있으니까."

"부탁합니다."

자신의 특수 스킬인 [침대차]를 발동한 이설화가 마력 그물로 이루어진 침대 위에 공필두를 눕혔다.

그새 기운을 되찾은 이지혜와 정희원도 자리에서 일어났다.

"가요, 독자 씨. 뭐가 나오든 끝은 봐야지."

그 말을 정희원이 했다는 사실에 면목이 없었다. 아마도 이 자리에서 나를 가장 원망하는 사람은 그녀일 텐데.

툭, 하고 내 어깨를 치고 가는 손길.

"쓸데없는 생각 하지 마요. 내 배후성이 말했잖아요. 우리가 본 이야기는 거기까지예요."

"……."

"이다음 이야기가 어떻게 될지는 아무도 몰라요."

서늘한 결의가 담긴 목소리에, 이길영을 업은 이현성도 고개를 끄덕였다.

"희원 씨 말씀이 맞습니다."

신유승도, 이지혜도 마찬가지였다.

「그 모든 일이 있었음에도, 일행들은 여전히 김독자를 믿었다.」

일행들에게는 지금 저 문장이 보일까.

겨우 내가 저런 문장을 읽어도 좋은 것일까.

['최후의 벽' 내부로 입장하시겠습니까?]

이윽고 메시지가 떠올랐다.

벽 위로 몰아치는 개연성의 스파크. 그 스파크를 중심으로 벽이 함몰되고 있었다. 새하얀 벽 위의 활자들이 일제히 물러가며, 벽 위에 우리가 들어갈 작은 출입구가 생성되었다.

한수영이 의심스러운 목소리로 물었다.

"이 너머에도 네 계획이 있는 거야?"

출입구 안쪽은 희뿌연 안개로 가득 차 있었다. 내가 잘 아는 안개였다. 몇 번이나 다시 읽어서, 이제는 외워버린 문장.

「마침내, 모든 것을 잃은 유중혁이 안개 너머를 바라보았다.」

저 통로는 1,863회차의 유중혁이 지나간 바로 그 통로였다.

"이다음은 멸살법에도 안 나온다고 했잖아."

나는 고개를 끄덕였다.

이제 정말 들어가는 일만 남았다. 마지막으로 걸리는 것은……

"가세요. '차라투스트라'는 여기까지예요. 우리는 입장 권한이 없다고 하네요."

안나 크로프트와 달리, 그녀의 권속인 차라투스트라들은 〈김독자 컴퍼니〉와 연계된 거대 설화를 그리 많이 가지고 있지 않았다.

잠시 침울한 눈으로 나를 보던 그들이, 묵묵히 몸을 비켜 우리가 걸어갈 길을 내주었다.

[화신 '셀레나 킴'이 자신의 ■■을 받아들입니다.]

[화신 '셀레나 킴'의 ■■은 '이룰 수 없는 꿈'입니다.]

—안나를 부탁해요.

전음을 통해 전해지는 셀레나 킴의 목소리. 나는 무겁게 고
개를 끄덕이며 등을 돌렸다. 내 뒤로 일행들의 발걸음 소리가
들려왔다. 이제 하나의 별자리가 된 일행들. 하지만 모두 같은
방향을 향해 빛을 내지는 않는 이들.

"가죠."

「그럼에도 이곳의 모두는, 반드시 확인하고 싶은 결말이 있었다.」

허공에 퍼지는 안나 크로프트의 백금발. 안개를 표류하듯
떠다니는 그녀의 붉은 눈이 길잡이처럼 우리를 안내했다. 하
지만 그 몸을 움직이는 것은 안나 크로프트가 아니었다.

유중혁은 흑천마도 칼자루를 굳게 쥔 채 흑부리 왕의 동태
에 이목을 집중했다.

"흑부리 왕을 믿는 건 아니겠지."

아까부터 경계심을 늦추지 않는 유중혁은 시도 때도 없이
흑부리 왕 쪽을 향해 살기를 방출하고 있었다.

나 역시 흑부리를 좋아하지 않기는 마찬가지였다. 그들은
비유를 납치하려 한 적도 있었고, 마계에서 내게 사기를 치려
한 적도 있었다.

"안 믿어. 임시로 동맹을 체결한 것뿐이야. 전에 계약을 하나 했거든."

"계약?"

나는 설명하지 않았다. 어차피 당사자가 눈앞에 있었기 때문이다.

안나 크로프트의 머리 위에서 불길한 그림자의 형상이 나타났다.

[나를 어지간히 믿지 못하는 모양이군, 회귀자.]

안나 크로프트의 입으로 말하는 흑부리 왕을 보고 있자니, 정말 최악의 조합이 따로 없다는 생각이 들었다. 유중혁이 싫어하는 둘을 합쳐놓다니.

유중혁은 말없이 흑천마도로 자신의 마력을 흘려보냈다. 여차하면 칼부림이라도 망설이지 않겠다는 투였다.

[다른 흑부리들에게 이야기는 들었다. 그대가 내 아이들의 혹을 잘라냈다더군.]

"네놈도 잘리길 원하는 건가?"

흑부리 왕은 즐겁다는 듯 킬킬 웃었다.

"뭐가 즐겁지?"

[그대의 불필요한 고고함이 좋다. 마계와 무림에서도 그랬지. 거기서 오랫동안 따분한 시간을 보내고 있었는데, 덕분에 아주 즐거웠어.]

"한 마디만 더하면 정말로 혹을 자르겠다."

"어이, 유중혁."

아무래도 평소보다 유중혁이 격앙된 것 같아서, 나는 유중혁을 제지했다. 여기서 흑부리와 드잡이질을 벌여서 좋을 게 없었다.

왜일까. 흐트러진 기도가 평소의 유중혁과는 달랐다. 어쩌면 녀석도 마지막을 앞두고 생각이 복잡해졌을지도 모른다.

그런 나와 유중혁을 번갈아 보던 흑부리 왕이 말했다.

[그대들은 좋은 친구로 보이는군.]

유중혁이 다시 한번 눈을 부라리는 사이, 흑부리 왕이 말을 이었다.

[내게도 그런 이가 있었다. 저기 있는 '구원의 마왕'처럼 이야기를 무척 사랑하는 녀석이었지.]

"네놈의 이야기 따위 궁금하지 않다."

[우리는 함께 시나리오를 수행했지. 몇 번이나 죽을 고비를 넘겼고, 우리를 조롱하는 절대자들과 맞서 싸웠다. 설화를 쌓아 거대 설화를 만들고, 거대 설화를 쌓아 대서사시를 만들었다. 그렇게 만든 대서사시로, 마침내 '최후의 벽'에 도달했다.]

'흑부리 왕'이 '최후의 벽'에 도달한 적이 있었다고?

이것은 멸살법에도 나오지 않는 정보였다.

[들은 적 없는 이야기겠지. 이젠 설화로도 남지 않은 이야기니까. 반복된 세월 속에 미쳐버린 '묵시룡' 정도나 간신히 기억하고 있을 거다.]

"그때도 〈스타 스트림〉이 있었나?"

[그땐 조금 다른 이름이었지. 〈스타 스트림〉은 우리가 이 세

계의 끝을 보고 난 후에 정해진 이름일 뿐이야.]

우리보다 앞서 '세계의 끝'을 본 존재.

그들의 ■■은 어땠을까. 대체 무슨 일이 있었기에, 그는 '흑부리 왕'으로 남아 시나리오를 표류하게 된 것일까.

[지금 그 빌어먹을 녀석은 '이야기의 왕'이라 불리고 있지.]

안개 너머에서 우지끈, 하고 뭔가 무너지는 소리가 들렸다.

[그래서 나는 너희의 최종장을 기대하고 있다. 궁금하구나. 너희 중 누가 이 시나리오의 마지막 승자가 될지—]

눈앞의 안개가 일제히 진동을 일으켰다. 흑부리 왕이 쓴웃음을 지었다.

[슬슬 내 오랜 친구를 만나러 갈 시간이군.]

그 말과 함께 흑부리 왕의 잔영이 사라졌다. 그러나 그의 메시지는 계속해서 들려왔다.

[어서 움직이는 편이 좋을 거다. 모두 먹혀버리기 전에 말이지.]

먹혀?

"아저씨!"

뒤쪽에서 우리를 따라오던 이지혜가 단말마와 함께 바닥 아래로 쑥 꺼졌다. 근처의 바닥과 벽면에서 손바닥 같은 게 나타나 우리의 팔과 다리를 잡아채고 있었다.

"지혜야!"

[등장인물 '이지혜'가 위대한 이야기의 일부가 됐습니다.]

바닥으로 빨려 들어가는 이지혜를 향해 정희원이 손을 뻗었다. 하지만 이미 늦었다. 정희원의 몸 또한 바닥으로 빨려 들어가고 있었다. 깊은 유사처럼 벽이 정희원을 집어삼키고 있었다.

[등장인물 '정희원'이 위대한 이야기의 일부가 됐습니다.]

"희원 씨!"

정희원을 향해 달려가는 이현성을 보며, 나는 순간적으로 방향을 잃고 말았다. '멸살법'에서 이런 적이 있었던가? 대체, 이게 무슨—

「멸살법에서 이 통로를 건넌 것은 유중혁 혼자였다.」

그 사실을 간과하고 있었다.

한 번도, 유중혁은 이 통로를 여럿이서 건넌 적이 없었다.

"모두 이쪽으로 모이세요!"

하지만 이미 때는 늦었다.

이현성도, 이설화도, 공필두도, 이어서 유상아와 아이들까지 벽의 손아귀에 붙잡혀 빨려 들어가고 말았다.

[등장인물 '신유승'이 위대한 이야기의 일부가 됐습니다.]

[등장인물 '유상아'가 위대한 이야기의 일부가 됐습니다.]

심장이 거칠게 뛰었다.

그 와중에 들려온 '등장인물'이라는 말이 더욱 내 신경을 거슬렀다.

"한수영! 유중혁!"

유중혁도 이미 바닥으로 반쯤 빨려 들어간 상태였다. 저항할 틈도 없었다.

"물러서라!"

유중혁이 쏘아 보낸 검풍이 나를 떠밀었다. 나는 가까스로 발목을 붙잡는 활자들을 피해냈다.

[등장인물 '유중혁'이 위대한 이야기의 일부가 됐습니다.]

결국 유중혁마저 당했다.

남은 것은 한수영뿐이었다. 그 한수영조차도 한쪽 팔이 벽에 삼켜지는 중이었다.

"빨리 이쪽으로……!"

나는 온 힘을 다해 그녀를 잡아당겼다.

[바람의 길]의 공능이 발끝에 깃들며, 폭발적인 추진력이 나를 휘감았다.

['최후의 벽'이 당신의 대서사시를 향해 탐욕을 드러냅니다!]

['최후의 벽'이 자신의 이야기에 포함되지 않은 인물을 바라봅니다!]

츠츠츠츠츳······!
한수영의 몸이 발작하듯 떨리고 있었다.

「한수영은 이제 그를 제외하고는 유일하게 '등장인물'이 아닌 자였다.」

나는 온 힘을 다해 발을 놀렸지만 벽의 추적은 집요했다.
그보다 더 심각한 사실은 내가 어디로 달아나야 할지 알 수 없다는 것이었다. 앞, 뒤, 옆, 위. 둘러보아도 달아날 곳은 보이지 않았다.
쑥.
허공을 헛디디는 느낌과 함께, 바닥이 꺼졌다. 이지혜와 정희원이 당한 방식. 벽이 나를 빨아들이고 있었다.
나는 끝없는 공허로 추락하듯 한수영과 함께 떨어지기 시작했다. 거친 숨으로 밀려드는 희뿌연 안개가 숨통을 조이고 있었다.

「김독자는 자신이 모르는 이야기가 두려웠다.」

엄청난 밀도의 텍스트가 호흡을 방해했다. 너무 글자가 많아서 알아볼 수 없는 설화들. 말 그대로 '거대 설화'가 나를 짓누르고 있었다.

나는 어떻게든 그 설화에게서 벗어나기 위해 발버둥 쳤다. 하지만 발버둥 칠수록 막연한 공포감이 파고들었다. 내 안의 모든 것이 텅 비어가는 느낌이었다.

손끝으로 문장들이 빠져나가고 있었다. 나를 구성하는 설화들이 사라지고 있었다.

그때.

「너를 구성하는 설화들은, 네가 보고 겪고 느낌으로써 존재한다.」

하나의 문장이 내 손끝에 걸렸다. 언젠가 '환생자들의 섬'에서 유호성이 알려준 '설화 통제법'이었다.

「그 녀석에게 네가 보고 있다는 것을 알려라.」

나는 그 문장을 꾹 붙잡았다. 그러자 그 문장과 함께 설화를 구성하던 것들이 하나둘 머릿속에 떠올랐다.

「김독자는 침착하게 숨을 가다듬었다.」

막막한 문장의 우주에서 나는 도망치는 것을 그만두었다. 설화들이 나를 집어삼킬 듯 아가리를 벌리고 있었다.

「네가 들여다보지 않으면, 존재조차 하지 못할 녀석들이다.」

두려워할 필요가 없는 일이었다. 저것들은 그저 설화다.
ㅊㅊㅊㅊㅊ……!
나는 밀려드는 단어들을 바라보았다. 내가 이곳에서 너희를 읽어왔다는 것을 알리기 위해서, 눈도 깜빡이지 않은 채 문장들을 노려보았다.
그러자 다음 순간, 안개처럼 흩어져 있던 단어들이 모여들기 시작했다.

「설화에 먹히지 않기 위해서는 반드시 '독자'가 되어야 한다.」

자신들을 발견해준 이에게 감사를 표하듯, 문장들이 내 발치를 떠돌았다. 그것들은 곧 내가 걸어갈 디딤돌이 되었다.

「설화를 사랑하되, 취하지 않고 읽을 수 있는 자.」
「그때야 설화는 비로소 실체 없는 공허에 맞설 수단이 되어줄 것이다.」

추락이 멈추었다. 나는 발치에 쌓여가는 문장들을 사뿐히 밟아보았다. 그것은 멸살법의 문장이 아니었다.

「"저는 독자입니다."」

「사람들에게 나를 이렇게 소개하면 다음과 같은 오해를 받기 일쑤였다.」

그럼에도 어딘가 익숙한 문장이었다. 나는 그 문장들을 읽으며 한 걸음씩 나아갔다. 내가 이미 아는 이야기도 있고, 잘 모르는 이야기도 있으며, 이제는 기억이 희미해진 이야기도 있었다.

「어린 시절, 김독자는 그런 생각을 한 적이 있었다.」

어린 내가 노트에 뭔가 끼적이고 있었다. 가지런히 정리된 멸살법의 파워 밸런스 도표와 히든 피스들. 그리고,

「뭐야, 나라면 이렇게 안 했을 텐데.」

내 나름대로 작성한 멸살법의 공략.

「바보, 씨-커맨더는 이렇게 공략했어야지. 이때 필요한 아이템은 ―」
「극장 던전은 연구소에서 앰플을 얻는 게 공략의 핵심이고.」
「여기서 반드시 간평의를 얻어야 돼. 사인참사검보다 더 중요해.」

걸음을 옮길 때마다 기시감이 더해졌다.

「성좌들을 모두 죽이는 수밖에 없어. 여기서는 그래야 해.」

「회귀하지 않고도 강해지려면…….」

「역시 최선의 루트는 이거지. 첫 번째 '거대 설화'는 마계에서 얻어야 해.」

어린 내가 써 내려가는 문장들이 나의 길을 밝히고 있었다.
그 문장들을 걸어나가며 나는 생각했다.

「모두를 살리기 위해서는 ㅡ」

어쩌면 이 길은, 내가 기억하기도 전부터 시작된 것은 아니었을까.

뚝.

이윽고 문장이 끊겼다.
문장이 끊어진 곳에 작고 하얀 문이 있었다.
1,863회차의 유중혁 또한 열었던 바로 그 문이었다.

「그가 읽지 못한 모든 이야기의 '에필로그'가 그 너머에 있었다.」

나는 문손잡이를 물끄러미 내려다보았다.

「고작, 이 문의 손잡이를 돌리기 위해.」

유중혁으로부터 시작된 그 모든 이야기가 내 머릿속을 스쳤다.

그리고 아주 오랫동안 품어왔으나 한 번도 입 밖으로 꺼내지 못하던 의문이 떠올랐다.

「tls123은, 멸살법의 에필로그를 어떻게 그리고 싶었을까.」

문손잡이를 향해 손을 뻗으며, 나는 저도 모르게 뒤를 돌아보았다.

아득한 설화들로 이루어진 길. 멀리서 바라보자 그 길의 풍경은 기이하게 낯설었다.

「나는 오래도록 그 길을 바라보았다.」

그리고 문이 열렸다.

✳

3

「태초의 우주는 '하나'였다.」

정신을 차렸을 때 눈앞에 그 문장이 있었다. 그것이 문장인
지, 아니면 문장을 빙자한 기억인지는 알 수 없었다.

「그 세계에서 '하나'는 전지전능했다. '하나'는 곧 우주였고, 우주는
곧 '하나'였기 때문이다. '하나'는 완벽했다. 완벽하게 혼자였다.」

뒤이어 눈부신 폭발이 일어났다.

「그렇게 '하나'는 '둘'이 되었다.」

최초의 폭발. 훗날 사람들이 빅뱅이라 부르게 된 현상.

「그리고 '하나'는 더 이상 전지전능하지 않게 되었다.」

나는 어마어마한 현기증과 함께 바닥을 짚었다.

이곳은 문의 안쪽이었다. '최후의 벽'의 가장 깊은 곳.

더 이상 벽은 나를 빨아들이려 하지 않았다. 끝까지 빨려 들어왔기 때문일 것이다.

곁을 돌아보자 한수영이 쓰러져 있었다. 나는 쓰러진 한수영을 업고 일어났다. 고개를 들자, 그곳에 안나 크로프트가 있었다.

[최초의 설화를 본 모양이군.]

안나 크로프트에게 빙의한 흑부리 왕이 나를 향해 웃고 있었다.

[처음 그것을 보았을 때 나도 그대와 같은 표정이었지.]

나는 대답하지 않았다. 설왕설래를 하고 있을 틈이 없었다. 일행들은 어디로 사라졌을까. 내 초조함을 읽었는지 흑부리 왕이 계속해서 말을 걸었다.

[궁금하지 않은가? 왜 이 세계에 '설화'라는 것이 존재하게 되었는지.]

"그런 이야기를 하러 여기까지 온 게 아니야."

[하지만 그 이야기를 하지 않고서는 앞으로 나아갈 수 없다. 나도 그랬거든.]

등에 업힌 한수영의 숨소리가 들려왔다. 그 숨이 곧 설화가 되어 눈앞에 펼쳐지고 있었다. 세계가 일그러지며, 진열장으로 장식된 복도가 눈앞에 나타났다.

「우주가 '둘'이 되어, '하나'는 외로워졌다.」
「'하나'였을 때는 필요 없던 것들이 생겨났다.」

진열장 위에서 작은 장난감처럼 조그마한 존재들이 싸우고 있었다.

지구를 비롯한 수많은 행성에서 시작된 '시나리오'의 역사가 그곳에 있었다.

「둘을 구별할 '선악'이 만들어졌고.」

아가레스와 메타트론이 전투를 벌이고 있었다.

붉은 설화를 토하면서도 끝내 자신의 신념을 굽히지 않는 천사와 악마의 '성마대전'.

「둘의 외로움을 달랠 '소통'이 발명되었으며.」

'공단'의 내벽을 사이에 두고 싸우는 공민들과 악마들.

그 흉벽의 사이에서 싸움을 만류하는 장하영의 모습이 보였다.

「다시 하나였던 시절로 돌아가고 싶은 '윤회'가 창조되었다.」

자신의 방에서 수조 속 화신체를 어루만지는 석존의 모습.

한때 석존이 사랑했던 이, 죽은 삼장의 화신체가 그곳에 있었다.

「하지만 '둘'은 다시는 '하나'로 돌아갈 수 없었고.」

내가 읽어온 모든 설화가 그곳에서 전시되고 있었다.

정해진 결말 안에서 반복되는 싸움.

서서히 정신을 차리는 모양인지, 한수영의 작은 떨림이 느껴졌다.

「'둘'은 곧 갈라진 서로를 이어줄 누군가를 필요로 하게 되었다. 이 모든 설화를 살아가며, 그들의 선악과, 소통과, 윤회를 대리해줄 존재.」

나는 우뚝 자리에 멈춰 섰다.

「'등장인물'.」

더는 태연하게 지켜볼 수가 없었다.

곁에서 유령처럼 걷던 '혹부리 왕'이 말했다.

[아주 악질적인 농담이지. 그렇지 않나?]

킬킬 웃던 혹부리 왕이 내 그림자 속으로 숨어들었다.

진열대 위에 떠오르는 인물이 점점 더 많아지고 있었다. 아직 조형이 덜 끝났는지 얼굴만 내놓은 채로 벽 속에 갇혀 있는 이들도 있었다.

"지혜…… 유승이……."

내가 아는 얼굴들이었다. 나도 모르게 그들을 향해 손을 뻗었다. 하지만 두꺼운 유리벽에 막혀 손이 닿지 않았다.

나는 진열대를 따라 빠르게 걸었다.

이설화, 공필두, 이길영, 유상아…… 〈김독자 컴퍼니〉의 모든 이들이 그곳에 있었다. 그리고.

"유중혁."

짙은 안개 속에서 유중혁의 모습이 나타났다. 녀석은 눈을 감은 채 동색 사슬로 전신을 구속당한 채였다.

유중혁의 아래쪽으로 어렴풋한 인형이 보였다.

「그가 바로 '이야기의 왕'이었다.」

안개 때문에 얼굴이 잘 보이지 않았기에, 나는 천천히 그를 향해 다가갔다.

[당신은 '이야기의 왕'과 조우했습니다.]

[메인 시나리오의 끝이 다가왔습니다.]

멸살법의 어디에도 도깨비 왕의 정보를 상세히 기술한 곳은 없었다. 하지만 멸살법에 없다고 해서 그에 대한 정보가 전혀 없는 것은 아니었다.
왜냐하면 나는 만났던 이들을 알고 있으니까.

「하지만 그들도, '도깨비 왕'이 어떻게 생겼는지 말한 적은 없었다.」

'최후의 안개'의 끝.
그곳에서 '이야기의 왕'이 나를 기다리고 있었다.

['이야기의 왕'이 당신을 향해 웃고 있습니다.]

그리고.

['제4의 벽'이 격렬하게 흔들립니다!]

나는 내 눈을 의심해야 했다.

「그것은 아주 오래된 기억이었다.」

지끈거리는 어지럼증과 함께 시야 전체가 흔들렸다.

「그럴 리가 없다. 그런 일이, 가능할 턱이 없다.」

[드디어 만나게 되는군요. ■■의 사도…… 아니.]
눈앞에 작은 스파크가 튀더니, 필터링이 해제되었다.
['영원과 종장의 사도'여.]

「김독자는 벼락같은 고함을 지르며 달려들었다.」

생각할 틈도 없었다. 나는 그의 멱살을 틀어쥐었다. 당장이
라도 숨통을 조여 죽여버리고 싶었지만, 왜인지 손이 움직이
지 않았다.

「그는 키가 컸다. 항상 너무 높은 곳에서 내려다보는 사람.」

이곳에 있을 리가 없는 사람이었다.

「항상 얼굴이 붉었던 사람. 늘 취한 채였고, 그래서 좀처럼 시선을
마주친 적이 없던 사람. 시선이 마주치지 않기를 바랐던 사람.」

[독자야, 김독자.]

「그와 시선이 마주치면, 세상은 악몽으로 바뀌었다.」

[내가 이름 하나는 기가 막히게 잘 지었어.]

나는 온 힘을 다해 주먹을 내질렀다.

「그토록 커 보였던 키는 이제 그와 비슷해졌고.」

시간의 유속이 느려지는 것 같았다.

「손등에 도드라진 혈관은 오히려 그를 앙상해 보이게 만들었다.」

힘껏 내지른 주먹은 그의 코앞에서 멈춰 섰다.

「이길 수 있다고 생각했다. 이제 그는 무력한 어린아이가 아니었다.」

눈부시게 튀어 오르는 스파크가 남자의 얼굴을 환하게 밝히고 있었다. 푸른 안광을 빛내며 웃는 '도깨비 왕'이 그곳에 있었다.
[무슨 짓이냐, 아버지에게.]
나는 고함을 질렀다. 내가 무슨 말을 하고 있는지, 무슨 행동을 하고 있는지조차 제대로 인식할 수 없었다. [제4의 벽]이

무너지고 있었다.

"김독자! 정신 차려!"

그리고 목소리가 들려왔다. 내 등을 짚는 따뜻한 온기. 한수영의 설화가 내게 전해지고 있었다.

「이것은 독자讀者의 설화.」

나를 지켜준 이야기였다.

"제4의 벽! 뭐 해! 일어나!"

['제4의 벽'이 강하게 활성화됩니다!]

['제4의 벽'이 철옹성처럼 두꺼워집니다!]

그 순간, 도깨비 왕의 표정이 바뀌었다.

[방해를 하네?]

그는 내가 아니라 내 안의 무언가를 바라보는 것 같았다.

[최후의 벽의 마지막 파편. 이제 너의 임무는 끝났다.]

['제4의 벽'이 거칠게 으르렁거립니다!]

[너는 무사히 모든 이야기의 끝에 도달했다. 자격을 갖춘 계승자를 데리고 말이지.]

내 안에서 [제4의 벽]이 말하고 있었다.

「그 건 김독 자 가 결 정할 일」

그 말을 들으며 차츰 정신이 돌아왔다.

「눈앞의 존재는 아버지가 아니었다.」

어머니와의 기억이 설화가 되어 눈앞에 떠올랐다.
[제4의 벽]에 삼켜졌던 어머니의 기억. 벽 위에 얼룩처럼
번진 어머니의 문장들이 내게 말하고 있었다.

「그는 그날 죽었다.」

"너는 내 아버지가 아니야."
[어떻게 그렇게 확신하지?]
"장난은 그만둬. 네가 내 '아버지'라는 건 개연적으로 불가
능해."
[개연적이라. 하하, 그런 말을 듣게 되다니 할 말이 없네. 이
쯤에서 나오기에 누구보다 자연스러운 얼굴이라 생각했는데
말이지.]
내게 멱살을 잡힌 도깨비 왕이 웃었다. 그의 얼굴이 변하고
있었다.

[아니면, 이 얼굴은 어떠냐?]

그는 어머니의 모습으로 변했고.

[이 얼굴도 나쁘지 않지.]

그다음에는 페르세포네와 하데스의 얼굴이었다.

나는 다시 한번 주먹을 휘둘렀다. 그러자 이번에는 강렬한 스파크와 함께, 내 몸이 반대로 튕겨나갔다.

"한 번만 더 그들의 얼굴을 보이면 죽여버릴 거야."

[후후, 장난이 과했던 모양이군.]

"지금 당장 모습을 바꿔. 본모습을 드러내."

[나도 그러고 싶지만 그게 안 돼. 내 원래 모습이 무엇이었는지 이미 오래전에 잊었어. 너무 많은 존재로 바뀌어 살아왔거든.]

그는 여전히 하데스의 모습을 유지한 채 천천히 눈을 깜빡였다.

그러자 그의 뒤쪽에서 설화들이 흘러나왔다. 어딘가 익숙한 설화들이었다.

「그날, 세상에서 가장 오래된 악마가 경외 속에 승천했다.」

[나는 한때 마계의 왕이었고.]

「<에덴>의 모든 대천사들이 그를 숭배하기 마지않았다.」

[대천사들의 메시아였다.]

등 뒤에서 식은땀이 흘렀다.

내가 익히 들은 적 있는 설화들이었다.

사라진 마계의 대마왕과, 에덴의 메시아.

그에게서는 다른 신화급 성운의 창조 설화도 느껴졌다. 〈황제〉의 반고, 〈올림포스〉의 크로노스…… 전신에 오소소 솜털이 돋았다.

지금 내 눈앞에 있는 존재는, 내가 지금껏 상대했던 어떤 신화급 성좌와도 차원이 달랐다.

「**이 세계에서 가장 오래된 존재.**」

나는 긴장을 놓지 않은 채 '부러지지 않는 신념'을 굳게 쥐었다.

"그 모든 게 당신이었단 건가? 〈에덴〉도, 〈마계〉도 너였다고? 그런 말을 하고 싶은 거냐?"

내 말에 도깨비 왕이 고개를 휘휘 저었다.

[결국 모든 것은 지나간 이야기의 변주일 뿐이란 얘기지. 우리는 그저 거대한 이야기의 환생에 불과해. 너도, 나도.]

그는 먼 〈스타 스트림〉의 흐름을 보고 있었다. 별이 떨어진 하늘이 공허하게 펼쳐져 있었다. 그 하늘은 거대한 벽처럼 보였다.

끝없이 뻗어나간 '최후의 벽'.

이 세계는 결국 이 아득한 벽 속의 이야기였다. 쓰다 흘러내린 잉크처럼 희미한 별들이 추락하는 것이 보였다.

그토록 많은 별이 떨어졌음에도, 여전히 남아 있는 별이 있었다. 자세히 보지 않고서는 볼 수 없는 별들.

나는 그 별들의 이름을 기억했다. 그리고 내가 해야 할 일을 되새겼다.

"내 일행들을 풀어줘."

[그들은 쓸모가 끝난 수단일 뿐이야. 그들을 풀어주는 것이 너에게 어떤 의미가 있는데?]

"그 사람들은 내 전부야."

도깨비 왕이 천천히 나에게 다가왔다.

한수영이 '한낮의 밀회'로 말을 걸며 내 곁에 다가섰다.

─김독자.

넝마가 된 붕대를 팔에 질끈 감으며, 녀석은 마지막 전의를 불태우고 있었다.

─셋 센다. 신호하면 동시에 제압해. 하나, 둘…….

[그렇게 속닥거릴 필요 없어. 다 들리니까.]

우리는 빳빳이 굳은 채 시선을 교환했다.

〈스타 스트림〉의 모든 설정은 '도깨비 왕'의 손을 거친 것. 이 세계에 그가 읽을 수 없는 문장은 존재하지 않는다.

한수영도 나도 칼자루를 쥔 채 녀석을 노려보았다.

이미 수가 읽힌 상황에서 덤벼봤자 기습이라고 할 수도 없었다.

도깨비 왕은 그런 우리를 재미있다는 듯 바라보더니, 천천히 내게로 손을 뻗었다.

[이야기의 후계자. 오직 너만이 정확한 시간에 맞춰 이곳까지 왔어.]

"뭐? 여기 난 보이지도 않는—"

츠츠츠츳, 하는 소리와 함께 한수영의 목소리가 사라졌다. 마치 수조 속에 갇힌 것처럼 한수영이 자신을 감싼 투명한 벽을 탕탕 두들기고 있었다.

[당신은 모든 메인 시나리오를 통과했습니다.]

[당신은 범우주적인 <스타 스트림> 통합체에 기록될 것입니다.]

들려오는 시스템 메시지와 함께, 내 존재의 격이 격상되고 있었다.

[그렇게나 멋진 설화를 보여줘놓고, 왜 아직도 낡은 인식의 틀에 갇혀 있는 거지? 숭고한 벽의 파편을 가졌음에도, 왜 이 세계를 떨어져서 바라보지 못하는 거야.]

나를 힐난하는 듯한 목소리. 그 목소리의 아득한 심층부에는 이 모든 이야기에 대한 경외가 묻어 있었다.

그는 자신이 서 있던 벽을 바라보았다. 정확히는 그 벽 너머에 있는 무언가를 상상하는 듯했다.

[네가 가치를 둔 모든 것에는 의미가 없어. 이 세계는 오직 위대한 존재에게 헌정되기 위한 이야기에 불과해. 이 세계의

모든 것은, 그저 그 위대한 존재의 백일몽에 지나지 않아.]

위대한 존재의 백일몽.

"'최후의 벽'은 그 '존재'가 꾸는 꿈을 기록한 것인가?"

[맞아.]

나는 그 존재가 누군지 알 것 같았다.

이 모든 비극을 초래한 원흉.

나는 이곳에 들어오며 본 '최초의 설화'를 떠올렸다.

「태초의 우주는 '하나'였다.」

최초의 '하나'.

유중혁을 회귀시키고, 이 세계의 모든 '신화'를 탄생시킨 존재.

"그 녀석이 tls123인가?"

＊

4

[tls123?]

중얼거리는 도깨비 왕의 표정이 이상했다. 마치 오류라도 걸린 것처럼 떨리는 녀석의 입술 위로 파란 스파크가 튀었다.

나는 질문을 바꿨다.

"그가 이 세계를 만든 작가냐고 묻는 거다."

도깨비 왕은 고개를 갸웃하다가 말했다.

['가장 오래된 꿈'은 작가라기보다는 차라리 독자에 가깝지. 그는 누구를 위해 이야기를 쓰는 존재가 아니야. 게으르고 탐욕스러우니까.]

'가장 오래된 꿈'이 'tls123'이 아니라고? 그렇다면 내게 파일을 보낸 이는 누구란 말인가. 내가 십수 년의 세월 동안 읽은 소설을 집필한 작가는 대체—

[너는 이 모든 것의 시작이 궁금한 모양이군. 하지만 그런 것을 추측하는 건 아무 의미 없어. 이 세계가 어떻게 시작되었든, 이 세계는 그것을 보는 이가 없다면 존재하지 않는 것과 다름없으니까.]

도깨비 왕은 〈스타 스트림〉의 우주를 바라보았다. 눈부신 설화 조각들이 은하의 흐름을 타며 흘러가고 있었다. 그의 시선이 닿는 곳마다 부스러기들은 의미를 만들었다 잃기를 반복했다.

나는 여전히 사슬에 구속된 유중혁을 올려다보았다. 유중혁의 등 뒤로 텅 빈 〈스타 스트림〉의 은하가 있었다.

"보이지 않아도 존재하는 것도 있어."

우주의 어둠은 너무나 넓고 광활하여, 빛의 속도로도 건널 수 없을 만큼 아득했다. 하지만 그 빛은 언젠가는 닿는다. 볼 수 없다고 해서 그곳에 없는 것이 아니다. 누구도 없는 곳에서 빛을 내는 것도 있다.

「우주의 암흑 사이로 희미한 별빛이 보이기 시작했다.」

어둠 속에서 떠오르는 별들. 아직까지 자신을 잃지 않은 별들이었다. 그 별들의 빛은 설화가 되었고, 문장이 되었다. 문장들은 '최후의 벽' 위로 드리워지며 이미 닫혀버린 이야기의 문을 열었다.

「전신에서 검은 피를 흘리며 심연의 흑염룡이 몸을 일으켰다.」

그 문장을 보는 순간 숨이 턱 막혔다.

문장들은 곧 영상을 그려냈다. 얼마 지나지 않아, 폐허가 된 전장에서 몸을 일으키는 '심연의 흑염룡'이 보였다.

한수영의 말이 옳았다. '무대화'가 사라지며 '묵시룡'의 힘은 잃었지만, 그는 여전히 흑염룡이었다.

「타천의 하늘에서 제천대성이 지친 눈을 떴고.」

번뜩이는 뇌운 사이로 살아남은 성좌들과 격전을 벌이는 제천대성.

「최후의 '대선'이 선악의 종지부를 향해 나아갔다.」

그리고 우리엘.

'업화의 불꽃'을 휘두르며 〈스타 스트림〉의 꺼진 밤하늘을 밝히는⋯⋯.

[아니, 보는 이가 없다면 그들은 존재하지 않는다.]

단언과 함께 설화의 영상이 흩어졌다.

나는 허망하게 흩어지는 설화를 향해 저도 모르게 손을 뻗었다.

내 행동을 비웃듯 도깨비 왕이 말을 이었다.

[아무도 읽지 않는 이야기가 계속된다는 것만큼 허망한 일은 없지. 모든 것은 관측된 순간에 만들어진다. 이 우주는 그렇게 구성되어 있어. 관측하는 이가 없을 때, 설화는 존재를 증명하지 않지.]

"그들은 분명히 존재해."

[아직도 그다음이 보고 싶은가?]

[<스타 스트림>이 당신의 선택을 기다립니다.]

['최후의 벽'이 당신의 선택을 기다립니다.]

모든 세상이 내 대답을 기다리고 있었다.

"나는……."

나는 말을 망설였다.

투명한 벽 너머로 아우성치는 한수영의 모습이 보였다.

「이 설화가 계속되면, 내가 원하는 것을 볼 수 있을까.」

내 망설임을 안다는 듯 도깨비 왕이 웃었다.

'최후의 벽'이 거칠게 준동했다. 벽 위로 문장들이 흐르고 있었다. 서비스라도 하듯 느릿하게 재생되는 설화.

제천대성이, 흑염룡이, 우리엘이 다시 전투를 벌이기 시작했다.

「[염룡아. 누나 없다고 울지 마라!]」

「[크큭, 포기가 빠르군 대천사! 내겐 아직 사용하지 않은 한쪽 팔이……!]」

「[그 팔은 벌써 잘려 나간 것 같은데, 흑염룡.]」

「[이 몸은 팔 한 짝쯤 없어도 끄떡없다, 멍청한 원숭아!]」

선과 악, 그리고 선도 악도 아닌 성좌들이 한데 모여 최후의 전투를 벌이고 있었다. 그 풍경을 보던 도깨비 왕이 말했다.

[너의 설화는 대단했다. 최고의 거대 설화인 〈스타 스트림〉이 네 편을 들 정도였으니까. 아직 서사시의 많은 부분이 비어 있지만, 새로운 세계의 '태초'가 될 토대로서는 충분해.]

"그딴 게 되려고 이야기를 계속해온 게 아냐."

성좌들의 등 뒤로 설화들이 빛나고 있었다.

[거대 설화, '신화를 삼킨 성화'가 이야기를 계속합니다!]

[거대 설화, '빛과 어둠의 계절'이 이야기를 계속합니다!]

[거대 설화, '잊혀진 것들의 해방자'가 이야기를 계속합니다!]

우리의 거대 설화.

설화들은 〈김독자 컴퍼니〉의 것만이 아니었다.

어떤 이야기를 아주 오랫동안 보아온 이들은, 결국 그 이야기와 같은 빛을 띠게 된다. 우리의 이야기를 지켜보아온 성좌들 역시 같은 빛을 내고 있었다.

[저것이 네가 만든 이야기의 끝이다.]

「꼬리가 잘린 흑염룡이 거친 울음을 터뜨렸다.」
「우리엘의 부서진 업화가 잿가루처럼 흩날리고 있었다.」
「황제의 성좌들을 향해, 제천대성이 부러진 여의봉을 휘둘렀다.」

'최후의 벽' 위에 쓰인 문장들이 빛을 잃어가고 있었다.
나는 그 빛을 향해 손을 뻗었다.

[당신은 '최후의 벽'에 간섭할 자격이 없습니다.]

손끝에서 통증이 밀려왔다. 스파크에 새카맣게 탄 손가락.
나는 이를 갈며 외쳤다.
"나는 이 이야기를 통제할 자격이 있어. 메인 시나리오를 전부 클리어했다고."
마지막 시나리오의 보상은 '최후의 벽'이었다.
도깨비 왕이 웃었다.
[그래, 너에겐 자격이 있지. 하지만 저 이야기를 바꿀 권한은 없어. 그것은 '개연성'에 위배돼.]
실시간으로 최후의 벽 위로 떠오르는 문장을 보며, 나는 진언을 개방했다.
[저 이야기를 멈춰.]
내가 쌓아온 모든 설화가 울부짖고 있었다.

아직 늦지 않았다.

우리엘도, 흑염룡도, 제천대성도.

모두 살아 있다.

「[하데스. 우리의 ■■가 다가왔어요.]」

지금이라면 바꿀 수 있다. 흘러가는 문장들을 고칠 수 있다. 끝나지 않은 문장의 끝을 잡아, 다른 문장을 쓸 수 있다.

[그들을 살리고 싶나?]

도깨비 왕이 물었다.

[나 역시, 한때는 너와 같았지.]

도깨비 왕이 살아온 세계가 그의 등 뒤로 펼쳐졌다.

나는 잘 모르는 행성의 모습. 그 행성에서 시나리오가 흘러가고 있었다.

[나 또한 끔찍한 비극들을 살았다. 그리고 불행이 더 이상 불행처럼 느껴지지 않는 순간이 되었을 때, 비로소 이곳에 도달했지.]

둑이 터지듯 벽의 일부가 나를 향해 쏟아졌다. '최후의 벽'이 품고 있던 막대한 이야기가 내게 흘러 들어오고 있었다.

정신이 망가지는 것 같았다.

내가 알고 있던 이야기, 모르고 있던 이야기.

우주의 모든 설화가 내 영혼 속으로 축적되고 있었다.

[제4의 벽'이 강력하게 반발합니다!]

[제4의 벽'이 무너지는 당신의 정신을 보호합니다!]

내가 겪어온 죽음들과 내가 보아온 죽음들이 겹치고 있었다.

[왜 네게, 그토록 많은 불행이 일어났을까?]

불행이라는 범주로 쉽게 변별되고 말 이야기들이 내 머릿속을 짓눌렀다.

[설화에 취하지 마라. 저것은 앞으로 네가 만들어갈 무수한 세계선 중 하나에 지나지 않으니까.]

조금씩 슬픔의 감정이 무뎌지기 시작했다. 비탄도, 절망도. 그 모든 비감이 하나의 찰흙 덩어리처럼 뭉쳐지더니, 이내는 구별할 수 없는 것이 되어갔다.

「세상에 저렇게나 많은 불행이 존재하는데, 그 모든 불행에 슬퍼해야 할 이유가 있는가.」

지나치게 많은 것은 결국 진부해진다.

[이 세계를 만든 작가가 누구냐고 물었지. 네가 그 존재가 될 수도 있어.]

도깨비 왕이 말하고 있었다.

[그들을 살리고 싶다면 네가 사랑하는 모든 것에 의미가 없다는 것을 인정해라. 이미 쓰여진 설화들이 쉽게 고쳐질 수 있

는 허상이라는 것을, 그들이 위대한 백일몽의 그림자일 뿐이라는 사실을.]

도깨비 왕의 속삭임과 함께, 거대 설화의 개연성이 준동했다.

[다음 세대의 〈스타 스트림〉을 이끌 수 있도록, 새로운 세계의 설계자가 되어라.]

그야말로 가공할 유혹이었다.

만약, 도깨비 왕의 제안을 받아들여 〈스타 스트림〉의 새로운 설계자가 된다면 나는 모두를 구할 수 있었다. 이 모든 설화를 고쳐 써서, 이 세계선을 구할 수 있었다.

그 구원의 조건은 하나뿐이었다.

「저 이야기를 사랑하는 것을 포기하기만 한다면.」

그리고 누군가가 내 손을 붙잡았다. 뭔가를 한참이나 두들겼는지 피에 젖은 손. 아주 오랫동안 글을 쓴 사람의 손이었다.

"정신 차려. 넌 작가가 아니야."

대체 언제 막에서 탈출한 것일까. 입술로 북 찢은 붕대를 다시 묶으며 한수영이 말했다.

"내 소설을 가장 먼저 읽어주기로 한 독자라고."

그 말과 함께, 한수영의 전신에서 설화가 폭발했다.

[설화, '예상표절'이 이야기를 시작합니다!]

'최후의 벽'에 쓰인 문장들이 동요하기 시작했다.

[화신 '한수영'의 특성이 발동합니다!]

"세상에 아무리 많은 비극이 있어도 슬픈 건 슬픈 거야, 멍 청아!"

한수영이 바닥을 찧는 순간, '최후의 벽'에 들러붙어 있던 설화 일부가 후두둑 떨어졌다. 도깨비 왕의 눈이 커졌다.

[감히 벽을……!]

도깨비 왕의 말은 계속되지 못했다.

설화들이 떨어진 벽의 틈새로, 누군가의 손이 비집고 나왔 다. 길고 새하얀 손. 내가 아는 그 어떤 손보다도 더 올곧고 강 인한 사람의 손이었다.

"그 말이 맞아요. 슬픈 건 슬픈 거죠. 기쁜 건 기쁜 것처럼."

['윤회를 결정하는 벽'이 '최후의 벽'의 틈새를 일그러뜨립니다.]

빙긋 웃는 유상아가 벽에서 빠져나오고 있었다. 그녀의 곁 에 붙어 있는 신유승과 이길영도 보였다.

"아저씨!"

"형!"

유상아가 만든 균열은 점차 번지더니, 이윽고 반대쪽 벽면까지 타고 흘렀다. 그 벽 너머로, 내가 잘 아는 이들의 목소리가 들려왔다.

['불가능한 소통의 벽'이 들리지 않는 목소리를 키웁니다.]

"구─원─의─마─와─앙!"

장하영의 목소리였다. 우지끈, 하는 소리와 함께 벽의 다른 쪽 틈새로 자그마한 것이 나타났다. 키리오스였다.

"한심한 놈. 고작 설화 따위에 먹힌 것이냐?"

곧이어 불도저가 바닥을 밀어내는 소리와 함께, 틈새에 사람 크기의 구멍이 생겼다.

['선악을 결정하는 벽'이 선악의 경계를 재설정합니다!]

"독자 씨! 찾으러 왔습니다!"

이현성과 정희원이었다. 일행들이 빠져나온 틈새는 순식간에 수복되었다. '최후의 벽'에 기록된 이야기들이 틈을 메꾸어 버린 것이었다.

그 벽 위로, 다시 별들의 이야기가 흘러가고 있었다.

"독자 씨? 이게 무슨……."

"현성 씨, 저기!"

정희원의 목소리와 함께, 모든 일행들이 '최후의 벽'을 바라보았다. 닫힌 선실에서 여전히 싸우고 있는 성좌들의 이야기가 그곳에서 전시되고 있었다.

산 자보다 죽은 자가 더 많은 지옥도.

우리엘이 무릎을 꿇었고, '심연의 흑염룡'이 쓰러졌다. 제천대성이 최후의 최후까지 분전하며 그들을 지키고 있었다.

「[일어나라, 아직 막내의 이야기가 끝나지 않았다.]」

문장들은 속절없이 흘러갔다. 이대로 두면 저들은 모두 죽는다. 우리엘도, '심연의 흑염룡'도, 제천대성도. 모두 죽을 것이다.

나는 고통 속에서 그들을 향해 손을 뻗었다. 영혼을 잠식하는 통증 때문에 목소리도 진언도 나오지 않았다.

「*막 아*」

['제4의 벽'이 당신을 대신해 이야기합니다.]

「**저 이야 기 가 흘러 가 는 것을 막 아**」

일행들이 '최후의 벽'을 향해 달려갔다. 말을 전하지 않아도, 이미 무엇을 해야 할지 모두가 알고 있었다.

아직 저 이야기는 끝나지 않았다. 다음 문장이 쓰여지는 것을 막을 수만 있다면—

거센 후폭풍과 함께 일행들의 몸이 타올랐다. 도깨비 왕의 힘이 그들을 억제하고 있었다. 하지만 일행들은 멈추지 않았다. 눈부시게 타오르는 스파크를 견뎌내며, 한 걸음 한 걸음 자신의 속도에 맞춰 걸어갔다.

[<김독자 컴퍼니>의 모든 거대 설화가 '최후의 벽'에 기록되기를 거부합니다!]

우리가 만든 설화들이 말하고 있었다.
도깨비 왕이 그에 응수하듯 말했다.
[그렇군, 아직도 시나리오를 수행하고 싶은가?]
도깨비 왕은 즐겁다는 듯 나를 바라보았다. 그 시선과 마주하는 순간 소름이 돋았다. 도깨비 왕은 이 세계선 최강의 존재. 어떤 신화급 성좌도 도깨비 왕을 상대할 수는 없었다.
〈스타 스트림〉의 모든 것은, 그의 장난감에 지나지 않으니까.
도깨비 왕의 손짓과 함께, '최후의 벽' 위에 새로운 시나리오 내용이 떠오르기 시작했다.

[<스타 스트림> 최후의 시나리오가 재설정됩니다!]
[<스타 스트림> 최후의 시나리오는……]

콰가각, 하는 소리와 함께 흘러가던 문장이 멈추었다.

문장이 끊긴 곳에 한 자루의 칼이 틀어박혀 있었다. 불온한 혼돈의 힘을 담은 아우라가 문장의 질서를 어지럽혔다.
　그리고 새로운 문장이 구성되었다.

「아주 오랜 시간을 돌아, 유일하게 이 세계의 끝을 본 존재.」

　허공에 끊어진 사슬이 흩날렸다. 수천 개의 잔상이 하나로 겹치듯, 검은 코트 위로 무수한 회차의 그림자들이 덧씌워지고 있었다.
　그 순간, 나는 내 판단이 틀렸음을 깨달았다.

「있다, 한 사람.」

　이미 도깨비 왕을 죽여본 적이 있는 존재.

　[설화, '영원불멸의 지옥도'가 이야기를 시작합니다!]

지켜야 할 것은
모두 지켰나

Omniscient Reader's Viewpoint

1

「유중혁이라는 한 사람이 그곳에 있었다.」

0회차부터 1,863회차까지.

유중혁이 쌓아온 세월이 코트 끝자락에 겹쳐 일렁였다.

그의 설화를 대변하듯, '최후의 벽' 위에 유중혁의 대사가 떠올랐다.

「"나는 단 하나도 잊지 않는다."」

[설화, '생과 사의 동료'의 특수 효과가 발동 중입니다!]

3회차 유중혁, 그리고 '은밀한 모략가'의 설화가 공명하고 있었다. 굳게 쥔 흑천마도의 검극에서 무섭도록 찬연한 혼돈의 힘이 뻗어나왔다. 무질서한 혼돈의 아우라에 벽 전체가 동요했다.

당연한 일이었다. 그의 이야기는 이 벽의 가장 중요한 부분을 담당하고 있을 테니까.

《멸망한 세계에서 살아남는 세 가지 방법》의 주인공, 유중혁.

이 모든 세계는 애초에 유중혁이 아니었다면 시작조차 될 수 없었다.

도깨비 왕이 비웃듯 입을 열었다.

[가장 오래된 꿈의 꼭두각시. 너의 필름은 참으로 길고도 아득하다.]

그가 올 줄 알고 있었다는 듯한 말투였다.

[그 누구도 너의 지루하고 비대한 이야기를 끝까지 함께할 수 없을 것이다. 설령 '가장 오래된 꿈'일지라도.]

유중혁이 천천히 눈을 깜빡이자, [현자의 눈]이 황금색으로 빛나며 개방되었다. 이 세계의 모든 별빛을 빨아들인 것처럼 형형하게 빛나는 눈동자.

그 눈동자의 주인이 말했다.

【이번에도 내가 너무 일찍 왔나?】

'은밀한 모략가'의 말을 듣는 순간, '끊어진 필름 이론'을 통해 보았던 기억이 떠올랐다.

1,863회차의 세계선에서 그가 만났던 '도깨비 왕'의 기억.

「[불행한 꼭두각시여. 그대는 너무 빨리 왔습니다. 당신은 이 우주를 완성할 수 없습니다.]」

그 기억을 실시간으로 전송받기라도 한 듯, 고개를 갸웃하던 도깨비 왕이 말했다.

[그렇군, 다른 세계선의 나는 그렇게 말했던 모양이지?]

【내가 본 녀석과는 말투가 다르군.】

[너의 모든 회차가 같지 않듯, 나 또한 마찬가지지.]

어깨를 으쓱한 도깨비 왕이 유중혁의 흑천마도를 뽑아 던졌다. 날아온 칼을, 유중혁이 맨손으로 받아 쥐었다.

칼이 뽑힌 '최후의 벽' 위에 커서처럼 칼자국이 남았다.

이윽고 칼자국이 한 뼘씩 뒤로 밀려나며, 벽에 문장들이 나타났다.

「하지만 그 모든 세계선은 결국 같은 결말을 위해 존재한다.」

그 이야기가 몹시 자랑스럽다는 듯 도깨비 왕이 유중혁을 향해 말했다.

[위대한 세계의 완성이 눈앞에 있다. 너도 이제 자신의 숙원을 이룰 수 있을 거다.]

유중혁의 숙원이 무엇인지 나도 잘 알고 있었다.

[거대 설화, '고독한 멸망의 순례자'가 이야기를 시작합니다!]

이 끔찍한 저주의 굴레에서 벗어나 자유가 되는 것.
1,863회차의 유중혁은 그 목표만을 위해 살아왔다.

「하지만 유중혁의 목표는 그것만이 아니었다.」

고개를 돌린 '은밀한 모략가'가 나를 보고 있었다.
시선의 의미는 명백했다. 자신과 한 약속을 잊지 말라는 뜻
이다.

「"이 모든 세계의 원흉을 없앨 것이다."」

'최후의 벽'에 떠오른 문장을 읽은 도깨비 왕이 말했다.
[없앤다…… 재미있군. 아직도 그런 게 가능할 거라고 믿
나?]
【가능하다. 그리고 그것이 가능해지려면.】
그의 쌍수에 두 자루의 검이 쥐어졌다. 새카만 흑천마도의
칼날 위에 서슬 퍼런 진천패도의 칼날이 겹쳤다.
【먼저, 네놈이 없어져야겠지.】
콰앙, 하는 소리와 함께 스파크가 벽 전체를 흔들었다. 연달
아 폭발음이 들리며 섬광이 일었다. 두 개의 신형이 허공에서
격돌하고 있었다.

'도깨비 왕'의 주변을 감싸는 단단한 설화의 장벽이 보였다.

이 세계에서 가장 오래된 이야기를 무기로 쓰는 존재.

[거대 설화, '최초의 메시아'가 이야기를 시작합니다!]

성운 〈에덴〉의 주인이 가지고 있던 바로 그 설화가, 그의 손끝에서 흘러나오고 있었다.

단단하게 엉겨든 문장들이 신성한 광휘를 흩뿌렸다. 위대한 성좌의 빛이 지상의 피조물들을 향해 쏟아지고 있었다.

그저 닿는 것만으로도 존재가 녹아서 사라질 게 분명한 격이었다.

"독자 씨!"

기겁한 이현성이 나를 향해 허겁지겁 달려왔다.

그의 전신에서 뻗어나온 강철이 나와 일행들을 보호하기 위해 펼쳐지고 있었다. 하지만 나는 고개를 저었다.

"그럴 필요 없습니다, 현성 씨."

"예?"

나는 대답하는 대신 앞을 가리켰다.

지끈거리는 두통 속에서도, 나는 눈앞에서 펼쳐지는 정경에서 눈을 떼지 않았다. 다른 별들의 말이 맞았다. 나 역시 그저 성좌에 불과한지도 모른다. 아마도 나는 저 광경을 보기 위해 십수 년을 견뎌온 것이다.

[전용 특성, '별들의 공포'가 발동합니다!]

눈앞에서 도깨비 왕의 광휘가 흩어지고 있었다.

세상 모든 악을 멸하는 메시아의 빛을, 검은 코트의 사내가 두 개의 칼로 받아내고 있었다.

츠즈즈즈즈.

빛에 닿은 벽의 설화들이 녹아내렸다. '은밀한 모략가'—아니, 유중혁은 그 빛을 거스르며 한 걸음씩 앞으로 나아갔다. 턱 아래로 송골송골 맺힌 땀이 떨어졌고, 흑천마도와 진천패도의 칼날이 빛살에 무디어지고 있지만, 그는 조금도 물러서지 않았다.

그쯤 되자 도깨비 왕도 조금씩 표정이 변하기 시작했다.

[과연. 그럼 이건 어떨까.]

[거대 설화, '최초의 악'이 이야기를 시작합니다!]

「최초의 악」. 그것은 승천한 마계의 대마왕, '바알'의 설화였다.

이 세계의 어떤 선도 감히 대적할 수 없는 패도적인 힘.

마계 전체를 등에 업은 도깨비 왕이, 유중혁 위로 새카만 낙뢰를 떨어뜨렸다. 대천사조차 견뎌낼 수 없는 타천의 전격.

멀리서 이설화가 외쳤다.

"중혁 씨!"

유중혁은 날아드는 전격을 피하지 않았다. 오히려 피뢰침처럼 검을 곧추세운 채 번개를 정면으로 받아냈다. 하지만 끝이 아니었다.

['무대화'가 발동합니다!]

'무대화'를 통해 마왕의 영혼들이 되살아나고 있었다. 우리가 죽인 녀석들도 있었고, 묵시룡에 의해 사망한 놈들도 있었다. 그 모든 마왕이 「최초의 악」에 의해 다시금 전장에 불려 나와 유중혁을 향해 울부짖고 있었다.

그아아아아아아─!

마왕들이 던진 병장기들이 사악한 마력에 휩싸여 보랏빛 낙뢰 폭풍을 만들어냈다. 설령 신화급 성좌라고 해도 버텨낼 수 없을 정도로 강대한 폭풍이었다.

범람하는 낙뢰 사이로 유중혁의 하얀 얼굴이 악귀처럼 빛났다. 불온한 격의 폭풍 속에서도 유중혁은 침착했다. 마치 오랫동안 이 순간만을 기다려온 한 사람처럼.

【모두 죽여본 놈들이군.】

[전용 특성, '마왕살해자'가 발동합니다!]

허공으로 도약한 유중혁이 병장기들을 튕겨내며 전진했다. 그의 검이 궤적을 만드는 곳마다 악의 설화가 부서졌다. 파괴만을 위해 태어난 괴물처럼, 유중혁은 검을 휘두르고 또 휘둘렀다. 모든 검격에 그가 살았던 세계의 원한이 담겨 있었다.

츠츠츠츠츳!

타락한 마계의 하늘에 커다란 균열이 발생하고 있었다.

단신으로 '무대화'를 해체하는 무력.

〈스타 스트림〉이 만든 괴물이, 이제 〈스타 스트림〉을 부수기 위해 움직이고 있었다.

그아아아아악!

흑천마도의 칼날이 되살아난 '검은 갈기의 사자' 마르바스의 목을 베었고, 진천패도의 궤적이 달려드는 '무자비한 역천의 사냥꾼' 바르바토스의 심장을 꿰뚫었다.

어떤 마왕도 그의 앞에서 자신이 왕임을 참칭할 수 없었다.

위협감을 느꼈는지 도깨비 왕이 으르렁거리며 외쳤다.

[오만한 꼭두각시여, 이 세계선의 주인공은 네가 아니다.]

그와 동시에 주변 지형이 다시 한번 변하기 시작했다.

[거대 설화, '스타 스트림 게임 시스템'이 이야기를 시작합니다!]

['무대화'가 발동합니다!]

벽의 정경이 픽셀처럼 변하고 있었다.

유중혁의 몸이 작아지기 시작했다. '다이달로스의 미궁'에 갇힌 것처럼 유중혁이 나아가는 길이 미로로 변했다. 그의 뒤를 쫓는 거대한 입을 가진 괴물도 보였다. 곳곳에서 불쑥 튀어

오른 [자동 포탑]들이 사격을 개시했고, 그의 발이 닿는 지형은 깊은 수렁으로 뒤바뀌었다.

마치, 게임 속에 들어오기라도 한 것처럼.

「유중혁은 웃고 있었다.」

[전용 특성, '유희의 지배자'가 발동합니다!]

아주 간단히 함정을 돌파한 유중혁의 몸이 화살처럼 쏘아져 나갔다. 다가오는 괴물의 정수리를 찢어버리고, 미로의 벽면을 박살 냈다. 이 세계의 공략법 따위 진즉에 알고 있다는 것처럼, 단 한 번의 일격도 허용하지 않았다.

[해당 '무대'가 대상의 격을 감당할 수 없습니다!]

미로가 무너지고, 어느새 유중혁은 도깨비 왕의 코앞에 섰다.

도깨비 왕의 눈동자가 당혹감으로 물들어 있었다.

【이게 끝인가?】

'은밀한 모략가'가 도깨비 왕에게 이길 수밖에 없는 것은 당연했다. 그의 모든 삶은 〈스타 스트림〉과 싸워 이기기 위해 존재했기 때문이다.

아마 내가 읽지 못했던 원작에서도, 유중혁은 저런 식으로

도깨비 왕을 죽였을 것이다.

　도깨비 왕이 뒷걸음질 치며 나를 일별했다.

「유중혁의 약점은 무엇인가.」

　'최후의 벽'에 떠오르는 문장을 읽은 순간, 뒷덜미가 서늘해졌다.

　도깨비 왕의 눈동자에 먼 우주의 정경이 떠오르고 있었다.
이곳이 아닌 다른 세계선의 기억이 그를 향해 흘러 들어가고
있었다. 해답을 찾았다는 듯, 나를 보던 도깨비 왕이 섬뜩한
미소로 유중혁을 돌아보았다.

　[꼭두각시여. 너의 정신력도 너의 검처럼 날카로울까.]

　['이야기의 왕'이 당신의 설화를 강제로 재현합니다!]
　['무대화'가 임시 발동합니다!]
　[인근 지형의 유사함이 무대의 재현 수준을 격상시킵니다!]

　죽은 마왕들의 시체가 곳곳에 늘어져 있었다. 죽은 별들의
폐허 위로, 황폐한 얼굴의 유중혁이 천천히 주변을 둘러봤다.

「그가 살았던 최후의 세계가 그곳에 펼쳐지고 있었다.」

　그가 그 세계를 모를 수는 없었다.

그곳으로 나를 보낸 것이 바로 '은밀한 모략가'였으니까.

「1,863회차. 멸살법의 마지막 세계.」

멍하니 하늘을 올려다보는 유중혁을 향해 도깨비 왕이 그림자처럼 다가왔다. 아니, 그는 더 이상 도깨비 왕이 아니었다. 그의 걸음이 움직일 때마다 그의 얼굴이, 체형이 변하고 있었다.

「창백한 뺨. 별처럼 빛나는 두 눈이 그를 보고 있었다.」

내 것과 똑같은 백색 코트가 바람에 흩날렸다.
[기억나냐? 33회차. 40번 시나리오를 클리어하고 이지혜가 했던 말.]
나와 똑같은 목소리가, 이야기하고 있었다.
허공에 튀어 오르는 스파크와 함께, 유중혁의 몸이 빳빳이 굳고 있었다.
가볍게 손을 뻗은 도깨비 왕이 유중혁의 멱살을 쥐며 말을 이었다.
[생각해봐. 늘 불행했던 것만은 아니야. 그렇지? 그 모든 회차에는, 잠깐이지만 행복했던 시절이 있었어.]
진천패도와 흑천마도가 거칠게 떨렸다. 떨림 속에서 두 자루의 검이 무력하게 늘어지고 있었다.

「회귀 우울증.」

오랜 세월 동안 회귀를 반복해온 유중혁의 유일한 약점.

[173회차. 너는 꽤 오랫동안 지구를 지켜냈어. 이지혜가 고등학교 졸업장을 받는 모습도 보았고, 이설화가 다른 사람의 아이를 안고 웃는 모습도 보았지.]

유중혁의 눈빛이 흔들리고 있었다.

「유중혁을 무너뜨리는 것은 절망이 아니다.」
「녀석의 머릿속에 작은 깃털 같은 기억이 하나둘 내려앉고 있었다.」

내가 사용했던 바로 그 방법을 도깨비 왕이 사용하고 있는 것이었다.

「숨이 막히고 폐가 조여온다.」
「물에 빠진 인간은, 단지 깃털의 하나의 무게 때문에 더 깊은 수면 아래로 가라앉는다.」

더 이상 두고 볼 수 없었다.

나는 유중혁을 향해 외쳤다. 정신 차리라고, 그런 허상에 넘어가지 말라고. 하지만 차폐막이라도 생긴 듯, 내 목소리는 그쪽으로 전달되지 않았다.

그 모든 이야기를 조롱하듯 도깨비 왕만이 웃고 있었다.

[유중혁. 지키고 싶던 것은 모두 지켰나?]

천천히 유중혁의 무릎이 낮아지고 있었다.

나는 설화의 격을 끌어올렸다. 당장이라도 저 '무대화'를 해체해야 했다. 하지만, 어떻게 해야—

꽉.

여전히 내 손을 굳게 쥔 손이 있었다. 한수영이었다.

"네가 낄 전장이 아니야."

"하지만 저대로 내버려두면—"

"볼 수 없는 별도 빛나고 있다며."

볼 수 없는 별?

한수영의 말에, 나는 다시 유중혁을 돌아보았다.

낮아지던 유중혁의 시야가 멎어 있었다. 눈부신 스파크가 그의 전신을 잠식하고 있었다.

ㅊㅊㅊㅊㅊ…….

무언가가 꺼져가던 그의 정신을 깨우고 있었다.

[거대 설화, '멸망을 기억하는 자들'이 이야기를 시작합니다!]

내가 잘 알지 못하는 설화였다.

서서히 잦아드는 스파크 속에서 어렴풋한 인형들이 보였다.

자세히 보니 유중혁은 혼자가 아니었다. 그의 곁에 네 인물이 서 있었다.

키가 큰 사내, 백발의 청년, 포니테일의 여성, 그리고―

【그는 단 하나도 지키지 못했다. 그렇기에 지금 이곳에 있는 것이다.】

눈부신 날개의 대천사.

도깨비 왕의 표정이 경악으로 물들었다.

멸망한 999회차의 설화가 대천사의 검극에서 겹화처럼 불타오르고 있었다.

【아직도, 지켜야 할 것이 있다고 믿으니까.】

2

도깨비 왕의 눈썹이 꿈틀거렸다.

눈앞에 드리워진 999회차의 설화들. 〈스타 스트림〉에서 버림받은 설화들이 하나둘 이야기를 시작하고 있었다. 깊은 '회귀 우울증'으로부터 유중혁을 일깨우고 있었다.

도깨비 왕이 눈살을 찌푸렸다.

[왜 이곳에 온 거지? 너희는 나와 계약했을 텐데? 너희에겐 그를 도울 명분이 없어.]

그의 말을 보충하듯 '최후의 벽' 위로 문장이 떠올랐다.

「도깨비 왕이랑 약속도 했어. 이 세계선만 멸망시키면, 우릴 그때로 돌아가게 해주겠다고. 대장의 배후성인 '가장 오래된 꿈'과 접선해서 ―」

999회차 이지혜의 말이었다.

도깨비 왕이 다시 입을 열었다.

[너희를 이 세계로 불러온 것은 나다. 다시 세계선으로부터 버려지고 싶은 건가? 저 끔찍한 차원의 틈새를 방랑하며, 영원의 고통을 맛보고 싶은 거냐고.]

협박하듯 도깨비 왕의 말이 이어졌다.

[저 '유중혁'은 너희가 찾던 적이다. 너희 세계선을 멸망시켰고, 너희 설화를 도탄에 빠뜨린 장본인이란 말이다.]

이계의 신격들 표정에 가벼운 동요가 일었다.

도깨비 왕의 말이 맞았다. 유중혁이 그러했듯, 그들 또한 자신이 살았던 세계의 원한을 갚기 위해 이곳까지 왔다.

그때, 누군가가 입을 열었다.

【뭔 개소리야. 우릴 이 게임에 빠뜨린 건 네놈이잖아. 애초에 시나리오 같은 게 시작되지 않았으면 내가 여기서 이 지랄을 하고 있겠냐?】

999회차의 김남운, '위대한 심연의 군주'가 건들거리며 말했다.

이미 결심을 마쳤는지 그의 전신에서 혼돈의 힘이 방출되고 있었다.

[거대 설화, '망상설계'가 이야기를 시작합니다!]

【크으, 다 같이 싸우는 거 진짜 오랜만이네.】

김남운이 킬킬 웃으며 손에서 붕대를 풀었다.

자신의 배후성이던 '심연의 흑염룡'조차 뛰어넘은 괴물. 한수영의 그것보다 훨씬 짙고 사악한 기운으로 충만한, 새카만 흑요석 같은 손이 〈스타 스트림〉의 밤을 빨아들이고 있었다.

[거대 설화, '슬픔을 봉인한 심장'이 이야기를 시작합니다!]

그의 바로 뒤에서 거체를 일으키는 사내도 있었다. 999회차의 이현성이었다. '은빛 심장의 왕'. 충만한 설화 금속의 장갑이 사내의 전신을 감싸고 있었다.

【도깨비 왕. 나는 너와 계약한 적 없으니 해당하는 바가 없다.】

이어서 자신의 거대한 전함을 창공에 부유시키는 '가라앉은 섬의 주인', 999회차의 이지혜가 있었다.

[거대 설화, '영원한 수평선의 방랑자'가 이야기를 시작합니다.]

그녀의 쌍룡검에서 대해의 기상이 느껴졌다.

【……】

그녀는 말없이 검을 뽑으며 유중혁의 오른편을 지켰다.

그것으로 왕들의 선택은 분명해졌다.

[전용 스킬, '전지적 독자 시점'이 강제로 발동합니다!]

그들의 생각과 결심이 온전히 내게 전달되고 있었다.

그들은 모두 '은밀한 모략가'를 증오했다. 하지만 그 증오는 결국 뿌리 깊은 갈망에서 비롯된 것이었다.

「그 어떤 우주에도, 그들만큼 '유중혁'이란 존재를 아끼는 이들은 없었다.」

그들이 이곳까지 온 것은 모두 유중혁 덕분이었다.

그들을 여기까지 보내기 위해 999회차의 유중혁은 모든 것을 희생했다.

팔이 잘리고, 다리가 끊어지고, 두 눈을 잃고, 마침내는 자신의 목숨까지 바쳤다.

「그들을 살린 것도, 죽인 것도 유중혁이었다.」

오직 유중혁을 생각하며 살아온 이들이었다. 그런 그들이 어떻게 유중혁을 잊을 수 있을까.

가라앉은 섬에 스스로를 가둬야만 했던 분노, 심장을 강철로 덮어야 견딜 수 있었던 슬픔, 심연에 자신을 내던져야만 잊을 수 있었던 아픔.

[거대 설화, '영겁의 불꽃'이 이야기를 시작합니다!]

그리고 자신을 불태워야만 속죄할 수 있는 고통. 끊길 듯 끊어지지 않은 필름을 잇고 또 이어서, 그들은 마침내 이야기의 마지막 장에 도달했다.

【비켜라, 도깨비 왕. 우리가 원하는 건 하나뿐이다.】

999회차의 우리엘, '살아 있는 불꽃'이 말했다.

【우리의 세계선에서 확인하지 못했던 '끝'을 이곳에서 보는 것.】

그녀의 '업화의 불꽃'이 움직였다. '은가이의 숲'을 쑥대밭으로 만들었던 [지옥염화]가 벽 내부를 불태웠다. 그와 거의 동시에 999회차 김남운의 오른손이 도깨비 왕의 허벅다리를 찢었다.

【하하하! 도깨비 한번 죽여보자고!】

김남운의 광기 어린 성흔이 공간을 접듯 쏟아지더니, 설화를 파괴하며 도깨비 왕의 몸통을 노렸다. 정확한 양의 설화를 주고받는 공수. 망상이 구현한 병장기들이 김남운의 오른팔에서 돋아났고, 도깨비 왕이 소환한 성유물들이 벽 곳곳에서 나타나 그런 병장기들을 받아냈다.

'최후의 벽'은 도깨비 왕의 설화가 가장 큰 힘을 발휘할 수 있는 곳.

아무래도 무대가 무대다 보니, 공방은 김남운에게 불리한 쪽으로 흐르고 있었다.

「바다를 찢고 해안선의 경계를 긋는 창이여.」

「태양의 눈을 쏘아 떨어뜨린 화살이여.」

벽의 곳곳에서 흘러나온 문장들이 곧 실체가 되었다.

슈슈슈슉!

도깨비 왕의 수신호에 맞춰 날아든 성유물들이 '위대한 심연의 군주'의 전신을 벌집으로 만들고 있었다. 허벅지에 창이 꽂히고, 팔뚝에 화살이 박혔다.

새카만 설화를 뚝뚝 흘리면서 김남운은 웃었다.

【가라! 태권 현성!】

김남운의 외침과 동시에, 도깨비 왕의 배후를 점한 이가 있었다. 999회차의 이현성이었다. 단단한 팔로 도깨비 왕을 붙든 그의 전신으로 공간을 점유하는 강철이 자라났다. 막대한 스파크와 함께, 강철이 도깨비 왕의 팔과 다리를 구속했다.

【지혜야!】

999회차 이현성의 신호와 함께, '가라앉은 섬의 주인'이 움직였다.

【장전.】

방주의 충격으로 생겨난 틈새 사이로, 밤하늘에 띄워진 거대 전함의 모습이 보였다. 그 최전선에서 뭔가가 소용돌이치며 장전되고 있었다. 하나의 행성을 통째로 날려버리기에 충분한 양의 격.

자세히 보니, 거대한 포신에 장전된 것은 포탄이 아니었다.

【발사!】

굉음과 함께 전함에서 유성이 쏘아졌다.

눈부신 꼬리와 함께 떨어지는 별. '살아 있는 불꽃'.

그녀가 스스로 탄환이 되어 도깨비 왕을 향해 쇄도하고 있었다. 걸리적거리는 모든 것들을 녹여버리며, 가공할 속도로 돌진하는 999회차의 우리엘. 그녀의 검극에 집약된 999회차의 설화가 거칠게 타올랐다.

【패왕만이 너를 죽여본 것은 아니다.】

「저것이, 999회차의 인물들이 최종장을 클리어 한 방법이었다.」

백열하는 태양이 벽의 껍질을 까부수며 돌진했다. '최후의 벽'에 들러붙어 있던 설화들이 그 열기에 고통스럽게 몸부림쳤다.

이 세계선의 누구도 막을 수 없는 일격.

「그 일격을, 도깨비 왕이 받아내고 있었다.」

그그그그그그극—

지옥 같은 열기 속에서 도깨비 왕이 형형한 눈을 빛냈다.

아아아아아아아아!

그의 전신에 새겨진 무수한 성흔들이 울부짖었다. '최후의 벽'에서 옮겨온 듯한 활자들이었다. 거대 설화들이 그들을 향해 경배하고 있었다.

내가 가진 설화들도 동요하고 있었다.

「'이야기의 왕'이라는 수식언은 그저 허울이 아니었다.」

〈스타 스트림〉의 정점에 존재하는 '이야기의 왕'.
그의 얼굴은 숭고했고, 사악했고, 아름다웠고, 슬퍼 보였다.

「그는 한때 인간이었다.」

'최후의 벽'에서 쏟아진 병장기들이 '업화의 불꽃'과 부딪쳤고.

「악마였고.」

도깨비 왕의 뿔에서 흘러나온 잿빛의 설화가 다가드는 우리엘의 발을 휘어 감았으며.

「구원자였으며.」

흰 날개에서 뻗어나온 신성한 빛이 도깨비 왕의 체력을 회복시켜주었다.

「끝내는 도깨비가 된 존재.」

끝나지 않는 설화들이 그의 주변을 감싸고 있었다.
이 세계는 여기서 끝날 수 없다는 듯이.

「이곳은, 999회차가 아니었다.」

999회차의 인물이 일제히 내 쪽을 돌아보는 것이 느껴졌다.

「움직여라.」
「네가 마무리해야 한다.」
「우리와의 약속을 잊지 않았겠지?」

하지만 나는 움직일 수 없었다.

[거대 설화, '세계의 수호자'가 이야기를 시작합니다!]
[거대 설화, '세계의 수호자'가 다음 수호자를 바라봅니다!]

도깨비 왕의 설화 또한, 나를 바라보고 있었기 때문이다.
[김독자!]
도깨비 왕이 나를 향해 소리치고 있었다.
[네게 정해진 운명을 거스르지 마라. 너는 이 세계의 누구
보다 설화를 사랑하는 존재다. 나 또한 그랬지. 나는 이 세계

의 누구보다, 네가 이 세계에 갖는 감정을 잘 이해하고 있다!」

그의 전신에서 뻗어나온 설화가 내게 다가오고 있었다.

곁에 있던 한수영이 나의 귀를 막으며 으르렁거렸다.

"듣지 마. 들을 필요도 없는 이야기야."

정희원과 이현성이 내 앞으로 나섰고, 유상아와 신유승, 이길영이 지키듯 나를 보호하고 섰다. 등 뒤에서 이지혜의 검명이 울려 퍼졌다.

[성운, <김독자 컴퍼니>의 모든 별자리가 환하게 빛납니다!]

하지만 막으려 할수록 더욱 잘 보이는 것들이 있다.

가리려 할수록 더욱 선명해지는 말들이 있었다.

[전용 스킬, '전지적 독자 시점'이 폭주합니다!]

「[흑염룡! 흑염룡! 눈 안 뜨냐?]」

「[김유신! 정신 차려라! 아직 우리의 황산벌은 —]」

「[제천대성!]」

'최후의 벽'을 흐르는 설화들.

이곳보다 훨씬 더 열악한 전투가 벌어지는 전장에서, 성좌들이 죽어가고 있었다. 걸레짝이 된 제천대성의 몸에서 끊임없이 설화가 새어나왔다. 양쪽 눈을 잃었는지, 눈부시던 화안

금정의 빛이 꺼져 있었다.

「[막내가 보이질 않는다.]」

그런 그를 우리엘이 부축했다. 양쪽 날개가 찢어진 대천사
는 그의 손을 쥐고 밤의 정경을 쓰다듬었다.

「[무사해. 저기 빛나고 있어.]」

아비규환의 밤하늘 사이로, 끈덕지게 살아남은 성좌들이 그
들을 향해 날아들고 있었다.

장면이 바뀌자, 쓰러진 하데스를 끌어안은 페르세포네의 모
습이 보였다. 하데스가 무슨 말을 하려고 하자, 페르세포네가
고개를 저었다.

「[걱정 말아요, 나의 오래된 밤.]」

그녀의 머리 위로 〈올림포스〉의 태양이 지고 있었다.

그 모든 최후가 참담한 문장이 되어 벽의 위를 질주했다. 오
직 그들을 끝장내기 위해서 쓰여지는 문장들이었다.

[저 별들을 살리고 싶지 않아?]

울컥, 하고 몸속 깊은 곳에서 구역질이 올라왔다.

도깨비 왕이 외쳤다.

[지금의 너는 저들을 살릴 수 없어. 이야기를 사랑하는 존재는, 결코 그 이야기를 바꿀 수 없다.]

사랑하기에 그것을 바꿀 수 없다.

[오직 그 이야기에서 벗어난 존재만이, 그 모든 것의 하찮음을 이해하는 존재만이, 개연성의 억압에서 벗어날 수 있어.]

까가가각, 하는 소리와 함께 주변의 후폭풍이 더욱 거세지고 있었다. 조금씩, '도깨비 왕'에게서 흘러나오는 설화의 힘이 999회차 인물들의 그것을 압도하고 있었다.

이현성의 설화 금속을 찢어낸 도깨비 왕이 나를 향해 한쪽 손을 뻗었다.

[네가 쌓은 '단 하나의 설화'는 〈스타 스트림〉의 자리를 계승하기에 충분하다. 나의 손을 잡아라. 내가 원하는 것은 네가 원하는 것과 같아. 나는 저 별들의 이야기가 사라지길 원하지 않는다.]

'도깨비 왕'의 목소리는 간절하기까지 했다. 그의 눈빛이, 설화가, 그의 말이 진심임을 알려주고 있었다.

그의 전신에서 〈스타 스트림〉의 설화가 환하게 빛나고 있었다.

「아주 오랫동안 읽어온 이야기는 결국 그의 일부가 된다.」

그는 〈스타 스트림〉 그 자체였다.

그는 정말로 이 이야기가 끝나기를 원하지 않는 것이다.

[계속……, 이 이야기를 계속해. 새로운 세계선의 주인공이 되어서, 네가 만든 설화와 함께, '가장 오래된 꿈'의 연회를 계속해라. 너는 그러기 위해 태어난 존재다. 오직 그것만을 위해, 너는 이 자리까지 올 수 있었던 것이다!]

그 말을 들으며 이제껏 내게 일어났던 행운들이 떠올랐다.

[<스타 스트림>이 당신을 바라봅니다.]

어째서 <스타 스트림>의 개연성이 그토록 내게 관대했는가.

도깨비 왕의 설화가 그 이유를 알려주고 있었다.

눈앞에서 연속해서 섬광이 폭발했다.

[네가 진짜 원하는 것이 무엇인지 잊지 마. 너는 '종장'이 아니야. 너는 '영원'이다!]

도깨비 왕의 배후로 성좌들의 설화가 흘러가고 있었다.

맞다. 나는 저 이야기가 끝나기를 원하지 않는다.

「추락하는 운석을 보며, 제천대성은 자신의 죽음을 예감했다.」

천천히 고개를 돌리자, '회귀 우울증'에서 거의 벗어난 유중혁이 보였다. 텅 빈 유중혁의 동공이 나를 바라보았다.

「하지만, 끝나야만 하는 이야기도 있다.」

3

그것은 아주 오래된 약속이었다.

「"내가 너의 이야기를 끝내줄게."」

1,863회차에서 나는 그 약속을 지키지 못했다.

[당신의 ■■이 흔들리기 시작합니다!]

나는 몸을 일으키며 '부러지지 않는 신념'을 굳게 쥐었다.

처음부터 지금까지, 거의 모든 시나리오를 함께해온 검의 단단한 칼자루가 느껴졌다. 그 칼끝이 바닥과 닿으며 문장들이 떠올랐다. 한 번도 본 적 없는 문장들이었다.

「그는 누구보다 이 세계의 끝을 궁금해했고.」

「누구보다 이 세계가 끝나지 않기를 바랐다.」

나의 마지막 설화가 시작되고 있었다.

"김독자?"

나는 내 귀를 막은 한수영의 손을 풀었다.

한수영의 두 눈이 흔들렸다. 한수영의 망막에 붉게 얼룩진 내 모습이 비쳤다. 뺨을 길게 가로지른 상처. 찢어진 날개와 부러진 마왕의 뿔. 엉망진창이었다.

그 엉망진창인 인간을, 한수영은 지금까지 믿고 와주었다.

[선택한 것인가?]

스파크가 터져나오는 중심에서 도깨비 왕이 물었다.

999회차의 인물들, '이계의 신격의 왕'들이 안간힘을 쓰며 대적하고 있었다. 지금까지의 싸움은 막상막하였지만, 개연성의 후폭풍이 부는 방향으로 볼 때 결국 불리해지는 것은 999회차 쪽일 것이다.

"그래."

나는 도깨비 왕을 향해 대답했다.

"나는 '최후의 벽'을 넘겠다. 그리고 그 너머에 있는 녀석을 만나겠어."

이 모든 비극의 원흉, '가장 오래된 꿈'.

"놈을 만나, 세계의 모든 비극을 멈출 거야."

내 선택에 만족했다는 듯, 도깨비 왕이 웃었다.

[그래, 좋다. 내 후계자가 된다면 가능한 일이지. 자, 이쪽으로 와라. 어서 〈스타 스트림〉의 의지를 계승하여—]

"네놈 도움을 받겠다곤 안 했어."

나는 [바람의 길]과 [전인화]를 동시에 일으켰다. 이 세계에서 가장 빠른 보법 위에 백청의 전격이 휘감기며, 나의 몸이 하나의 빛무리로 바뀌었다. 내가 낼 수 있는 최고의 속도로, 나는 도깨비 왕과 이계의 신격들을 지나쳤다.

내가 목표로 삼은 곳은 '최후의 벽'의 가장 깊은 곳.

[너……!]

놀란 도깨비 왕이 소리치는 것이 들렸다.

멀리서 '최후의 벽' 위를 질주하는 문장들이 보였다.

「심연의 흑염룡의 마지막 비늘과, 우리엘의 마지막 깃털이 떨어지는 장소.」

나는 기함하며 그 문장을 향해 달려갔다.

「페르세포네의 마지막 눈물이 떨어지는 곳.」

문장들이 끝나지 않도록 막아야 했다. 설령 이 세계의 끝을 보더라도, 저 문장으로 끝맺어서는 안 된다.

내 속셈을 눈치챘는지, 도깨비 왕이 대경하며 외쳤다.

[그만둬! 너는 아직 허락받은 존재가 아니야. 너는 그 벽에 손을 댈 수도, 그 벽을 넘을 수도 없어!]

말이 떨어지기 무섭게 개연성의 후폭풍이 내 전신을 옥죄었다. 화신체를 분자 단위로 으깨어버릴 듯한 스파크에 일순간 머릿속이 하얗게 변할 정도였다.

['최후의 벽'이 당신의 접근을 거부합니다!]

벽이 나를 거부하고 있었다. 내가 자신의 문장에 손대는 것을, 그 내용을 바꾸고 그 너머로 나아가는 것을 막고 있었다. 마치 내가 그곳에 도달하는 일 자체가 허락될 수 없다는 듯이.

순식간에 공간을 넓힌 벽의 문장들이 어느덧 저만치 달아나고 있었다.

「그 문장은 김독자의 것이 아니었다.」

밀어닥친 광풍이 나를 넘어뜨렸다. 나는 애먼 공백으로 내던져진 단어처럼 비참하게 바닥을 나뒹굴며 뒤쪽으로 밀려났다. 내 등에 뭔가가 쿵, 하고 부딪쳤다.

"멍청아! 혼자 그렇게 돌진한다고 뭐가 되냐?"

한수영이었다. 나는 씩 웃으며 대꾸했다.

"혼자 돌진한 거 아니야."

그녀의 뒤로, 〈김독자 컴퍼니〉 일행들이 달려오고 있었다.

누구도 잃고 싶지 않다. 잃을 수 없는 사람들이었다.

"독자 씨! 계속 달려요!"

[심판의 시간]을 발동한 정희원이 붉은 안광을 흩뿌리며 달려왔다. 이현성과 이지혜가 정희원의 양옆을 사수했고, 유상아와 아이들이 그 뒤를 따라왔다. 일행의 최후미를 지키는 것은 장하영과 사부들이었다.

"이거 가져가요! 마지막 생사환이에요!"

기력이 다한 공필두를 부축한 이설화가 우리를 향해 환단통을 던졌다. 곧바로 생사환 하나를 꺼내 삼켰다. 그러자 망가져가던 화신체가 빠르게 수복되기 시작했다.

[멈춰!]

도깨비 왕의 외침과 함께, 벽에 기록된 문장의 맥락 사이로 이형의 존재들이 나타났다. 이계의 신격들이었다. 아직 벽에 기록될만한 설화를 얻지 못한 존재들.

【■■■! ■■■ ■■■ ■■■!】

모든 이계의 신격이 그들의 왕을 따르는 것은 아니었다. 강한 힘을 갖추었음에도 도깨비 왕의 수족이 되어, 시나리오 부역자를 자처하는 존재도 분명 있다.

[놈들을 막아! 그러면 너희 설화를 '최후의 벽'에 남겨주마!]

사방에서 밀려오는 촉수를 발견한 사부들이 칼을 뽑았다.

"여긴 우리에게 맡겨라."

파천검성의 [파천검도]와 키리오스의 [백청강기]가 하나의 빛살로 어우러지며 벽 위에 그들의 문장을 남겼다.

[거대 설화, '제1 무림'이 이야기를 시작합니다!]

무림 최강의 두 고수가 촉수들을 막아서며 악전고투를 펼쳤다. 하지만 그들이 벌 수 있는 시간은 찰나뿐이었다. 도깨비왕이 연 '맥락' 사이로 밀려오는 이계의 신격이 너무 많았다.

[<김독자 컴퍼니>의 모든 설화가 환한 빛을 발합니다!]

사부들이 벌어준 시간을 헛되이 쓸 수는 없었다.

우리엘과 제천대성의 설화를 기록하는 벽면은 다시 저만치 멀어져 있었다.

답은 하나뿐. 멀어지는 속도보다 더 빨리 다가가야 했다.

하지만 어떻게 해야.

'최후의 벽'에 어떤 문장이 떠오른 것은 그때였다.

「그린 존이 벽면에 붙어 있다니…… 생각해보면 그것을 '방'의 개념으로 받아들인 것은 애초에 인간들뿐이었다.」

문득 나는 내가 딛고 있는 바닥을 내려다보았다.

바닥 또한, 다른 방향에서는 또 하나의 벽이다.

달려온 벽 위에 우리의 족적이 남아 있었다. 족적 위로 우리가 쌓아온 설화들이 떠오르고 있었다.

「"그런데 독자 씨는 뭘 그렇게 열심히 보고 계세요?"」
「내 인생의 장르가 바뀌는 순간이었다.」
「"객실에 남은 사람은 열두 명이야. 채집망에 남은 곤충은 세 마리고."」
「하나의 세계가 멸망하고 새로운 세계가 태어나고 있었다. 그리고 나는 이 세계의 결말을 아는 유일한 독자였다.」

첫 번째 시나리오. 처음으로 지하철에서 탈출하던 그때.

「당신의 배후를 선택하세요. 선택한 배후는 당신의 든든한 후원자가 되어줄 것입니다.」
「[성좌, '악마 같은 불의 심판자'가 당신에게 실망했습니다.]」
「[성좌, '긴고아의 죄수'가 당신의 선택을 재미있어합니다.]」

배후 선택. 별빛이 우리의 발치를 밝혀주고 있었다.
우리는 다시 달리기 시작했다. 설화들이 우리가 달려갈 길을 만들어주고 있었다.

「"식량을 독점한다는 게 정말이에요?"」
「"일어나요, 다들. 시나리오는 이제 막 시작되었을 뿐이니까."」
「"건방진 세입자가 오셨군."」

「"현성 씨, 지금입니다. 다 부숴버리세요."」

금호역과 충무로역의 전투를 넘어서고.

「"아홉 번째…… 하차자입니다."」
「"……죄송하지만, 성함이 어떻게 되십니까?"」
「"나는 유중혁이다."」

'깃발 뺏기'의 전장들과 선지자들과의 혈투를 기억했다.

「"우스운 일이다. 이미 모든 역사가 저물었는데, 어째서 그대들은
또다시 이곳에 모인 것인가?"」
「"폭군왕이라는 놈입니다. 남자 여자 할 것 없이 예쁘고 잘생기면
첩으로 삼고, 못생기면 죽이거나 노예로 부린다더군요."」
「"독자 씨는 잡히면 노예네요."」
「서울 7왕 중 최강은 당연히 패왕 유중혁이다.」

광화문에서 '왕들의 전쟁'을 맞이했고.

「"그러니 나는 절대왕좌에 앉지 않을 겁니다."」

절대왕좌를 부쉈다.

「"하지만, 다른 사람이 왕좌에 앉도록 허락하지도 않을 겁니다."」

모든 순간이 역경이었다. 쉬운 시나리오는 하나도 없었고, 우리는 언제나 목숨을 걸고 맞서 싸워왔다.

그 모든 비극이 결국에는 이야기가 되었다.

우리는 그 이야기를 달렸다.

실타래처럼 하염없이 풀려나온 설화들은 이내 하나의 형상을 이루었다.

형상은 곧 백호의 모습을 띠었다. 고귀한 수염과 우아한 무늬를 가진 백호가 내 곁을 함께 달렸다.

[설화, '왕이 없는 세계의 왕'이 당신의 길을 배웅합니다.]

'왕이 없는 세계의 왕'. 나의 탄생 설화가 나를 배웅하고 있었다.

우리가 가는 길을 뚫은 백호가 우렁찬 울음을 터뜨리더니 어느 순간 멈추었다. 지금부터는 자신의 몫이 아니라는 듯. 하염없는 눈으로 내가 가는 길을 좇으면서.

[설화, '이적에 맞서는 자'가 당신의 길을 배웅합니다.]

어느덧, 푸른 매의 형상을 한 나의 두 번째 설화가 머리 위를 날고 있었다.

'질문의 재앙'으로 강림한 귀환자 명일상을 죽이고서 얻은 설화.

[설화, '이야기꾼을 능멸한 자'가 당신의 길을 배웅합니다.]

우리의 모든 설화가 '최후의 벽' 위에서 우리를 달리게 했다.

자신의 설화가 나올 때마다 일행들 표정도 변했다. 이현성이 멈칫거리며 자꾸만 뒤를 돌아보았고, 참지 못한 신유승이 결국 울음을 터뜨렸다.

「이것이 그들이 살아온 길이었고, 그들이 끝내야 할 이야기였다.」

[설화, '재앙의 왕을 사냥한 자'가 당신의 길을 배웅합니다.]

'피스 랜드'에서 야마타노오로치의 그림자를 사냥하고 얻은 설화.

거대한 뱀의 그림자가 우리가 달려가는 길을 떠받치고 있었다.

하나하나, 소중하지 않은 이야기는 없었다. 그 모든 순간을 제대로 살았기에 우리가 이곳에 있었다.

후폭풍이 거세어질 때마다 우리의 설화들이 힘을 잃고 스러졌다.

[설화, '이계의 신격을 살해한 자'가 당신을 배웅합니다.]

거대한 오징어를 닮은 설화가 후폭풍으로부터 우리를 보호했다.

[설화, '구원의 마왕'이 자신의 마지막 이야기를 시작합니다.]

나는 온 힘을 다해 '부러지지 않는 신념'을 내질렀다.
달려드는 이계의 신격들을 뿌리쳐내고, '최후의 벽'을 향해 달렸다.
멀리서 여전히 성좌들의 설화가 이야기를 계속하고 있었다.

「우리엘의 손에서 '업화의 불꽃'이 떨어졌다. 마지막 순간, 우리엘은 밤하늘에 빛나는 하나의 별을 바라보았다. 그리고…….」

아직 늦지 않았다.
우리엘도, '심연의 흑염룡'도, 제천대성도 살아 있다.
이야기를 바꿀 수 있다.

['최후의 벽'이 당신의 접근을 허용하지 않습니다!]

조금만 더 가면 되는데.

['접근 방지 프로세스'가 실행됩니다.]

그리고 우리의 걸음이 멈췄다.

눈앞에 겹겹이 쌓인 얇고 투명한 벽이 줄지어 서 있었다.

높은 밀도로 만들어진 벽.

몇 번이고 내리쳐보았으나, 개별 설화의 힘만으로 부술 수 있는 강도가 아니었다.

사부들을 무시하고 우리를 향해 달려드는 이계의 신격들이 보였다. 도깨비 왕이 안심했다는 듯 우리를 향해 뭐라 소리치고 있었다.

나는 그 말을 무시하고 밤하늘을 올려다보았다.

「세상의 별들이 저물었으나, 모든 별이 저문 것은 아니었다.」

밤하늘 어디선가 약한 진동 같은 것이 울려 퍼졌다.

제일 먼저 상황을 눈치챈 한수영이 눈을 거칠게 비비며 말했다.

"너무 늦었잖아!"

멀리 열차의 선두가 보였다. 수르야의 태양 열차가 방주의 파편을 튕겨내며 이쪽으로 달려오고 있었다.

[성좌, '지고한 빛의 신'이 마지막 시나리오의 전장에 현현했습니다!]

[늦어서 미안하군, 구원의 마왕.]

드디어 신화급의 격을 획득한 그가, 밤하늘을 가로질러 이 무대에 도착한 것이었다.

"아뇨, 딱 맞춰 오셨습니다."

[거대 설화, '마계의 봄'이 이야기를 시작합니다!]

마침내, '기'의 조건이 충족되었다.

['무대화'가 발동합니다!]

※

4

수르야의 태양빛으로 밤하늘이 일순간 백야로 물들었다.

'마왕선발전'에서, 그리고 '기간토마키아'에서 싸운 그날처럼, 수르야의 열차가 우리를 향해 달려오고 있었다.

"차비는 나중에!"

호기롭게 외친 한수영을 필두로 우리는 수르야의 열차에 탑승했다. 열차의 차륜에서 거친 스파크가 튀었다. 새카만 연기를 두른 채 허공에서 크게 한 번 선회한 열차는, 이내 후미에서 소닉붐을 일으키며 투명한 장벽을 향해 돌진했다.

이현성이 소리쳤다.

"부서집니다!"

쩌저저저적, 하는 소리와 함께 투명한 벽이 연달아 무너져 내렸다.

우리는 겹겹이 쌓인 벽을 파괴하며 계속 달렸다. 성좌들의 설화가 기록되는 '최후의 벽'이 조금씩 가까워지고 있었다.

도깨비 왕의 고함과 999회차의 설화들이 난잡하게 뒤섞이고 있었다.

[성좌, '지고한 빛의 신'이 자신의 모든 격을 방출합니다!]

열차의 기관실에 앉은 수르야의 전신이 작열하는 태양처럼 눈부셨다. 몸 곳곳에 난 상처들 사이로 설화가 떨어지고 있었다. 어쩌면 그 역시 이곳으로 오기 위해 이미 대가를 치른 상태인지도 모른다.

[성좌, '지고한 빛의 신'의 ■■은 '최후의 기관장'입니다.]

그럼에도 그는 자신의 설화를 멈추지 않았다. 어떤 내색도 없이, 몸을 연료로 '태양 마차'를 달렸다. 마치 그것이 지금껏 '지고한 빛의 신'으로 살아온 자신의 사명이라는 듯이.

[거대 설화, '마계의 봄'이 당신의 길을 배웅합니다!]

[출력이 부족하다.]

그러나 혼신을 불사르는 그의 투지에도 불구하고, 열차 속도는 조금씩 떨어지고 있었다. '최후의 벽' 중심부로 갈수록 방호벽의 밀도가 점점 높아지고 있었기 때문이다. 마침내 활자의 그물 같은 벽이 열차 선두와 부딪친 순간, 정희원이 움직였다.

"나한테 맡겨요!"

"희, 희원 씨! 엑!"

정희원이 이현성의 목을 틀어쥐는 순간, 이현성의 몸이 급격히 수축하더니 이내 강철검 형태로 변했다. 곧이어 강철검의 검신은 이내 [지옥염화]의 빛으로 새하얗게 타오르기 시작했다.

[거대 설화, '신화를 삼킨 성화'가 당신의 길을 배웅합니다!]

'승'.

〈기간토마키아〉의 전장을 밝혔던 성화가, 이제 '최후의 벽'을 불태우기 위해 빛을 발하고 있었다.

열차 선두에서 짙은 화염이 방출되며, 선두의 표면이 지독한 열기에 휩싸였다. 전신에서 [지옥염화]를 방출하는 정희원이 용암처럼 이글거리는 목소리로 외쳤다.

"설화고 나발이고 이제 다 끝이야!"

그녀의 검신이 빛을 발할 때마다 활자의 그물이 찢어졌다.

정희원은 검을 휘두르고 또 휘둘렀다. 후폭풍의 스파크에 전신이 난자당하면서도, 자신의 검도劍道를 개척하는 것을 잊지 않았다.

정희원의 삶이 만들어낸 길. 우리는 그 길을 달리고 있었다.

하지만 여전히 부족했다. 이것보다 훨씬 더 강력한 힘이 필요했다.

멀리서 '최후의 벽' 위로 문장이 전개되고 있었다.

「최후의 순간, 우리엘은 하늘을 향해 손을 뻗었다.」

「나의 설화는 여기서 끝나지만」

「이 이야기를 잊지 않는 별도 있으리라.」

[거대 설화, '빛과 어둠의 계절'이 당신의 길을 배웅합니다!]

우리엘과 '심연의 흑염룡'의 설화가 벽을 넘어 전해지고 있었다.

선악의 설화가 맹렬하게 부딪치며 우리를 비호하자, 열차 양옆에 활자로 만들어진 날개가 돋아나기 시작했다. 포효하는 묵시룡처럼, 열차가 눈앞의 벽을 먹어치우며 돌진했다.

[멈춰!]

어느새 우리를 쫓아오는 도깨비 왕의 모습이 보였다. 팔다리에서 설화를 쏟으며, 999회차의 인물들에게 쫓기는 도깨비 왕이 우리를 향해 손을 뻗었다.

츠츠츠츠츳.

바닥에서 뻗어나온 개연성의 스파크가 열차의 중심축을 뒤흔들었다. 기우뚱, 하고 흔들린 열차가 균형을 잃으려는 순간.

다시 한번 '최후의 벽' 위로 문장이 떠올랐다.

「자신의 목을 향해 날아오는 뇌창을 보며, 제천대성이 말했다.」
「멈추지 마라, 막내야.」

자신의 최후 앞에서도 굴하지 않는 제천대성이 그 문장 속에 있었다.

그와 동시에 열차 후미에 타고 있던 검은 코트의 사내가 일어섰다.

"유중혁!"

유중혁에게 빙의한 '은밀한 모략가'가 허공으로 손을 들어올렸다. 그러자 바닥의 후폭풍 사이로, 무수한 이계의 신격들이 떠올랐다.

단순히 '이름 없는 것들'이 아니었다.

[거대 설화, '잊혀진 것들의 해방자'가 당신의 길을 배웅합니다!]

【가가가가가가】
【도움도움도움도움도움도움】
【잊지않았어 잊지않았어 잊지않았어】

'서유기'에서 우리를 도왔던, 또는 우리와 대적했던 '이름 없는 것들'이 흔들리는 열차를 떠받치고 있었다. 통천하의 급물살을 타는 배처럼, 그들이 우리의 열차를 '최후의 벽'으로

운반하고 있었다.

[당신은 '최후의 벽'의 핵심에 근접했습니다.]

마침내 '최후의 벽'을 보호하던 모든 장벽이 무너졌다.

기관차 곳곳이 파괴되었고, 수르야는 정신을 잃었는지 더이상 설화를 발출하지 않았다.

얼마 떨어지지 않은 곳에서 '최후의 벽'의 진체가 보였다. 지금껏 보아온 그 어떤 벽보다도 두껍고 광활한 벽.

【내가 넘지 못했던 벽이다.】

'은밀한 모략가'가 말했다.

「'이번에도 안 되는 건가.' 그것이 58회차 유중혁의 최후였다.」

「'실수였다. 다음 회차에서는 —' 96회차 유중혁은 그렇게 눈을 감았다.」

벽 위로, 무수한 유중혁들의 최후가 흘러갔다.

유중혁뿐만이 아니었다.

「'황산벌의 마지막 영웅' 계백이 깨어나지 않는 자신의 숙적을 흔들었다.」

「각자 팔 하나씩을 잃어버린 고려제일검과 해상전신이 등을 맞댄 채 최후의 힘을 발산했다.」

세상 모든 성좌의 최후가 기록된 벽. 우리엘이나 제천대성을 포함한 모든 별들의 마지막이 벽 위에 실시간으로 기록되고 있었다.

나와 일행들은 힘이 다한 기관차에서 내려 벽을 향해 달렸다.

「저 문장들을 지울 수만 있다면. 그래서 저 모든 비극을 멈출 수만 있다면.」

[당신은 '최후의 벽'의 문장에 간섭할 수 없습니다.]

[해당 문서는 덮어쓰기가 금지되어 있습니다.]

[코드를 해제하십시오.]

'은밀한 모략가'가 말했다.

【평범한 방식으로는 안 된다. 무력으로도 부딪쳐봤지만, 벽을 부술 수는 없었다.】

정희원이 외쳤다.

"여기까지 왔는데 뭔가 방법을……!"

【여기서부터는 그의 몫이다.】

'은밀한 모략가'가 나를 바라보고 있었다. 그 시선 안에는 나와 함께 시나리오를 수행했던 3회차 유중혁의 것도 있었다.

「네놈이 바라는 '결말'은 대체 무엇이지?」

이것은 그 답을 알려주기 위해 내가 해야만 하는 일이었다.

이지혜가 입을 열었다.

"1,863회차를 살아도 할 수 없었다며. 정말 아저씨가 할 수 있는 일이야?"

그 말대로였다.

나는 유중혁처럼 '주인공'도 아니고, 한수영처럼 '작가'도 아니다.

하지만 주인공도 작가도 아니기에, 할 수 있는 일이 있을지도 모른다. 주인공은 볼 수 없고, 작가도 잊고 있는 것을 기억해낼 수 있을지도 모른다.

「아주 오랫동안 멸살법을 읽어온 그만이 할 수 있는 일.」

나는 '최후의 벽'을 가만히 들여다보았다. 의식을 완전히 집중한 상태에서 그 벽의 표면을 읽고 또 읽었다.

그러자 얼마 지나지 않아 벽이 환한 빛을 발했다. 마치 언젠가의 내가 읽고 또 읽던 화면처럼.

「'멸망한 세계에서 살아남는 세 가지 방법'.」

그 장대한 이야기의 모든 것이 내 안에서 정립되고 있었다.

아직 나는 멸살법의 최종본을 읽어보지 못했다. 그러니 이 이야기가 어떻게 끝나야 하는지는 알지 못한다.

다만.

「[불행한 꼭두각시여. 그대는 너무 빨리 왔습니다. 미안하지만 이 너머는 아직 '존재하지 않습니다'.]」

'은밀한 모략가'의 기억 속에서 1,863회차의 도깨비 왕은 그렇게 말했다.

「실은, 이 모든 것이 아직 쓰여지지 않은 채 내게 넘어온 것이라 면.」

나는 일행들과 함께 벽을 향해 달려갔다.

「누군가가, 이 이야기를 내가 완성해주기를 바라는 것이라면.」

[전용 스킬, '독해력'이 극한으로 발동합니다!]

과열된 머리가 터져버릴 것 같았지만 나는 눈을 똑바로 뜬 채 벽을 노려보았다.

'최후의 벽' 위로 적힌 설화들. 머릿속으로 그 설화들이 이 어지고 있었다.

설화와 설화가 연결된 방식이 보였다. 설화 속에 교묘히 장치된 요소들이 보였고, 다시 그것을 둘러싼 맥락들이 보였다.

「소설 속에 등장했지만, 끝내 사용되지 않은 것들.」

그러자 그 자체로 완벽해 보이던 이야기의 틈새가 보이기 시작했다. 아직 채워지지 않은 것들. 언젠가 회수되어야 할 것들.

오직 이 이야기의 '에필로그'만을 기다리고 있었던 것들.

「김독자는 그것이 무엇인지 알고 있었다.」

[새로운 특성을 개화했습니다!]
[특성, '복선 회수자'가 발동합니다!]

이 이야기를 처음부터 끝까지 '독자' 입장에서 지켜본 나만이 발견할 수 있는, 이야기의 빈 틈새.

나는 광활한 벽 위에 놓인 '다섯 개의 틈새'를 바라보았다.

"하영아."

"맡겨둬."

제일 먼저 나선 것은 장하영이었다. 장하영은 내가 가리킨 벽의 틈새에, 정확히 손바닥을 가져다댔다.

['불가능한 소통의 벽'이 자신의 자리를 되찾았습니다.]
['최후의 벽'의 첫 번째 테마가 완성됐습니다!]

눈부신 빛살과 함께 벽의 조각이 끼워지며, 문장이 흘러나왔다.

「그 이야기는 '불가능한 소통'에 대한 이야기이다.」

"희원 씨, 길영아!"
고개를 끄덕인 정희원과 이길영이 각각 벽의 틈새에 손을 가져다댔다. 그러자 두 개로 나누어진 '선악을 가르는 벽'이 하나가 되었다.

['선악을 가르는 벽'이 자신의 자리를 되찾았습니다.]
['최후의 벽'의 두 번째 테마가 완성됐습니다!]

「그 이야기는 분별할 수 없는 '선악'에 대한 이야기이며.」

이제 유상아 차례였다.
"유상아 씨."
천천히 다가간 유상아가, 자신의 자리를 찾아 손을 뻗었다.

['윤회를 결정하는 벽'이 자신의 자리를 되찾았습니다.]

['최후의 벽'의 세 번째 테마가 완성됐습니다!]

「그 이야기는 윤회하는 비극에 관한 이야기였다.」

그렇게 네 개의 빈틈이 채워지자 마지막 빈틈이 남았다.
나는 그 빈틈을 물끄러미 올려다보았다.
'최후의 벽'의 마지막 조각.
그것은 원작에는 등장하지 않는 조각이었다.

「김 독 자」

[제4의 벽]이 내게 말하고 있었다.
"제4의 벽."
녀석도 나도, 서로 무엇을 해야 하는지 알고 있었다.
내 손 위로 눈부신 활자의 조각들이 떠올랐다. 그 활자가 말
하고 있었다.

「네 **이야** 기를 좋아 해」

나는 아무 말도 하지 못했다. 아무 말도 하지 못한 채, 벽을
향해 달려가 마지막 틈새에 녀석을 꽂았다.

「그 이야기는 결말을 바꾸고 싶던 독자의 이야기였다.」

다음 순간, 벽에서 엄청난 스파크가 발생했다.

[코드가 해제됐습니다.]

벽의 권한이 나를 향해 열리고 있었다. 유중혁도 넘을 수 없던 벽의 비밀이 내게 흘러 들어오고 있었다.

바로 눈앞에 성좌들의 문장이 떠올랐다. 내가 그토록 막고 싶던 제천대성과 우리엘의 마지막 문장.

「날아드는 칼날이 제천대성과 우리엘의 목을 ―」

나는 그 문장을 힘껏 그러쥐었다. 손이 불타는 것 같았다. 칼날처럼 엉겨 붙은 설화들이 내 손을 난도질하고 있었다. 하지만 버텼다. 이 문장이 이대로 끝맺도록 둘 수는 없었다.

['최후의 벽'이 당신의 행동을 의아해합니다.]
['최후의 벽'이 당신에게 이 이야기를 원한 게 아니었느냐 묻습니다.]

원하지 않는다.
이런 결말을, 대체 누가 원한단 말인가.
[멈춰! 당장 멈추라고!]
집요하게 쫓아온 도깨비 왕이 설화를 뚝뚝 흘리며 다가오

고 있었다. 녀석의 눈이 깊은 살의로 뒤덮여 있었다.

[벽을 건드려서는 안 돼! 너는 후회하게 될 거다! 이 벽 너머에는 아무것도 없다! 네가 바라는 것도, 보고 싶은 광경도!]

그 말은 틀렸다. 이 벽 너머에는 '가장 오래된 꿈'이 있다.

"혹부리!"

내 그림자 속에 숨어 있던 혹부리 왕이 도깨비 왕의 몸을 구속했다.

[드디어 만났구나, 나의 오랜 친우여.]

[혹부리 왕!]

[일을 계속해라, 김독자. 약속을 지켜라.]

나는 문장을 붙든 손을 놓지 않았다.

「날아드는 칼날이, 제천대성과 우리엘의 목을 ㅂ」

'ㅂ'을 붙든 채, 다음 모음의 발생을 막았다. 푸슈슉, 하는 소리와 함께 손가락이 끊어졌다. 줄줄이 새어 나오는 설화들이 비명을 지르고 있었다.

[당신은 '도깨비 왕'이 아닙니다.]

[당신은 해당 설화의 전개를 멈출 수 없습니다.]

바앗, 하는 소리와 함께 부드러운 뭔가가 내 손등을 감싼 것은 그때였다. 마치 지우개라도 되는 것처럼, 비유가 온 힘을 다해 그 문장에 몸을 부비적대고 있었다.

「이야기꾼이 독자의 편을 들었다.」

나는 비유와 함께 온 힘을 다해 문장을 내리치고 또 내리쳤다. 멈추지 않는 문장을 향해 주먹을 휘두르고, 칼을 꽂았다.
제발, 제발. 제발.

「그리고.」

아주 희미하게, 글자에 균열이 발생하고 있었다. 이미 쓰인 문장들이 흩어지고 있었다.
결말이 바뀌고 있었다.

「날드 아는 날 칼이, 우 리대 성과 제 천 ㅂ…….」

부서진 글자들이 강렬한 스파크를 일으키더니, 일제히 내가 읽을 수 없는 것들로 바뀌기 시작했다.

「■■칼■■■■우■■■제■■■■■■■■■■■■■■■
■■■■■■……..」

【으으으으으으으으으으—】

무수한 이계의 신격들이 울부짖었다. 마치 위대한 신에게 경배를 올리듯, 경건한 울음이었다. 나는 설화가 뚝뚝 떨어지는 손을 붙든 채, 벽의 표면이 바뀌는 것을 보았다.

어느새 다가온 신유승이 내 손을 붙들었다.

"아저씨……."

[새로운 '거대 설화'를 획득했습니다!]

[거대 설화, '최후의 벽을 부수는 자'를 획득했습니다.]

[거대 설화, '최후의 벽을 부수는 자'가 이야기를 계속합니다!]

[<스타 스트림>이 당신의 길을 배웅합니다.]

머릿속에서 폭발하는 메시지와 함께, 눈앞의 벽이 무너지는 것이 보였다. 벽에 적힌 설화들과, 우리의 설화들이 한꺼번에 뒤섞이고 있었다. 무수한 ■들이 일제히 회전하고 있었다. 그러자 그것은 원처럼 보였다.

새카만 원의 너머로 뭔가 보일 것 같았다.

[하하하하! 그래, 이거야! 약속대로 '최후의 벽' 너머를 가장 먼저 확인하는 것은 나다!]

도깨비 왕을 밀쳐버린 혹부리 왕이 새카만 원 속으로 뛰어들었다. 절규하는 도깨비 왕의 입을 흑천마도의 칼날이 꿰뚫었다.

일행들이 나를 향해 달려왔다.

「세계의 모든 것이 무너지고 있었다.」

'최후의 벽'도, 〈스타 스트림〉도, 모든 것이 붕괴하고 있었다.

「부서진 벽이 일행들의 설화와 뒤섞이고 있었다.」
「무엇이 설화였고, 무엇이 존재였는지 점차 알 수 없게 되어가고 있었다.」

원의 너머에서 무언가가 이쪽을 보고 있었다. 나 역시 그쪽을 보았다.

「저게, 대체 뭐지?」

조금씩 숨쉬기가 힘들어졌다. 무엇인가가 나를 빨아들이고 있었다.
'최후의 벽' 위로 내가 겪고, 느끼고, 판단하는 모든 것들이 엉성한 문장으로 흐르고 있었다.

「모」

"두……!"
내가 말하는 것인지, 벽이 말하는 것인지 알 수 없었다. 그 벽 위에서 나는 단지 서술되고 있었다. 어떤 문장은 흐릿하게 보였고, 어떤 문장은 전혀 보이지 않았다. 이윽고 흐르던 문장이 일제히 사라지기 시작했다.

천천히, 아주 천천히.

그렇게, 벽 위의 모든 문장들이 멈추었●.

99
Episode

가장 오래된 꿈

Omniscient Reader's Viewpoint

✳

1

온몸을 따스하게 감싸는 희미한 빛 속에서, 흑부리 왕은 태아라도 된 것처럼 몸을 웅크린 채 꿈을 꾸고 있었다.

그것은 아주 오래된 꿈. 그의 ■■이 정해지기도 전의 이야기.

그는 오염된 숲속에 누워 있었다.

─입실론! 조금만 더 가면 돼. 이제 곧 마왕성이라고!

그 이야기 속에서, 그는 마왕을 토벌하는 용사였다. 세계를 지키기 위해 마왕 원정을 떠난 용사.

하지만 그는 끝내 자신의 숙원을 이루지 못했다. 마왕 토벌 직전, 그는 자신의 친우를 보며 눈을 감았다.

─길버트······.

화면이 바뀌고, 이번 배경은 전쟁터였다.
그는 흑색의 야행복을 입은 무림인이었다.

─곽 사형! 마교 놈들의 본거지가 바로 저기요!

시야를 가득 채운 동료의 얼굴이 보였다. 물씬 그리움이 차
올랐다.
그 생을 통틀어 그가 가장 사랑했던 한 사람.

─난 이미 틀렸네. 사매, 먼저 가게.

어디에선가 날아온 화살 소리와 함께, 다시 시야가 암전되
었다.
머릿속이 지끈거렸다. 범람하는 기억과 함께 흑부리 왕의
자아가 흔들리고 있었다.
이것은 그의 기억인가, 아니면 「최후의 벽」의 이야기인가.
이 이야기는 어디서 시작해서 어디서 끝나는가.
그의 의사와 상관없이 이야기는 계속되고 있었다.
그는 어린 해츨링이었다.
이름 모를 괴수종이었으며.
무림 고수거나, 중세 기사였다.

그때마다 그는 시나리오를 수행하는 화신이었다.

마지막으로 '최후의 벽' 앞에서 들려온 것은 이름 모를 그림자의 목소리였다.

—친우여, 다음 생도 나와 함께해주게.

헉— 하는 소리와 함께 눈을 뜨자, 새카만 어둠이 눈에 스며들었다. 뒷덜미를 흥건히 적신 식은땀에 오한이 들었다.

'나는 혹부리 왕.'

그것이 그의 이름이었다. 진짜 이름은 따로 있으나 이미 오래전에 잊어버렸다. 아니, 그것이 그의 이름이 맞는지도 확신할 수 없었다.

'나는 정말 혹부리 왕인가.'

새카맣게 소용돌이치는 진공 속에서 혹부리 왕은 깊은 사색에 잠겼다.

필멸을 벗어난 이후 한 번도 떠올린 적 없는 사색이었다.

'나는 누구인가.'

그의 존재를 뒷받침하는 설화가 흔들리고 있었다.

그는 어떻게든 자신을 되찾기 위해 기억을 반추했다.

「태초에 혹부리가 있었다.」

「그는 최초의 이야기꾼. 설화를 노래하는 인간.」

「그러던 어느 날 세상에 도깨비가 나타났고.」

「도깨비는 혹부리의 노래를 가져갔다.」

그가 기억해야 할 것은 그것뿐이었다.

빌어먹을 도깨비들이 혹부리의 노래를 가져갔다는 것. 탄생 설화를 빼앗음으로써, 그를 〈스타 스트림〉의 시나리오에서 추방했다는 것.

[혼란스러워 보이는군, 나의 오랜 친우여.]

들려온 진언에 혹부리 왕이 기겁하며 뒤를 돌아보았다. 새카만 어둠 속에 도깨비 왕의 얼굴이 떠올라 있었다.

[도깨비 왕!]

혹부리 왕은 으르렁거리며 자신의 격을 방출했다. 하지만 제대로 되지 않았다. 아무것도 없는 허공에서, 그가 방출한 격은 그저 희미한 스파크만 남길 뿐이었다.

도깨비 왕이 무심한 얼굴로 말했다.

[여기서는 싸울 수 없다. 우리가 가진 힘이 통용되지 않는 곳이니까.]

[용케도 살아 있었군. 꼭두각시의 검에 죽었다 생각했는데.]

[이미 죽은 거나 마찬가지지. 또 죽게 될 테고.]

도깨비 왕의 시선이 닿은 곳에 원형으로 소용돌이치는 빛의 출구가 보였다. 두 존재의 영혼체가 느릿한 속도로 출구를 향해 나아가고 있었다.

혹부리 왕이 말했다.

[내 설화는 지금부터 시작이다. 나는 이제 '최후의 벽' 너머

로 간다. 이 모든 세계를 상상한 나태한 신과 마주하고, 이 세계의 비밀을 아는 유일자가 될 것이다.]

[세계의 비밀이 그렇게 궁금한가?]

[당연한 이야기를 하는군. 자신의 탄생이 궁금하지 않은 존재는 없다.]

[존재가 불행해지는 것은 바로 그 때문이지.]

자조하듯 도깨비 왕이 말했다.

[왜 존재에게 '망각'이라는 고마운 능력이 생겼을 거라고 생각하나?]

어둠 속에서 설화의 파편들이 흩어지고 있었다. 맥락을 잃어버린 이야기들이, 활자 더미가 되어 부서져 나가고 있었다. 이제는 누구도 읽을 수 없게 된 이야기들이었다.

그것을 어루만지던 도깨비 왕이 이내 설화를 으스러뜨렸다.

[이 우주엔 불필요한 이야기가 너무 많아. 모두 없애고 최적화하기 위한 프로세스가 필요하지. 그게 '망각'이다.]

[헛소리! 우주는 무한하다. '최후의 벽'에 끝이 존재하지 않는 것처럼.]

[벽의 여백이 아무리 많다 한들, 한낱 엑스트라에게 허용될 여백이 얼마나 될 것 같은가?]

도깨비 왕은 조금씩 부서져가는 자신의 몸뚱이를 내려다보았다.

[불행하게도, '최후의 벽'이 선택한 주인공은 너나 내가 아니야.]

[무슨 헛소리를 하는 것인지는 모르겠지만—]

[그래도 넌 곧 네가 원하는 존재와 조우할 수 있을 것이다.]

그 말에 흑부리 왕의 어깨가 흠칫 떨렸다.

빛의 출구가 보였다. 황홀하고 휘황한 빛. 맹렬하게 회전하는 그 출구는 마치 어떤 세계의 마침표처럼 보였다.

흑부리 왕은 두려워졌다.

[네놈은 저 너머를 본 적이 있나?]

도깨비 왕은 곧바로 대답하지 않았다. 마침표 이후의 모든 문장에는 의미가 없다는 듯, 무료한 표정. 하지만 그는 결국 사족을 덧붙였다.

[그게 무슨 의미가 있겠나.]

[뭐?]

[이 세계가 아득한 꿈의 편린이라는 것을 알게 되는 것이, 무슨 소용이 있겠냐는 말이다.]

깊은 허망함이 담긴 말이었다. 흑부리 왕은 그 말을 이해할 수 없었다. 빛이 점점 밝아지고 있음에도, 도깨비 왕의 표정은 점점 더 흐려지고 있었다.

빛의 출구가 코앞이었다. 불안해진 흑부리 왕이 물었다.

[네놈은 왜 지금까지 〈스타 스트림〉을 이어온 거지?]

그 질문이 뜻밖이었을까. 도깨비 왕의 표정이 기이하게 변했다. 그는 흑부리 왕을 가만히 바라보더니 말했다.

[글쎄. 잊어버렸다.]

그 순간, 도깨비 왕의 얼굴에 여러 설화들이 겹쳤다. 그는 마왕을 토벌하는 용사처럼 보였고, 마교와 싸우는 무림맹의 고수처럼 보였으며, 창공을 향해 날갯짓하는 해츨링처럼 보였다.

그는…….

[네놈—]

[김독자는 열지 말아야 할 문을 열었다. 이제 이 세계는 영원히 불행해질 것이다.]

그 말과 함께, 세계가 빛으로 휩싸였다. 마침내 출구에 도착한 것이었다.

흑부리 왕은 비틀거리며 그 빛 속으로 발을 내디뎠다. 빛살을 헤치고, 조금씩 나아갔다.

이곳에 해답이 있다.

이 세계를 만든, '가장 오래된 꿈'이 있다.

하지만 흑부리는 아무것도 볼 수 없었다. 어디선가 시끄러운 경적이 들려왔다. 코끝을 적시는 매캐한 냄새. 숨 쉬기가 점점 버거워졌다. 빛살 속에서 그의 몸이 타들어가고 있었다.

마치, 이 여백은 그에게 허락된 것이 아니라는 것처럼.

[말했잖나, 너와 내 이야기가 아니라고.]

도깨비 왕의 목소리와 함께, 흑부리 왕의 몸이 녹아내리기 시작했다.

[우리는 이 세계의 도구일 뿐이다.]

다리가 녹고, 몸통이 녹아내리면서도 흑부리 왕은 눈앞의 광경에서 시선을 떼지 않았다.

저곳에 아주 오래된 꿈이 있다. 이 세계의 모든 비밀이 있다.

그가 영원히 찾아 헤매던 뭔가가 그곳에 있다.

흑부리 왕은 그것을 보았다. 그리고 도깨비 왕이 한 말을 이해했다.

저것이, 저것이 정말로…….

흑부리 왕은 간절히 외치고 싶었다. 이쪽을 보아달라고. 제발, 여기에 내가 있다고. 단 한 번만 눈을 마주쳐달라고.

그러자 그것의 고개가 천천히 돌아갔다.

하지만 그 시선이 마침내 흑부리 왕에게 도달했을 때, 이미 흑부리 왕은 그 자리에 남아 있지 않았다.

그것은 다시 시선을 돌렸다. 그리고 고개를 숙인 채, 다시 무언가에 열중하기 시작했다.

※ ※ ※

쿨럭, 하는 소리와 함께 입안에서 까끌까끌한 감각이 느껴졌다. 차오른 숨을 토해내자, 벌레 같은 것이 흘러나왔다. 자세히 보니 그것은 활자였다.

감각이 되돌아오고, 시야가 점차 밝아졌다. 눈앞에서 새하얀 빛을 내뿜는 활자들이 보였다. 익숙한 내용이었다.

대체, 여기는…….

"독자 씨? 그러다 책 속으로 빨려 들어가겠어요."

순간 뒷덜미가 서늘해졌다. 익숙한 목소리. 어디선가 들은 적 있는 말. 끔찍한 상상력이 머릿속을 헤집었다. '최후의 벽'을 부수면, 어쩌면 그런 일이 벌어질지도 모른다고 생각한 적이 있었다. 하지만, 정말로 그런 일이—

파라락, 하고 찢어진 종이들이 눈앞을 날아다녔다.

자세히 보니 누군가가 내 눈앞에 책을 흔들고 있었다.

"상아 씨."

눈앞에 유상아가 있었다.

주변 광경이 조금씩 눈에 들어왔다. 널브러진 책 무덤과 빼곡하게 들어찬 장서관의 정경. 희미한 칸델라의 불빛.

이곳은 지하철이 아니었다. 여기는 내가 잘 알고 있는 장소였다.

유상아가 생긋 웃었다.

"이젠 아늑하게 느껴지네요, 여기."

이곳은 [제4의 벽]의 안이었다.

"어떻게 된 거죠?"

"저한테 물어보셔도…… 사실 저도 막 깨어났거든요. 사서 선배님들을 좀 찾아볼까요?"

유상아가 어깨를 으쓱하며 주변을 둘러보는 동안, 나는 내게 일어난 일을 빠르게 점검했다.

「우리는 [최후의 벽]의 모든 조각을 모았고. 마침내 벽을 부쉈다.」

소용돌이치던 '네모난 원'의 기억이 지금도 생생했다.
그리고? 그다음에는 대체 어떻게 된 거지?
다른 일행들은?

「걱 정마 *김 독 자*」

다시는 들을 수 없을 줄 알았던 목소리.
나는 반가움에 소리쳤다.
"제4의 벽!"

「**도 서 관에 서 는 조용** 히」

저 능청까지, 틀림없이 내가 기억하는 [제4의 벽]이었다.
하지만 반가움과는 별개로, 의문은 더욱 커졌다.
내가 왜 지금 [제4의 벽] 안에 있는 거지?
"독자 씨?"
어둠 속에서 하나둘 목소리가 들려왔다. 〈김독자 컴퍼니〉의
일행들이었다.
"여긴 대체 어디예요?"
"나 이상한 책 발견.《김독자와 성의 신비》."
"그런 거 함부로 보면 안 돼, 지혜야."

"그럼 이건요?《그들에게 성경이 있다면 김독자에겐 멸살법이 있다》."

"그런 걸 읽고 싶니?"

정희원과 이지혜의 목소리가 번갈아 들린다 싶더니, 근처의 책 무덤에서 두더지처럼 조그만 머리통들이 불쑥 나타났다.

"아저씨!"

"형아!"

신유승과 이길영이었다.

어둑한 시야 속에서 이쪽을 향해 걸어오는 한수영의 모습도 보였다.

"별게 다 있네. 여기가 유상아가 말하던 그 '도서관'인가?"

한수영은 책장에서 책을 한 권씩 뽑아 뒤로 던지고 있었다. 그의 뒤에 서 있던 이현성이 그 책을 재빨리 낚아채 품속에 담았다.

"수, 수영 씨! 책을 그렇게 함부로 다루시면…… 이게 뭔지도 모르는데!"

"야, 이건 뭐야! 재밌겠네."

그들의 뒤쪽으로는 기절한 공필두와 장하영, 안나 크로프트가 차례로 늘어져 있었다. 그런 그들의 맥을 짚는 이설화까지.

적어도 '마지막 시나리오'에 진입한 일행들은 모두 모인 듯했다.

「모 두는 아니 야」

[제4의 벽]의 목소리에 불길한 예감이 들었다.

아직 보이지 않는 녀석이 있었다.

설마?

「(하하하하! 유중혁! 어디선가 유중혁의 냄새가 난다! 드디어 나와 하나가 되러 온 것이냐!)」

깊은 어둠 속에서 쩌렁쩌렁 울려 퍼지는 목소리. 말할 것도 없이 니르바나의 것이었다. 그리고 다음 순간, 둔탁한 소리가 울려 퍼졌다. 잠잠해진 니르바나가 축 늘어진 채 바닥을 뒹굴었고, 그런 녀석의 머리를 짓밟은 새카만 전투화가 보였다.

"불쾌한 공간이군."

"유중혁."

'은밀한 모략가'와 아직 분리되지 않은 모양인지, 녀석에게선 여전히 희미한 스파크가 흐르고 있었다.

그렇다면 오지 못했다는 이들은 대체 누구일까.

"성좌들이 없어요."

"지구에 있던 사람들은 어떻게 된 거죠?"

[제4의 벽]이 우릴 이곳으로 대피시켰다는 것은, 바깥세상에 뭔가 문제가 생겼다는 뜻이었다.

가슴이 차갑게 식었다. 산산이 부서져 나가던 [제4의 벽]과, 그 위에서 흩어지던 문장들이 떠올랐다. 뭐가 잘못된 걸까?

내가 이야기를 바꾸려 하는 바람에, 세상이 멸망하기라도 한 걸까?

그러자 [제4의 벽]이 갑자기 엉뚱한 말을 했다.

「읽 지도 상상 하지 도않 기에 시간 이 흐르 지 않을 뿐」

그게 무슨 말인지 물어보기도 전에 누군가가 나타났다.

「(마침내 벽을 부쉈는가, 영원과 종장의 사도여.)」
「(결국 이런 날이 오기는 하는군.)」

도서관의 사서인 '꿈을 먹는 자'와 '시뮬라시옹'이었다.

나는 그들을 바라보다가 [제4의 벽]을 향해 말했다.

"나를 다시 내보내줘. 확인해야 할 것이 있어."

그러자 사서들이 답했다.

「(지금 바깥으로 나가면 너라도 무사하지 못할 것이다. 이제 <스타 스트림>은 없다. 그곳의 모든 것은 멈춰버렸어.)」

모든 것이 멈춰 있다.

실제로 벽 위로 들려오던 설화들은 더 이상 이야기되지 않고 있었다.

그 대신, 어디선가 거대한 태엽이 돌아가는 듯한 소리가 들

려왔다. 시계 초침 소리 같기도 하고, 아주 느릿하고 일정한
박자로 키보드를 두드리는 소리 같기도 했다.

"그럼 다시 초침을 돌려줄 녀석을 만나고 올게."

「(정말로 '가장 오래된 꿈'을 만나고 싶은가?)」

이 모든 이야기의 종착역에 그 존재가 있었다.
〈스타 스트림〉은 파괴되었지만, 해결해야 할 질문이 남아
있었다.

「어째서 이런 세계가 존재해야만 했는가.」

돌아보자 일행들도 비슷한 표정을 짓고 있었다.
그들 역시 각자가 해결해야 할 문제가 있었고, 보고 싶은 종
막이 있었다. 그리고 그곳으로 가기 위해 반드시 치러야만 하
는 일이 있었다.
유상아가 말했다.
"같이 가요, 독자 씨."
"나도, 나도 갈래!"
"아저씨가 보고 싶어하던 에필로그가 뭔지 궁금해요."
"자자, 너무 심각하게 생각하진 말자고요. 의외로 착한 도깨
비 같은 게 우릴 기다리고 있을 수도 있잖아요. 아니면 몇 대
때려서 착하게 만들면 되고."

그에 동조하듯 비유도 한마디를 했다.

[바앗!]

그때까지 침묵을 지키던 유중혁이 입을 연 것은 그때였다.

"그 전에, 놈을 만날 방법이 있나? 벽은 부서졌지만, 바깥 세계의 시간은 멈췄다. 시간이 멈추면 설화는 앞으로 나아가지 못한다. 우리도 마찬가지겠지."

「(시간이 멈추지 않은 곳도 있지.)」

니르바나가 웃으며 바닥을 가리켰다.

그렇다. 이 '도서관'의 시간은 아직 멈추지 않았다.

"설마 놈이 이 도서관 안에 있는 건가?"

「(그런 건 아냐. 이 도서관도 '벽'일 뿐이니까. 다만 너희 이야기를 완성해서 통로 하나가 열렸다. 이제 저쪽으로 넘어갈 수 있게 되었지.)」

니르바나는 그 말을 하며 우리를 안내했다.

왠지 그가 어디를 향하는 것인지 알 것 같았다.

도서관의 아래로 펼쳐져 있던 낭떠러지가 떠올랐다.

「이곳이 이 도서관의 끝. 모든 이야기의 끝이었다.」

아득한 무저갱. 마치 심연처럼 드리워져 있던 계곡.

[제4의 벽]에 처음 들어온 날 내가 발견한 장소였다.

"그때 거기야."

처음 이곳으로 들어왔을 때, 나는 저 낭떠러지 아래로 떨어질 뻔했다.

그때 니르바나는 말했다. 저곳으로 떨어지면 죽는다고. 저곳이 바로 벽의 너머라고.

니르바나가 물었다.

「(김독자, 정말 가고 싶은 거냐?)」

나는 고개를 끄덕였다. 그러자 니르바나가 허공에 늘어진 밧줄을 당겼다. 도르래 같은 것이 움직인다 싶더니, 작은 엘리베이터 같은 것이 천천히 올라왔다.

「(타.)」

우리는 엘리베이터에 올라탔다.

그리고 조금씩 아래로 내려가기 시작했다.

[전용 특성, '심연을 들여다본 자'가 활성화됩니다.]

이제 정말로 내가 찾던 답이 눈앞에 있었다. 내 안에 남은 설화들도 동요하고 있었다.

그렇게 얼마나 아래쪽으로 내려갔을까. 마침내 도르래 소리가 멎었다.

어둠 속으로 발을 내딛자, 곰팡이 냄새 같은 것이 났다. 바닥은 미끈하고 축축했다. 아주 오랫동안 사용하지 않은 시설물의 흔적 같았다.

칸델라의 불빛을 앞으로 하자, 노란색 블록으로 만들어진 희미한 선이 나타났다.

"여기는……."

정희원이 중얼거렸다. 그리고 다음 순간, 노란 블록 너머의 어둠 속에서 뭔가가 달려오는 소리가 들렸다. 어둠 전체가 불길하게 진동했다. 마치 괴물이 달려오는 것처럼 폭력적인 굉음이었다.

잠시 후, 통로 저편에서 희미한 괴물의 두 눈이 나타났다.

"맙소사."

중얼거린 정희원은 그 괴물을 보고서도 검을 잡지 않았다. 다른 일행들도 마찬가지였다. 그 괴물이 무엇인지 모두가 알고 있었기 때문이다.

「이 모든 이야기의 시작.」

지하철이었다.

2

눈앞의 지하철이 천천히 정차하고, 이내 문이 열렸다.

확실했다. 우리가 아는 바로 그 지하철이었다. 입술을 달싹이던 정희원이 먼저 입을 열었다.

"지하철이 대체 왜 여기에……."

그 질문에 대답할 수 있는 사람은 아무도 없었다.

먼저 움직인 것은 이길영이었다. 유상아가 외쳤다.

"길영아! 그렇게 함부로 타면—"

성큼 발을 내디뎌 지하철에 올라탄 이길영이 우리 쪽을 돌아보았다. 아무 일도 없다는 듯이, 소년이 어깨를 으쓱해 보였다.

그 광경을 보던 이지혜가 신유승의 손을 잡고 움직였다.

"모르겠다. 일단 타보자고요!"

그것을 시작으로 망설이던 다른 일행들도 하나둘 지하철에
탔다.

나 역시 그 뒤를 따랐다.

희미한 진동이 느껴지는 지하철 바닥에 발을 디디는 순간,
기시감이 들었다.

「한때, 이곳은 김독자의 세계였다.」

그 말은 틀렸다. 이곳은 나의 세계가 아니었다.

「이곳은 누구나의 세계였다.」

유상아도, 정희원도, 이현성도, 이지혜도…… 모두 각자의
표정을 짓고 있었다. 내가 이 지하철을 타고 매일을 살았듯,
그들도 비슷했을 것이다.

누군가는 회사원이었고, 누군가는 학생이었고, 누군가는 군
인이었지만…….

"지하철이라…… 그땐 정말 지겨웠는데 이젠 눈물 나게 반
갑네요."

정희원의 말에 우리는 내부를 천천히 돌아보았다. 시트는
새것이고, 안전봉도 말끔히 닦여 있는 지하철. 바닥에도 오물
의 흔적은 보이지 않았다.

물론 그런 것보다 더 놀라운 것은.

"사람이 아무도 없네."

지하철 안에서 어떤 인기척도 느껴지지 않았다. 우리를 제외한 무엇도 살아 있지 않은 듯 무기질적인 공간. 이 지하철은 그런 비일상의 기묘함을 품고 있었다.

나는 아직 열차 바깥에 남은 사서들을 돌아보며 물었다.

"너희는 안 가? 세계의 끝을 보고 싶어했잖아."

「(우린 갈 수 없어.)」

"왜?"

니르바나와 사서들은 대답하지 않았다. 그들은 어쩐지 서글픈 눈으로 서로 돌아보더니, 이렇게 말했다.

「(우린 네가 결말을 보는 것만으로도 충분…….)」

[문이 닫힙니다.]

말은 끝까지 들려오지 않았다. 문이 닫히고, 거대한 수레바퀴가 돌아가는 듯한 소리와 함께 지하철이 움직이기 시작했다. 빠르지도 느리지도 않은 속도였다. 창밖으로 새카만 어둠의 정경이 꾸물거리며 움직이는 것이 보였다.

나는 한참이나 그 어둠 속을 바라보았다. 이 열차는 대체 어디로 가는 것일까.

"3호선이다."

그 말을 한 것은 한수영이었다. 나 역시 노선표를 올려다보았다.

3호선. 내가 항상 출퇴근에 이용하던 노선이었다. 이상한 것은, 노선표 끝부분이 망가져 있다는 것이었다. 역 이름도 지워져 있었다.

…….

열차는 계속해서 달렸다. 몇 분이 더 지났지만, 정차할 기미는 보이지 않았다. 아무래도 그대로 종착역까지 달릴 모양이었다.

한수영이 풀썩 소리를 내며 내 옆 좌석에 앉았다. 긴 속눈썹을 깜빡이며 노선표를 노려보는 한수영. 내가 물었다.

"뭐야 그 표정은."

"난 지하철 같은 거 안 타."

"왜?"

불현듯 바보 같은 질문이었음을 깨달았다. 확실히 이 녀석이라면 지하철은 탈 필요가 없었겠지. 그러나 한수영의 입에서 나온 말은 전혀 뜻밖이었다.

"볼 게 없잖아. 안도 밖도."

나는 녀석과 함께 망가진 노선표를 바라보았다. 확실히, 지하철은 늘 같은 노선을 달린다. 정해진 시간에 정차한다. 늘 같은 풍경 속에서 비슷한 일이 일어난다.

지하철이 싫은 것은 나 역시 마찬가지였다. 내가 늘 스마트 폰을 들여다보던 것도 비슷한 이유였으니까.

"재미있으라고 지하철이 달리는 건 아니니까."

"어쭈? 성좌 '구원의 마왕'답지 않은 말이네."

나는 쓰게 웃었다.

한수영과 나는 같은 방향을 바라보았다. 그곳에 일행들이 있었다. 나와 함께 멸망을 견디고, 99개의 시나리오를 클리어 하여 이곳까지 와준 사람들.

"음, 갑자기 첫 번째 시나리오로 돌아가거나 그런 건 아니겠 죠?"

"설마, 절대 안 돼요!"

"지금이라도 메뚜기 준비해둘까요?"

결연한 얼굴로 주먹을 쥐는 이길영을 보며, 일행들이 피식 웃음을 터뜨렸다.

가장 끔찍하던 기억이 유머가 된다는 것은 대체 어떤 의미 일까.

일행들은, 어떤 마음으로 그 이야기에 미소를 짓는 것일까.

나는 한수영을 향해 말했다.

"저 사람들은 일상으로 돌아가야 해."

"그게 행복할 거라고 생각해?"

"모든 이야기는 원래 그렇게 끝나는 거야."

"언제부터 그런 전개를 좋아했다고?"

한수영이 비꼬듯이 쏘아붙였다.

"너 또 이상한 생각하고 있는 거 아니지? 나한테 또 뭐 숨기는 거 아냐?"

"그러고 싶어도 이제 숨길 게 없어."

사실이었다. 원작에서도 여기까지 온 적은 한 번도 없었다.

'은밀한 모략가'나 999회차의 인물도 마찬가지였다. 이 지하철을 탄 것은 우리가 최초였다.

나는 흐릿하게 지워진 노선표의 끝을 보며 말했다.

"한수영, 네 생각엔⋯⋯."

"역시 최종 보스가 있지 않을까요? 보통 그런 전개잖아요!"

정희원의 목소리였다. 나를 향해 한 말은 아니었다. 아마 일행들끼리 뭔가 토론하던 모양이다. 신유승도 거들었다.

"이따만한 드래곤이 있다거나."

"하지만 드래곤에게 '가장 오래된 꿈'이라는 수식언이 붙을 거 같지는 않은데. 그만한 수식언이 붙으려면 아무래도⋯⋯."

"역시 '작가'가 아닐까요?"

"작가?"

"그러니까⋯⋯."

그 말을 꺼낸 이길영의 눈동자가 내 쪽을 향하자, 일행들도 퍼뜩 생각났다는 것처럼 나를 향해 고개를 돌렸다.

《멸망한 세계에서 살아남는 세 가지 방법》.

일행들도 이제 그 소설을 알고 있었다.

그 소설이 이 세계의 이야기를 담고 있었다는 것도.

그리고 오직 나만이 그 이야기를 끝까지 읽었다는 것도.

"독자 씨 생각은 어때요?"

모든 소설은 작가가 쓰기 전에는 이야기되지 않는다.

만약 이 세계가 멸살법을 토대로 만들어진 거라면, 일행들의 추측은 타당성이 있었다.

역시 '가장 오래된 꿈'이 작가일 가능성이 컸다. 나도 그렇게 생각했다.

하지만, 왜일까.

"'가장 오래된 꿈'은 멸살법의 작가가 아닐 겁니다."

"왜 그렇게 생각해요?"

"이유는 잘 모르겠습니다만, 그냥 그런 느낌이 듭니다."

나는 이 끝에 있는 존재가 tls123일 것 같지 않았다.

도깨비 왕의 말이 떠올랐다.

「['가장 오래된 꿈'은 작가라기보다는 차라리 독자에 가깝지. 그는 누구를 위해 이야기를 쓰는 존재가 아니야. 게으르고 탐욕스러우니까.]」

애초에 이 모든 가정에 '작가'가 꼭 필요한 것일까, 하는 의문도 들었다.

정말 tls123으로 인해 이 세계가 시작된 것일까.

어쩌면 tls123은 이미 존재하고 있던 세계를 내게 알려주기만 한 것은 아닐까. 페이지에 기록되지 않은 '은밀한 모략가'나 999회차의 인물들이 홀로 존재하고 있던 것처럼……

"그러고 보니 궁금한데, 독자 씨는 어쩌다 그 소설을 보게 된 거예요?"

"아, 나도 항상 궁금했는데."

관심 없는 것처럼 흑천마도만 닦던 유중혁도, 그 화제가 나오자 내 쪽을 바라보았다. 장하영이 눈을 반짝이며 물었다.

"뭔가 운명적인 끌림이 있었나?"

"저도 그 느낌 압니다! 이병 시절 처음으로 수류탄을 쥐었을 때—"

"그냥 인터넷 검색하다가 우연히 보게 됐어요."

내 대답에 일행들은 실망하는 눈치였다. 그렇게 실망해도 어쩔 수 없다. 그게 사실이니까. 한수영이 핀잔을 주었다.

"뭘 검색했는데 이딴 소설이 나와?"

"그게……"

나도 기억이 잘 나지 않았다.

이지혜가 어깨를 으쓱했다.

"하긴, 이제 와서 그런 게 뭐 중요하겠어. 어쨌든 아저씨가 그 소설을 읽었다는 게 중요한 거지."

"그러게. 독자 씨가 안 읽었으면 어쩔 뻔했어요."

싱글싱글 웃는 유상아를 보며, 나는 입을 다물었다.

내게는 저 말을 들을 자격이 없었다.

「결국 별들은 추락했고, 세계의 시간은 정지했다.」

멸살법의 누구도 다다르지 못한 결말을 향해 나아가고 있었지만, 이 결말의 끝에 내가 원하는 것이 있으리라는 보장은 없었다.

지금부터 일어나는 일은 나 역시 알지 못하는 것들이었다.

「만약, 그 소설을 끝까지 읽은 게 다른 사람이었다면.」

나보다 훨씬 좋은 사람들이 있었다. 정의로운 정희원, 신의 있는 이현성, 올곧은 유상아가 그 소설을 끝까지 읽었어야 한다. 그랬다면 지금 이 세계는 훨씬 더 나은 모양이었을 것이다.

"고마워요, 아저씨. 그때 그 소설 읽어줘서."

나와 눈높이를 맞춘 신유승이 미소 짓고 있었다.

"맞아. 그 소설 재미도 없었다면서요? 진짜 독자 씨 아니었으면……."

"나였으면 한 페이지도 다 못 읽었을걸? 난 책 진짜 싫어하거든."

"저도 〈오즈〉의 병영문고에서 몇 권 읽어보긴 했는데…… 전 역시 독서와는 인연이……."

머리를 긁는 이현성을 보며 나는 벌렸던 입을 가까스로 다물었다.

멸살법이 있었기에 지금 눈앞의 인물들이 있다. 그 소설을 읽었기에, 이들이 위기에 빠졌을 때 구할 수 있었다.

"저는⋯⋯."

보잘것없는 내가 사랑받을 수 있었다.

"형이 가르쳐준 설화들이 있어서 여기까지 왔어요."

아이들의 작은 손이 내 손을 꾹 쥐고 있었다.

천천히 고개를 들자, 흘러가는 지하철의 어둠이 보였다. 그 어둠 속으로 우리가 살아온 설화들이 지나가고 있었다.

우리는 잠자코 그 설화들을 바라보았다. 설화들은 겨울밤의 은하수처럼 아름다웠고, 불꽃놀이처럼 허망했다. 이곳의 누구도 잊을 수 없지만, 언젠가는 잊힐 이야기들. 정희원이 입을 열었다.

"독자 씨, 이제 물어봐도 될 거 같아서 그러는데."

그녀가 물어볼 것이 무엇인지 알고 있었다.

"독자 씨가 바라던 '결말'은 대체 뭔가요?"

이제 우리를 보는 성좌들은 없다. 세계를 지배하던 〈스타 스트림〉도 없다.

내가 말하지 못할 이유도⋯⋯ 아마도 없다.

"그중 하나는⋯⋯ 이미 보았습니다."

나는 일행 한 사람 한 사람의 얼굴을 가만히 들여다보았다. 그들의 표정에는 어떤 문장도 떠오르지 않는다. 그럼에도 그 얼굴들을 바라보고 있으니, 나는 내가 보고 싶었던 결말이 무엇인지 알 것 같았다.

"그리고 다른 하나는, 빚을 갚는 겁니다."

"빚이요?"

고개를 돌리자 유중혁이 나를 노려보고 있었다.

둔중한 떨림과 함께, 열차의 속도가 조금씩 줄어들기 시작했다.

우리는 천천히 자리에서 일어났다. 시끌벅적 떠들던 일행들도 하나씩 말수가 줄어들었다. 표정에 긴장이 감돌고 있었다.

나는 천천히 출입문 쪽으로 다가갔다. 내 왼쪽에 정희원이, 오른쪽에는 유중혁이 섰다.

어둠 속에서 흘러가는 설화들의 유속이 느릿해지고 있었다.

우리의 이야기만 있는 것이 아니었다.

「0회차가 있었고, 1회차도 있었다.」

2회차가 있었고, 3회차도 있었다.

「그렇게 1,864개의 회차가 모였고, 그 회차가 이 세계를 열었다.」

무수한 유중혁이 그 회차를 살았다. 제대로 된 삶은 한 번도 없었지만, 잘못된 삶도 없었다.

삶의 윤리를 논하기에는 세계가 너무 가혹했고, 희망을 이야기하기에는 절망의 부피가 너무 컸다.

다만 자신을 정당화하지 않았기에 유중혁은 굳건했다.

「오직 이 세계의 끝을 보겠다는 마음.」

나 역시, 그 마음을 가지고 있다.

그것은 0회차부터 1,864회차까지 1,865명의 유중혁이 바라는 꿈이자, 내가 원하는 이 세계의 끝.

"정말 길었네."

그러자 무슨 말을 하느냐는 듯 유중혁이 쏘아붙였다.

"겨우 사 년이다. 내가 겪어온 세월에 비하면……."

"그래."

사 년. 어느덧 우리가 함께 싸워온 시간이 그렇게 되었다.

"평생처럼 느껴지는 사 년이었어."

그러자 내 왼쪽에 선 정희원이 칼자루로 나를 쿡 찔렀다.

"앞으로도 계속 함께할 건데 뭘 그렇게 비장하게 말해요? 걱정 마요. 어떤 괴물이 기다리고 있든 내가 끝장낼 테니까."

나는 가만히 웃었다. 지하철의 속도가 점점 느려졌다.

출입문의 새카만 유리창에 내 모습이 비쳤다. 뺨에 핏자국이 번져 있었다. 나는 뺨에 묻은 핏자국을 닦았다. 그리고 서늘한 기분이 되었다.

「유리창이 아니라, 정말로 뺨에 묻어 있던 피였다.」

"문이 열립니다!"

이현성의 외침과 함께, 모든 일행이 전투태세를 갖추었다.

"응?"

그러나 긴장이 무색하게, 우리를 맞이한 것은 휑한 지하철 플랫폼이었다. 종종 주변을 돌아다니는 사람이 보였으나, 그다지 우리를 신경 쓰는 것 같지는 않았다.

"뭐야, 아무것도……."

그 말을 중얼거린 정희원과 함께 플랫폼을 딛는 순간, 불길한 예감이 밀려들었다. 발끝에 닿는 낯선 현실감. 희미한 스파크와 함께, 내 모든 설화가 어딘가를 가리키고 있었다.

「지하철 벤치 위에 누군가가 앉아 있었다.」

이제 막 하교한 듯, 교과서가 잔뜩 들어 있는 두툼한 책가방. 교복을 입고 있지 않았더라면 초등학생이라고 생각했을 법한, 빼빼 마른 작은 키의 아이가 그곳에 앉아 있었다.

영어 단어라도 외우는 듯, 소년은 자신의 노트 위에 도표 같은 것을 그리고 있었다.

머리가 지끈거렸다. 나는 떨어지지 않는 발걸음을 간신히 떼었다.

「김독자는 약속했다. 이 세계를 만든 원흉을 끝내겠다고. 그것이, 그 어떤 존재라고 해도.」

어디서 누구에게 맞기라도 한 것일까. 창백한 아이의 팔에 짙은 멍이 보였다. 어디서 생겼는지 잘 알 것 같은 멍. 다리에 힘이 풀려 움직일 수가 없었다.

「읽지도 상상하지도 않기에 시간이 흐르지 않을 뿐」

이 모든 것이 꿈이고 거짓일 수도 있다고 생각했다. 사악한 〈스타 스트림〉이 만든 꿈일 수도 있다고 믿었다. 하지만 부정할 수가 없었다. 내 모든 감각이 말하고 있었다.

저 아이가 바로, 이 모든 시나리오를 만든 원흉이라고.

「예 상하 고 있 었 *잖아* 김독 자」

가장 오래된 꿈, 세계의 누구보다 전지하며 무능한 신.

['제4의 벽'의 영향력이 점점 약해집니다.]

「김 독…….」

['제4의 벽'의 영향력이 극도로 약해집니다.]

뭔가가 떨어지는 소리가 들린다 싶더니, 바닥을 구르는 정희원의 검이 보였다.

"아, 아……."

정희원이 나를 보고 있었다. 아이를 보고, 나를 보는 눈. 그 두 눈에 절망이 어려 있었다. 믿을 수 없다는 듯, 이 모든 것이 거짓이었으면 좋겠다는 듯이.

['은밀한 모략가'와의 약속이 발동합니다.]

나는 몇 번이나 입을 떼었다 닫았다.

이것은 징벌일지도 모른다. 내가 받은 구원에 대한 대가를, 나는 이제야 치르게 된 것이다.

[당신은 <스타 스트림>을 파괴하겠다고 약속했습니다.]
[<스타 스트림>은, '가장 오래된 꿈'이 끝나지 않는 한 파괴되지 않을 것입니다.]

나는 아이를 바라보았다.

나와 똑같은 얼굴을 한 아이.

그 아이가 천천히 고개를 들어 나를 보았다.

['가장 오래된 꿈'을 끝내시오.]

3

자꾸만 정신이 아득해졌다.

「만약 멸살법이 현실이라면 어떨까.」

그것이 나의 생각인지, 아니면 '최후의 벽'에 기록된 것인지, 혹은 그것도 아니라—

「내가 멸살법의 인물들과 함께 싸울 수 있는 세계가 있다면.」

'가장 오래된 꿈'의 상상인지, 나는 잘 알 수가 없었다.

기억들은 간조가 끝난 후의 파도처럼 밀려들었다. 어린 소년의 머릿속에서 중구난방으로 퍼져나간 상상들이, 다른 세계에서는 이야기의 재료가 되었다. 살아 있는 현실이 비극이 되었다.

「그러고 보니 유중혁이 회귀한 후의 세계는 어떻게 되는 거지? 작가님한테 댓글로 물어봐야겠다.」

누구보다 멸살법을 잘 기억하고 있다고 생각했다. 누구보다도 그 소설을 열심히 읽었다고 자부했다. 그런데 왜 정작, 그 소설을 읽은 '나'에 대해서는 제대로 기억하지 못하는 것일까.
어쩌면 나는.

[당신은 '등장인물'이 됐습니다.]

내 화신체 위로 스파크가 흘렀다. [제4의 벽]이 기능을 멈추고 있었다. 심장이 미칠 듯이 뛰었고, 황폐해진 머릿속에서 정체를 알 수 없는 비명들이 울렸다. 떨리는 고개를 숙인 채, 가까스로 심호흡했다.

[제4의 벽]의 말이 맞았다.
어쩌면 나는 알고 있었다.
너무나 많은 힌트가 있었다.

「그 세계에서 나는 너무나 운이 좋았고.」

「그 세계의 모든 것이 내게 편의적이었으며.」

「때로는 허술하기까지 했다.」

그 모든 것이 '가장 오래된 꿈'의 가호 때문이었다면.

「모든 세계선의 태초, 원형原形의 세계선.」

나는 다시 고개를 들었다. 힘이 빠진 주먹을 천천히 쥐었다. [제4의 벽]은 없지만 마음은 차분했다. 차분해졌다고 믿기로 했다.

오직 나만이, 이 세계의 결말을 알고 있었다.

'부러지지 않는 신념'이 울었다. 나는 천천히 앞으로 나아갔다.

소년이 노트에서 고개를 들고 나를 보고 있었다.

"어……?"

아무것도 모르는 눈.

나는 그 시선을 피할 수 없었다. 그저 어떻게든 하루를 살아남아야 했던, 이 세계에 의지할 곳은 어디에도 없었던 아이의 눈이었다.

마치 헛것이라도 본 듯 눈을 비비며 그 아이가 나를 보고 있었다.

「<스타 스트림>을 파괴하기 위해서는, '가장 오래된 꿈'을 끝내야 한다.」

<스타 스트림>이 시작되던 순간부터 다짐했고, '은밀한 모략가'와도 약속했다. 이 모든 비극의 원인을 없애겠다고.

그리고 마침내 기회가 온 것이다.

['마왕화'를 발동합니다.]

찢어진 어깻죽지에서 새카만 날개가 펼쳐졌다. 나를 보는 아이의 눈도 커졌다.

"아······?"

무척이나 오래된 목소리. 맞다. 나는 분명 저런 목소리를 가지고 있었다.

그런 아이를 향해, 한 걸음씩 다가갔다.

['천사화'를 발동합니다.]

아이의 얼굴이 가까워질수록 더 많은 것들이 보였다.

아이가 끼적이던 노트. 멸살법의 파워 밸런스를 기입한 도표. 언젠가의 내가 작성한, 바로 그 도표였다.

유중혁, 이현성, 신유승, 이지혜, 이설화, 김남운, 안나 크로프트…… 빼곡하게 적힌 이름들 옆으로 기록된 성흔과 스킬. 삐뚤빼뚤한 글씨를 덮듯이 가린 아이의 손등 위에 남은 멍.

나는 이 아이가 살아남은 시간과 살아갈 세월을 알고 있었다.

아이의 미래에 무엇이 있는지, 어떤 불행이 녀석을 기다리고 있는지.

「그 세월이 얼마만큼의 의미가 있을까.」

소년은 일진에게 찍혀 왕따를 당할 것이다. 친척들에게 버림받아 이른 독립을 하게 될 것이며, 가는 곳마다 기자들이 추적하며 따라올 것이다.

입시에서 실수를 저질러 삼류 대학에 가게 될 것이다. 훈련소에서 난수 뽑기가 잘못되어 최전방에 배치될 것이고, 편의점 삼각 김밥으로 매일 끼니를 때울 것이다. 그러다 어영부영 아무 회사에 턱걸이 입사하여 생을 연명하게 될 것이다.

십 년이 넘는 세월 동안 하나의 소설을 완독할 것이고.

그 소설을 읽고 살아남아, 결국 자신이 사랑했던 모든 존재를 불행하게 만들 것이다.

소년은 자라서 김독자가 될 것이다.

"괴, 괴물……."

아이가 나를 보며 입을 열고 있었다.

"그래, 괴물이야."

아이의 망막에 내 모습이 비쳤다.

「그 괴물이 아이의 미래였다.」

괴물을 막을 수 있는 것은 바로 지금뿐이었다.

모든 것은 찰나의 일이었다.

내가 검을 세우며 달려간 것도, 한수영이 주먹으로 내 얼굴을 갈긴 것도.

"————!"

목소리가 제대로 들리지 않았다. 한수영이 뭐라고 외치고 있었다. 붉게 물든 녀석의 눈이 울고 있었다. 내 가슴을 주먹으로 마구 두들겼고, 억센 손으로 내 어깨를 붙들었다.

"—독자!"

나는 한수영을 뿌리쳤다. 그리고 다시 앞으로 나아갔다. 고작 몇 미터밖에 되지 않는 거리였음에도 쉬이 다가갈 수가 없었다. 내 모든 설화가 반발을 일으키고 있었다.

전신을 억압하는 강력한 스파크가 내 몸을 붙들었다. 발이 떼어지지 않았고, 손이 움직이지 않았다.

나를 보는 아이의 표정이 겁에 질렸다. 덜덜 떨리는 아이의 턱. 흔들리는 눈. 이것이 현실인지 아닌지 가늠하는 눈이었다.

['가장 오래된 꿈'이 당신의 존재를 의심합니다.]

아이는 모든 세계를 꿈꾸는 존재.
녀석의 꿈속에서는 나 역시 등장인물에 지나지 않았다.
<u>ㅊㅊㅊㅊㅊㅊ춧!</u>

['가장 오래된 꿈'이 당신의 존재를 부정합니다.]

현실을 부정하듯 아이가 머리를 감싸며 몸을 웅크렸다.
"나는 유중혁이다…… 나는…….."
수만 번도 더 외웠던 그 주문.

「내 주변에는 보호막이 있어.」
「아무도 나를 해치지 못하고.」
「어떤 것도 나를 건드리지 못해.」

일진들에게 두들겨 맞을 때마다, 고통에서 벗어나기 위해
했던 생각들이 흘러나오고 있었다.
현실을 현실이 아니게 만드는 힘.
이제 그 힘이, 정반대로 작용하고 있었다.
"아저씨……!"
아주 작은 절대자가, 이 모든 것을 자신의 망상이라 여기고
있었다.

아이의 몸을 중심으로 불투명한 막이 만들어지고 있었다. 새카만 공처럼 생긴 막. '가장 오래된 꿈'이 만들어낸 가장 튼튼한 보호막.

나는 악귀처럼 울부짖으며 보호막에 다가가 칼을 휘둘렀다. 세계와 세계가 충돌하며, 눈부신 섬광이 눈앞에서 터졌다.

'부러지지 않는 신념'의 칼날이 맥없이 부러져 하늘을 날았다.

나는 날아가는 칼날 조각을 망연히 바라보았다.

「죽일 수 없다.」

죽일 방법 같은 게 있을 리 없었다. 만약 이 모든 이야기가 어린 나의 꿈에서 비롯된 것이라면, 이 세계의 모든 법칙은 어린 나에게 달려 있었다.

어디선가 맹렬하게 불어온 바람이, 아이의 떨어진 노트를 거칠게 넘겼다. 이윽고 멈춰 선 페이지에는, 어린 내가 기록한 멸살법의 설정이 적혀 있었다.

─끊어진 필름 이론: 멸살법의 세계선 겹침을 설명하는 이 이론은……

희미하게 튀어 오르는 스파크 속에서, 나는 멍하니 그 내용을 읽었다.

읽고, 또 읽었다. 허리를 숙여 부러진 칼을 집었다. 그리고 내 안에 남은 모든 설화를 공명시켰다.

나는 아이를 둘러싼 검은색 구체를 바라보며 말했다.

"나는 이 세상 누구보다 너를 잘 알아."

「괴롭히지마괴롭히지마괴롭히지마」

"괴롭히려는 게 아냐."

「도망치고 싶어.」

"알아."

「하지만 어디로?」

아이의 이야기가 내게 전해져왔고, 나의 이야기가 아이에게 전해져갔다.

ㅊㅊㅊㅊㅊㅊ츳.

부러진 '부러지지 않는 신념'은 칼날이 두 뼘도 채 남지 않았다. 하지만 내 계획을 실행하는 데는, 그 두 뼘이면 충분했다.

「'가장 오래된 꿈'을 끝낼 방법.」

['끊어진 필름 이론'이 발동합니다!]

[당신의 존재가 '가장 오래된 꿈'과 공명합니다!]

나는 있는 힘껏 나의 목을 향해 칼을 찔렀다.

푸욱, 하는 소리가 들렸다. 새빨간 피가 눈물처럼 바닥에 떨어졌다.

"김독자."

유중혁의 피였다. 칼은 목 바로 앞에서 조금도 움직이지 않은 채 허공에 고정되어 있었다. 칼날을 쥔 유중혁의 손아귀에 푸른 힘줄이 돋아 있었다.

"모두 꽉 잡아라!"

유중혁만이 아니었다. 누군가가 등 뒤에서 나를 제압하고 있었다.

"독자 씨. 이건 아닙니다!"

이현성이었다.

내 왼팔과 오른팔을 붙든 이들도 있었다. 정희원과 유상아였다.

"제발!"

"다른 방법이 있어요, 분명히!"

허리를 껴안은 이지혜와, 내 다리를 한쪽씩 붙든 신유승과 이길영이 보였다. 나를 대신해 '가장 오래된 꿈'의 보호막을 두드리는 한수영도 보였다.

"이거 열어! 널 해치려고 온 게 아냐! 그냥, 그냥 잠깐 이야기를 하고 싶어서……!"

그럼에도 보호막은 점점 더 두꺼워지고 있을 뿐이었다.

나는 알 수 있다. 저것은 열리지 않을 것이다.

나는 칼자루를 다시 굳게 쥐었다.

"이 방법뿐입니다."

장하영이 외쳤다.

"제발, 제발 그만둬! 아직 시간이 있잖아. 아직……!"

시간은 없다. 시간이 지날수록 우리를 둘러싼 스파크가 짙어지고 있었다.

['가장 오래된 꿈'이 당신의 존재를 부정하고 있습니다.]

아이는 끝내 우리를 부정할 것이다. 자신의 망상을 지울 것이다.

다른 세계의 현실을 현실이 아닌 것으로 만들 것이다.

그러니 이 일을 할 수 있는 것은―

쿠구구구구…….

어디서부터인가 짙은 안개가 깔려오며, 불길한 혼돈의 힘이 느껴졌다.

칼날을 쥐고 있던 유중혁의 표정이 이상해지고 있었다.

"네, 네놈……."

비틀거리는 유중혁의 입에서 새카만 설화가 흘러내리고 있었다. 그 설화는 꾸역꾸역 녀석의 입을 타고 바닥으로 흘러내려, 마침내는 사람의 형상이 되었다.

　새카만 코트 사이로 빛나는 진천패도의 칼날.

　오직 이 순간만을 위해 살아온 이가 그곳에 있었다.

「은밀한 모략가.」

　무수한 회귀 끝에, 마침내 자신의 이름마저 잊어버린 존재.

　오직 복수만을 위해 생을 거듭해온 이가, 그곳에 있었다.

　그는 내 쪽을 흘끗 바라보더니, 천천히 보호막을 향해 걸어가기 시작했다.

　튀어 오르는 스파크를 가볍게 무시하며 걸어가는 '은밀한 모략가'.

　그 순간, '가장 오래된 꿈'의 설화가 내게 흘러 들어왔다.

「'유중혁처럼 되고 싶다.'」

　서서히 팔뚝에 소름이 돋았다.

　내 유년을 지배하던 기억이 무엇이었는지, 왜 잊고 있었을까.

「이 우주의 그 누구보다 강한 주인공.」

'은밀한 모략가'가 스파크의 영향을 받지 않는 것은 당연한 일이었다.

강박처럼 계속된 상상 속에서, 나는 얼마나 많이 그런 생각을 했던가.

「어떤 인간도 모든 상상을 통제할 수는 없다.」

팔뚝과 허벅지에 멍이 생길 때마다, 입술이 터질 때마다, 얼마나 많이 그 이름을 외웠던가.

「그러니 이 꿈을 끝내기에 가장 적합한 이는 정해져 있었다.」

나는 천천히 칼자루를 떨어뜨렸다.

지금부터는 나의 몫이 아니었다.

이 세계에서 가장 정당한 복수를 내가 방해할 수는 없었다.

"은밀한 모략가!"

한수영이 소리를 지르며 달려갔다. 정희원도, 이지혜도, 그리고 아이들도. 지금부터 그가 저지를 끔찍한 일을 알아채기라도 한 것처럼.

하지만 투명한 장벽에 가로막히기라도 한 듯, 일행들은 다가갈 수 없었다. 그리고 오직 '은밀한 모략가'만이, 플랫폼을 가로질러 아이가 있는 벤치에 도달했다.

그는 [파천강기]의 힘이 담긴 검을 휘둘러 새카만 원을 베어냈다. 그 안에 아기 새처럼 몸을 웅크린 아이가 있었다.

아이는 얼굴을 파묻은 채 같은 말을 반복했다.

"나는 유중혁이다. 나는 유중혁이다. 나는……."

희미하게 비치는 빛살 속에서 아이가 몸을 떨었다.

【너는 유중혁이 아니다.】

억겁의 회귀 속에서, 자신의 이름을 잊었던 회귀자.

그가 자신의 이름을 말하고 있었다.

"내가 유중혁이다."

4

1,864번의 삶을 살아온 유중혁의 진짜 목소리였다. 0회차부터 1,863회차까지의 모든 세월을 증명하는 목소리. 그 목소리의 주인공이 말하고 있었다. 그가 바로 유중혁이라고. 그가 바로, 멸살법의 진짜 주인공이라고.

"나, 나는, 나는……."

아이는 벌벌 떨면서도 눈을 뜨지 못했다. 그 눈을 뜨는 순간, 자신의 모든 세계가 무너질 것을 아는 듯이.

['가장 오래된 꿈'이 자신의 꿈을 부정합니다!]

「이건 환상이야 이건 환상이야 이건 환상이야.」

"환상이 아니다."

'은밀한 모략가'의 말과 함께, 아이의 주변으로 문장이 흘러 나오기 시작했다. 아이가 읽고 있으며, 동시에 내가 읽던 멸살법의 문장들이었다.

나를 살렸고, 결국은 나를 죽이게 될 문장들.

그 문장들 속에서 한 사내가 말하고 있었다.

「"이현성. 아직 끝나지 않았다."」

「"걱정 마라. 내가 반드시 <스타 스트림>을 끝내겠다."」

「"너를 잊지 않을 것이다, 신유승."」

생생한 그 문장들은 곧 이야기가 되었다. 이야기는 상상이 되었고, 상상은 다른 세계선에서 현실로 재현되었다.

그것이 또 다른 현실임을 모른 채, 소년은 계속해서 이야기를 욕망했다.

「"다음 회차에도, 그다음 회차에도."」

소년은 살기 위해서 상상했다.

친척들의 눈치를 받으며, 일진들의 괴롭힘을 당하며, 아프지 않기 위해서 다음 이야기를 생각했다.

「"반드시 살아서 이 시나리오의 끝을 볼 것이다."」

포기하지 않는 주인공을 보며 위안받았고.

그 위안 속에서, 주인공이 끝까지 포기하지 않기를 바랐다.

「작가님, 유중혁의 회귀는 언제까지 계속되는 건가요?」

그의 회귀행이, 끝나지 않기를 바랐다.

흘러나오는 소년의 기억을 보며, '은밀한 모략가'는 아무런 말도 하지 않았다.

「모두 그가 기억하고 있는 것들이었다.」

0회차부터 1,863회차까지 단 한 번도 잊지 않은 결심들.

나와 일행들도 그것을 함께 보았다.

'은밀한 모략가'가 빠져나간 뒤 쓰러진 유중혁이 밀려오는 기억 속에 신음하고 있었다. 신유승이 하염없이 눈물을 쏟았고, 이지혜가 자리에 주저앉았다. 이현성도, 정희원도 떨리는 어깨를 가까스로 서로 의지한 채 버티고 있었다.

이제 그들도 알게 되었다.

'은밀한 모략가'의 생은 보상받아야만 한다는 것을.

"하지만, 하지만 그래도—"

신유승이 방언처럼 중얼거리며 나를 올려다보았다. 부디 이 상황을 타개할 방법을 알려달라는 듯이.

"은밀한 모략가! 멈춰! 멈추라고!"

오직 한수영만이 눈앞의 스파크에 저항하며 계속해서 허공을 향해 주먹을 휘둘렀다.

하지만 '은밀한 모략가'는 뒤돌아보지 않았다.

「그렇게, '고독한 멸망의 순례자'는 자신의 순례행이 끝나는 장소에 도착했다.」

부러지고 또 부러지면서도 매번 다시 붙었던 진천패도가 고요히 울고 있었다.

「마침내 그의 배후성이 눈앞에 있었다.」

"너였군."

악몽이라도 꾸는 듯, 아이의 어깨가 가냘프게 떨렸다.

「당장이라도 베어 죽일 수 있는 연약한 생명체였다.」

그의 진천패도가 다시 한번 거칠게 울었다. 셀 수도 없이 많은 성좌를 베어온 칼이었다. 포세이돈도, 제우스도, 여와도, 심지어는 도깨비 왕도 그의 칼을 피할 수 없었다. 그 어떤 별도 그와 대적해 살아남을 수 없었다.

1,864번의 삶을 거치며 도달한 복수의 기회.

진천패도가 천천히 움직였다.

"은밀한 모략가! 아니, 유중혁 —!"

한수영도 나도 막을 수 없다.

저것은 일어나야 하는 일이다.

내 손을 꼭 잡은 신유승이 울고 있었다. 입을 다물지 못한 채, 꺽꺽거리며.

이제 모든 것이 끝날 것이다. 나는 누구의 이야기도 소비하지 않아도 된다.

유중혁은 오랜 회귀행에서 해방될 것이다.

「그런데 왜 저 검은 눈앞의 오랜 적을 베지 않는 것일까.」

'은밀한 모략가'의 진천패도는 여전히 허공을 배회하고 있었다. 당장이라도 소년의 몸을 베어낼 것 같던 검은, 그저 소년의 주변을 감쌌던 알껍질 같은 보호막을 걷어낼 뿐이었다.

「껍질이 부서졌지만 어디로도 날아갈 수 없는 새.」

소년의 몸이 걷잡을 수 없이 떨렸다. 기분 나쁜 설화들이 주변을 맴돌았다.

「"야, 얘 또 노트에 뭐 그린다!"」

「"쯧쯧, 제 어미를 똑 닮아서……."」

「"네가 김독자니? 혹시 어머니 지금 어디에 있는지 아니? 음……
그렇구나. 어머니를 원망하지는 않니? 평소 어머니는 어떤 사람이었
니?"」

「"언제까지 입 다물고 있을 거야? 네가 말하지 않으면 세상은 너를
오해하게 될 텐데."」

스걱.

허공을 헤매던 진천패도의 칼날이 정확히 그 기억의 문장
을 잘랐다.

어깨를 부르르 떨던 소년의 떨림이 한결 잦아들었다.

「왜?」

머릿속이 혼란스러웠다.

「어째서.」

진언이 들려온 것은 그때였다.

【그 소년입니까.】

'은밀한 모략가'의 그림자 속에서 커다란 덩치의 사내가 일
어섰다.

999회차의 이현성이 그곳에 서 있었다.

'은밀한 모략가'가 고개를 끄덕였다.

"그렇다. 이 녀석이 나의 배후성이다."

【열받네. 겨우 이 꼬마가 원흉이었나?】

999회차의 김남운과 이지혜도 그곳에 있었다.

999회차를 견뎌낸 이계의 신격들.

〈스타 스트림〉을 파괴하고, '가장 오래된 꿈'을 끝내고 싶은 것은 유중혁만이 아니었다.

"아니."

【뭐? 그럼─】

'은밀한 모략가'는 대답 대신 주변을 둘러보았다.

멀리 플랫폼에서 열차를 타기 위해 밀려오고 다시 밀려나가는 사람들의 웅성거림이 들려왔다. 뒤를 돌아보니 우리가 타고 온 열차는 어느새 사라졌다.

평범한 세계에서, 사람들을 태워 어디로인가 향할 대화행 열차.

마치 우리의 존재가 보이지도 않는 듯, 우리를 지나쳐 가는 사람들.

─이번 역은 대화…….

승객들이 하차하기도 전에 지하철에 올라타는 사람들. 서로 밀치거나 욕설을 내뱉는 이들. 한 할머니가 내리는 인파에 떠밀려 넘어졌다. 사람들은 그녀를 붙잡아주지 않았다. 그녀를 가장 먼저 목도한 이는 임산부석에 앉아 있던 한 노인이었다.

노인은 잠시 그녀를 바라보더니, 품속에서 신문을 꺼내 자신의 시야를 덮었다. 그 신문 위로, 기사의 헤드라인이 보였다.

—범죄자의 에세이를 출간하다.

내가 아주 잘 아는 기사였다.
아주 많은 사람이 읽었고, 이야기했고, 잊어버린 기사.

「별거 아닌 비극이었다. 고작해야 단 한 번의 생에서 일어난 비극.」

'은밀한 모략가'와 이계의 신격들이 내 설화를 바라보고 있었다. 고작해야 십수 년도 채 되지 않는 길이의 비극을, 슬픈 눈으로 보고 있었다.

【가엾은 아이.】

그 말에 나는 소스라치듯 몸을 떨었다.

내 비극은 그들의 고통에 비할 바가 아니다. 내가 겪은 비극 때문에, 더 큰 비극을 만든 죄를 용서받아서는 안 된다.

【나의 신이여, 너를 만나기 위해 아주 오랜 세월을 견뎌왔건만.】

999회차의 우리엘이 어린 나의 뺨에 손을 가져다댔다.

【너는, 이 우주에서 가장 무력한 존재구나.】

다시 한번 바르르 떨리는 아이의 몸.

나는 자리에서 비틀거리며 일어났다.

【그래서 우리를 필요로 했던 건가? 너무나 가혹한 구조 요청이군.】

【자신의 상상조차 제어하지 못하는 것인가.】

뭔가 잘못되고 있었다.

칼, 칼을 찾아야 했다.

999회차 인물들이 잠시 서로를 바라보았다.

먼저 입을 연 것은 999회차의 이지혜였다.

【나는 상관없어. 하지만 괜찮겠어? 당신은 이걸 위해 여기까지 왔잖아.】

누구를 향한 말인지는 명백했다.

'은밀한 모략가'가 잠시 사이를 두었다가 대답했다.

"힘든 시간이었다."

한마디로 일단락될 이야기가 아니었다. 그가 겪은 비극이 그런 식으로 정리되어서는 안 되었다.

"왜 나였을까 생각했다. 그만두고 싶다고 생각했다. 죽고 싶다고 생각한 적은 셀 수도 없이 많았다."

한참이나 말이 없던 '은밀한 모략가'가 말을 이었다.

"그러나 누군가가 나를 포기하지 못하게 만들었다."

그의 증오심 어린 눈동자는 소년을 향하고 있지 않았다. 그는 소년의 설화를 바라보고 있었다.

999회차의 우리엘과 이현성이 무릎을 꿇어 아이의 몸을 안아 들었다. 이지혜와 김남운이 아이의 차가운 손을 잡아주었다.

'은밀한 모략가'가 선언하듯 말했다.

"그만 눈을 떠라, 김독자."

식은땀을 흘리는 아이가 눈꺼풀을 파르르 떨었다. 긴 악몽과 맞서 싸우듯, 아이의 몸이 격렬하게 흔들렸다.

그리고 얼마나 지났을까. 천천히 아이의 눈꺼풀이 열렸다.

"아, 아, 아……."

아이의 눈이 세상을 보고 있었다. 자신이 망상이라 믿던 것을 보고 있었다. 자신을 감싼 대천사와 강철검제, 망상악귀와 해상제독의 손을 바라보고 있었다.

그리고.

"정말, 정말로……."

그토록 오랫동안 지켜보았던, 이야기의 주인공이 눈앞에 있었다.

"그래. 꿈이 아니다."

누구도 입을 열지 않는 침묵 속에서, 뭔가가 깨어져 나가는 소리가 들렸다.

아이의 눈에서 눈물이 흐르고 있었다. 그 눈물이 어떤 의미인지 잘 알기에, 그리고 지금 '은밀한 모략가'와 이계의 신격들이 해준 일이 무엇인지 알기에, 나는 한없이 괴로워졌다.

「저것이 진짜 그들의 선택일 리가 없다.」

아주 오랫동안 어떤 이야기와 함께 살아온 존재는, 결국 그 이야기에서 벗어날 수 없게 된다. 아가레스가 그랬고, 메타트론이 그랬고, 묵시룡과 도깨비 왕이 그랬던 것처럼, 이계의 신격들도 마찬가지였다.

어쩌면 지금의 모든 선택조차 결국은 정해져 있었던 것 아닐까.

나는 절규하듯 외쳤다.

"그 녀석은 '가장 오래된 꿈'이야! 녀석을 죽여야 해. 죽이지 않으면, 네 비극은 끝나지 않아! 네 회귀는, 〈스타 스트림〉은—"

너희는 그 '이야기'에 먹혀서는 안 된다.

동정은 필요 없다. 내가 정말 원하는 것은 그런 이야기가 아니다.

[해당 인물은 '등장인물'이 아닙니다.]

'은밀한 모략가'가 나를 바라보고 있었다. 내가 전혀 모르는 눈동자. 내가 읽지 않은 이야기 속에서, 나를 보고 있었다.

'은밀한 모략가'뿐만이 아니었다. 우리엘도, 이지혜도, 김남운도, 이현성도 마찬가지였다.

[해당 인물은 '등장인물'이 아닙니다.]
[해당 인물은 '등장인물'이 아닙니다.]
[해당 인물은 '등장인물'이 아닙니다.]

[해당 인물은 '등장인물'이 아닙니다.]

나는 연이어 떠오르는 그 메시지를 멍하니 바라보았다.

「세상에서 누구보다 정의로운 군인.」

「가장 숭고한 대천사.」

「불의를 참지 않는 장군.」

「세상을 향한 증오로 가득 찬 악귀.」

「<스타 스트림>이라는 시스템과 대적해온 회귀자.」

'은밀한 모략가'와 이계의 신격들이 아이의 세상을 바라보고 있었다.

자세히 보지 않으면 제대로 볼 수 없는 악의로 가득 찬 세계.

그 세계의 설화를 노려보던 김남운이 중얼거렸다.

【<스타 스트림>이 없어도, 세상은 똑같구만.】

마치 지금부터 그들이 싸워야 할 대상이 무엇인지 알겠다는 듯이.

'은밀한 모략가'와 이계의 신격들이 쌓아 올린 설화가, 아이를 둘러싼 현실을 향해 이빨을 드러내고 있었다.

「아득한 순례행의 끝에서, 회귀자는 자신이 발견한 세계를 선택했다.」

이야기의 끝에 도달한 등장인물들이, 마침내 이야기를 벗어나고 있었다.

그들은 자신의 신을 안은 채 새로운 이야기를 향해 나아가고 있었다.

나는 미친 듯이 고개를 흔들며 그쪽을 향해 기어갔다.

그래서는 안 된다.

나는 약속했다. '가장 오래된 꿈'을, 이 비극을 끝내겠다고.

간신히 바닥을 더듬던 손에 부러진 칼자루가 들어왔다.

됐다. 이것만 있으면―

【김독자.】

'은밀한 모략가'가 나를 불렀다.

고개를 들자, 녀석이 말을 이었다.

【너의 첫 번째 시나리오를 기억하나?】

첫 번째 시나리오, '가치 증명'.

그 시나리오에서 '은밀한 모략가'와 성좌들은 처음으로 나를 보았다.

【그때 너는 사람들에게 말했지. 시나리오의 클리어 조건은 '사람을 죽여라'가 아니라고.】

그와의 약속이 떠올랐다.

―'가장 오래된 꿈'을 끝내시오.

세계가 눈부신 빛으로 덮이며, 시야가 흐려지기 시작했다.

놀란 일행들이 내 주변으로 모여들었다.

[당신은 '은밀한 모략가'와의 약속을 지켰습니다.]

강철검제와 대천사가 안아 든 어린 김독자가 나를 보고 있었다. 오랜 꿈속에 젖어 있던 아이의 눈동자에 빛이 돌아오고 있었다.

꿈이 끝나는 것은 언제일까. 그것은.

「꿈이, 더 이상 꿈이 아니게 되었을 때.」

그제야 모든 것이 이해되기 시작했다.

이미 멸살법의 유중혁이 이곳에 도착한 순간, '가장 오래된 꿈'은 끝난 것이나 마찬가지였다.

멀리서 다음 열차가 도착하는 소리가 들려왔다.

[성좌, '은밀한 모략가'가 자신의 ■■에 도달했습니다.]

'은밀한 모략가'의 신호와 함께, 나와 일행들은 도착한 열차 안으로 빨려 들어갔다.

"이곳이, 이 이야기의 에필로그다."

나의 유년을 구한 인물들이 문 너머로 사라지고 있었다. 자신을 죽이고 새로운 세계선으로 넘어갔던 1,863회차의 유중혁처럼, 내가 모르는 세계를 향해 걸어가고 있었다.

그 빛살 속에서 유중혁의 희미한 미소가 보였다.

그는 자유로워 보였다.

[성좌, '은밀한 모략가'의 ■■은 '가장 오래된 꿈'입니다.]

5

['제4의 벽'이 다시 발동합니다!]

몇 번인가 세상의 빛이 켜졌다 꺼지기를 반복했다. 내 몸이 어딘가로 빨려 들어가는 느낌이 들었고, 반쯤 흐려진 의식 속에서 열차 바퀴와 선로의 마찰음만이 머릿속을 메웠다.

인정할 수 없었다.

내가 인정하고 말고의 문제가 아니라는 사실을 알면서도, 그 사실을 받아들이기 힘들었다.

「'은밀한 모략가'는 왜 그런 선택을 했는가.」

녀석의 마지막 표정이 잊히지 않았다. 어떻게 그런 표정을 지을 수 있을까. 진정 자신이 원하던 것을 이루지도 못했는데.

「'은밀한 모략가'가 원하 는 게 뭔 데?」

머릿속으로 내가 기억하는 '은밀한 모략가'의 모습들이 흘러갔다.

오직 원작의 텍스트를 통해 내가 알고 있던 이야기. 그 아득한 세월을 견뎌오며, 유중혁은 이 끝에서 무엇을 보고 싶었을까.

그가 정말로 기대한 것은 대체 무엇이었을까.

「【네가 원하지 않는 결말이라 해도…… 이 세계가 실패한 회차라고 생각하지는 마라.】」

오직 그 말만이 저주처럼 뇌리에 박혔다.

「김 독자」

[제4의 벽]이 내 오만함을 응징하기라도 하듯, 딱딱한 목소리로 경고했다.

「네 가 판단 할 수 있 는 문 제가 아 냐」

그 말이 맞았다. 나는 녀석이 떠난 후에도, 빌어먹을 '성좌'에서 벗어나지 못한 것이다.

휘황한 빛살 속에서 999회차의 우리엘, 이현성, 김남운, 이지혜의 모습이 흩어져갔다.

녀석은 정말로 행복해질 수 있을까.

녀석이 직접 선택했으니, 그것이 녀석이 행복일까.

비극 속에서 태어난 이는, 그것이 비극인지 알지 못하는 것은 아닐까.

어린 나와 '은밀한 모략가'의 설화들이 멀어지고 있었다.

마지막 순간 이쪽을 돌아보는 녀석은 더 이상 '멸살법'의 유중혁이 아니었다.

「비극 속에서 *태어났기*에 비극을 끝낼 수도 *있는* 법」

「"이곳이, 이 이야기의 에필로그다."」

내가 읽어온 오랜 이야기의 마지막은 그렇게 끝났다.

[당신은 모든 시나리오의 ■■에 도달했습니다.]
[당신은 세계의 비밀을 알게 됐습니다.]

이제 남은 것은, 어떻게든 그 '이후의 이야기'를 살아가는 것이었다.

멸살법이 내게 알려주지 않은 이야기.

['가장 오래된 꿈'이 끝났습니다.]

퍼뜩 어떤 생각이 떠올랐다.

상황에 떠밀려서 잊고 있었다. 도깨비 왕은 말했다. 이 모든 세계는, 본래 '가장 오래된 꿈'의 꿈이라고.

「그렇다면, 꿈이 끝난 후 꿈속의 인물은 어떻게 되는 거지?」

999회차의 인물들이나, '은밀한 모략가'는 등장인물의 직위를 벗어나 스스로의 의지로 꿈에서 해방되었다.

그러면, 나머지 다른 사람들은 어떻게 된 것일까.

꿈이 끝난 후에, 꿈속 인물들은…….

[최종 시나리오 클리어 보상이 도착했습니다.]

¤ ¤ ¤

뺨을 찰싹찰싹 때리는 소리. 깜빡이는 지하철 불빛 속에 김독자가 천천히 눈을 떴다.

"야, 정신 들어?"

거칠게 멱살을 잡은 한수영의 얼굴이 보였다.

"어떻게 된 거야?"

"내가 묻고 싶어."

두통이 오는 듯, 김독자는 머리를 감싸면서 자리에서 일어났다.

"여긴?"

"지하철이야. 이제 집에 가야지 우리도."

그 말을 한 한수영은 어딘가 개운한 표정이었다.

덜컹거리며 흔들리는 열차. 창 바깥으로 어둠이 일렁거리고 있었다.

"독자 씨, 괜찮아요?"

김독자를 발견하고 다가오는 일행들. 그곳에는 유상아도, 이현성도, 정희원도, 신유승도, 이길영도, 이지혜도, 장하영도……

그리고 유중혁도 있었다.

「모두가 무사했다.」

김독자는 천천히 주변을 돌아보았다. 열차 안에 다른 사람들의 인기척은 없었다. 아마도 이것은 그들이 올 때 탔던 그 열차인 듯했다.

「우린 이제 정말 무사한 걸까.」

"상처는 치료했어요. [제4의 벽]으로 돌아가면 설화 씨한테 다시 한번 맡겨야 하겠지만……."

김독자의 맥을 짚던 유상아가 희미하게 웃었다. 일행들이 하나둘 다가왔다. 그러나 코앞의 김독자를 보고도, 누구도 선뜻 입을 열 수 있는 이는 없었다.

뜻밖에도 먼저 입을 연 것은 유중혁이었다. 그는 김독자에게 다가오는 대신 지하철의 좌석에 삐뚜름하게 앉아 창밖을 바라보았다. 창밖으로 우주의 설화들이 풀려나가고 있었다. 엉킨 실타래가 한 올씩 먼지가 되어 날아가고 있었다.

"〈스타 스트림〉이다."

수많은 세계선에 존재하는 설화들이 일제히 환한 빛을 흩뿌리며 우주를 밝히고 있었다. 그들이 살아온 〈스타 스트림〉이 그곳에 있었다. 그들이 저주하고 원망했던, 그러면서도 끝끝내 포기하지 않던 세계가, 마지막으로 가장 환한 빛을 뿜으며 사라져가고 있었다.

멍한 눈으로 그 광경을 보는 김독자의 손을, 신유승이 꾹 잡았다.

"이제 다 끝났어요."

뭔가 벅차올랐는지, 갑자기 이현성이 어깨를 들썩이며 울음을 터뜨렸다. 어떤 일이 있어도 눈물 한 방울 보이지 않던 곰 같은 사내가 하염없이 울었다. 그런 이현성을 보며 코끝이 시큰해진 정희원이 입술을 깨물었고, 이지혜는 눈물을 떨구기 싫은지 고개를 들었다.

"정말, 끝났다."

끝났다. 그토록 길고 장대했던 이야기가, 드디어 끝났다.

김독자는 멀어지는 유성우들을 바라보았다. 바라보고, 또 바라보았다.

그런 김독자가 무슨 생각을 하고 있는지 안다는 듯, 한수영이 말했다.

"네가 읽어서 그렇게 된 게 아니야. 넌 아무것도 몰랐잖아."

일행들도 고개를 끄덕였다. 그들도 알고 있었다. 이렇게 넘어갈 수 있는 일이 아닐지도 모른다는 걸, 모두 알고 있었다.

다만 그들은 김독자와, 김독자의 설화를 바라보았다.

「읽지 않으면 살아갈 수 없던 세계.」

살기 위해 무언가를 읽어야만 했던 어린아이.

그 어린아이에게 그들은 몇 번이나 구해졌다.

「살아가기 위해 무언가를 읽어야 했던 것은, 모두 마찬가지였다.」

"그냥 읽기만 할 수도 있었을 텐데, 독자 씨는 직접 그 이야기를 바꾸려 했잖아요. 나는 그거면 충분하다고 생각해요."

정희원의 말이었다.

멸살법의 처음부터 끝까지, 한 번도 세계의 끝에 도달하지 못했던 이.

그녀가 옅게 웃으며 김독자의 어깨를 두드렸다.

"어때요. 지금이 원하던 결말 맞아요?"

김독자는 대답하지 못했다. 흐려진 시야 속에서 몇 번이나 눈을 닦아야 했다.

「그가 이룬 세계의 정경을, 스스로 보기 위해서.」

천천히 눈을 뜬 김독자의 망막 위로, 지하철의 까만 유리창이 비쳤다.

그 유리창 위로 일행들의 얼굴이 떠올랐다. 마치 우주를 배경으로 하는 한 장의 사진처럼.

「그토록 보고 싶었던 세계의 결말.」

"지금, 보고 있습니다."

그 말을 기다렸다는 듯, 신유승과 이길영이 김독자의 눈물을 닦아주었다. 김독자는 그런 신유승과 이길영을 힘껏 끌어안았다.

누군가가 물었다.

"행복해질 수 있겠죠?"

역을 떠난 열차의 진동만이, 침묵 속에서 간헐적으로 울려 퍼졌다.

아마도 이 열차는 다시는 되돌아가지 않을 것이다. 그들은 지나온 역을 다시는 방문할 수 없을 것이다. 그들은 이제 새로운 종착점으로 나아갈 것이다.

모두 각자의 감상에 빠져 있는 사이, 현실적인 질문을 던진 것은 뜻밖에도 이지혜였다.

"우리가 살던 세계선은 어떻게 되는 거예요?"

일행들의 시선에, 이지혜가 머쓱하게 볼을 긁으며 말했다.

"그게, 그렇잖아요. 도깨비 왕의 말이 맞는다면 이 세계는 '가장 오래된 꿈'의 꿈인데, 그 꿈이 끝나버린 거면……."

실제로 '최후의 벽'이 부서졌을 때, 그들이 살던 세계의 시간은 멈춰버렸다. 그렇다면 다시 열차를 타고 그 세계로 돌아가도—

[괜찮아. 우리 세계는 정상이야.]

"아, 그렇구나. 역시…… 그럼 다행…… 엥?"

이지혜는 김독자를 보았고, 이현성을 보았으며, 정희원과 유상아를 보았다. 그러나 누구를 보든, 그들 또한 이지혜와 같은 표정을 짓고 있었다.

"방금 대답한 거 누구죠?"

그리고 모두 동시에 허공을 올려다보았다.

솜털 뭉치 하나가 동동 떠 있었다.

[바앗?]

일행들의 눈이 가늘어졌다.

[에오…… 바앗.]

허공에서 땀을 삐질삐질 흘리던 비유는 한참이나 지난 뒤에야 한숨을 쉬며 말했다.

[다들 알고 있었으면서 뭘 놀라?]

¤ ¤ ¤

일행들은 비유에게서 설명을 들었다. 요약하자면 이런 것이었다.

[세계선은 아직 멸망하지 않았어. 이유는 모르겠지만······ 멈춰 있던 세계의 시간이 다시 쓰여지기 시작했거든. 비록 거대 설화들이 한꺼번에 붕괴하며 세계관이 흔들리기는 했지만, 이대로 두어도 자연스레 멸망하기까지 몇천 년은 더 걸릴 거야.]

지하철 창밖으로, 그들이 살던 세계의 모습이 어렴풋이 비치고 있었다. 굳었던 세계의 시간이 다시 움직이고 있었다.

「폐허 속에서 우리엘이 천천히 눈을 떴다.」
「흑염룡이 자신의 꼬리를 만 채 잠들어 있었고.」
「근두운에 휘감겨 있던 제천대성이 하늘을 올려다보았다.」

성좌들이 살아 있었다.
'해상전신'도, '고려제일검'도······ 모두 살아 있었다.
비록 예전과 같은 광휘는 잃어버렸지만, 그들은 여전히 세계선 위에 살아 숨 쉬고 있었다.

그런 성좌들을 보며 비유가 말했다.

[〈스타 스트림〉은 아직 남아 있어. 채널 시스템은 붕괴했고, 성좌들도 예전처럼 강한 힘을 내지는 못하지만, 워낙 커다란 설화였으니까 완전히 부서지는 데 시간이 좀 더 걸릴 거야.]

몇몇 일행이 안도의 한숨을 내쉬었다. 그들 스스로도 이해할 수 없는 한숨이었다.

이지혜가 다시 물었다.

"근데 꿈이 끝났는데, 어떻게 세계가 계속되고 있는 거야?"

[거기까진 나도 잘 모른다고 했잖아. 한번 말하면 좀 알아들어.]

"뭐, 다행이긴 한데…… 근데 너 언제부터 그렇게 말할 수 있었던 거야? 게다가 버르장머리도 없네. 아저씨! 비유 봐! 저게 징그럽게 지금까지 —"

김독자가 비유를 바라보자, 언제 그랬냐는 듯 비유가 다시 시치미를 뚝 떼며 입을 열었다.

[아바앗?]

일행들이 실웃음을 터뜨렸다. 이지혜가 씩씩거리며 뭐라고 외치려는 순간, 김독자가 손을 뻗어 비유를 말없이 안았다.

시나리오가 시작될 때만 해도 작던 솜털 뭉치는, 이제 한 품에 안을 수 없을 만큼 커졌다.

그 광경을 보던 유중혁이 말했다.

"어쩌면 마지막 기적인지도 모른다."

기적이라니, 유중혁에게는 어울리지 않는 단어였다. 그것은 이 세계에서 유중혁이 가장 믿지 않는 단어였으니까. 그럼에도 유중혁의 그 말로 인해, 일행들의 표정이 풀리고 있었다.

"그럼 진짜로 모든 게 해결된 거네요."

"이제 다 같이 살 엄청나게 커다란 집만 사면 되겠다!"

아이들의 목소리에 한수영이 핀잔을 주었다.

"그건 더 큰 기적이 필요할걸. 우리 성운 이제 거지야. 저놈이 마지막 시나리오에서 죄다 탕진했다고."

"돈은 다시 모으면 되잖아요! 우리가 누군데!"

의기양양하게 외치는 이길영을 보며 일행들도 웃었다. 그 웃음이 끊어질까 불안한 사람처럼, 누군가가 재빠르게 물었다.

"다들 뭐 하고 싶은 거 있어?"

그 말에 신유승과 이길영이 서로 바라보며 외쳤다.

"한강!"

"바다!"

"피자!"

"치킨!"

서로 드잡이질을 벌이는 아이들 사이로, 누군가가 입을 열었다.

"나, 예전에 살던 곳에 가보고 싶어."

징하영의 말이었다.

"예전에 살던 곳……."

그 말에 유상아의 표정이 흐려졌다. 유상아뿐만이 아니었다. 모두 알고 있었다. 이제 그들이 살던 곳은 남아 있지 않다. 멸망이 찾아오기 전 그들의 이야기를 간직하던 장소는 모두 사라졌다.

그런데 마법일까. 갑자기 창밖 정경이 뒤바뀌었다. 우주의 풍경이 흩어지고, 그 대신 채워진 것은.

"진짜 기적인가……."

그들이 잘 아는 서울의 풍경이었다.

이름이 사라졌던 노선표 위에 다시 역 이름이 나타나기 시작했다.

[이번 역은 홍제, 홍제역입니다.]

장하영이 문 쪽으로 움직였다. 부서진 터미널의 정경 너머로, 그녀가 살던 동네의 모습이 비치고 있었다. 지하철의 속도가 느려지고 있었다. 정희원이 물었다.

"아무것도 없을 텐데. 그래도 가볼 거야?"

장하영이 고개를 끄덕거렸다. 정희원이 쓴웃음을 지으며 말했다.

누구나 그렇듯, 결과를 알면서도 확인해야만 하는 것이 있다.

"그래, 그럼 이따 공단에서 다시 만나."

열차 출입문이 열리고, 장하영이 걸어나갔다. 현실감이 없는 표정으로 주변을 보던 장하영이 불현듯 할 말이 생각났다는 듯 뒤를 돌아보았다.

"김독―"

그러나 장하영의 말이 들려오기도 전에, 열차는 다시 출발했다.

그다음으로 입을 연 것은 물끄러미 노선표를 보던 이지혜였다.

"나도 가보고 싶은 곳이 있어요."

그녀가 가려는 곳이 어디인지 안다는 듯, 정희원이 물었다.

"언니가 같이 가줄까?"

"혼자 갈게요. 그러고 싶어요."

싱긋 웃는 이지혜의 표정은 가벼웠다. 머쓱하게 올라갔던 정희원의 손이 다시 내려갔다.

"금방 다시 봐요."

이지혜가 내렸다. 멀리서, 그녀가 다니던 학교의 풍경이 비치고 있었다.

다시 지하철 문이 닫혔다. 정희원이 물었다.

"또 어디 가고 싶은 사람?"

그러나 더 이상 대답하는 일행은 없었다. 그들은 대부분 돌아가고 싶은 곳이 없었다.

하지만 돌아갈 곳이 없는 것은 아니었다.

유상아가 물었다.

"나머지는 모두 같이 내릴 거죠?"

"이 열차 환승 안 되나? 종로에서 내려서 걸어가야겠네."

한수영이 투덜거리며 노선표를 살폈다.

그들이 향할 곳은 광화문. '공단'이 있는 장소였다.

"사람들한테 할 이야기나 다들 생각해둬. 정말 다 알려줄 수는 없잖아."

[이번 역은 종로3가, 종로3가역입니다.]

모든 것이 해결되었다고 말했지만, 정말 그렇지는 않을 것이다.

돌아가면 새로운 일상과 마주해야 할 테니까.

「열차 문이 열리고 있었다.」

아이들의 손을 잡은 유상아가 "으쌰" 하며 플랫폼 바닥을 내디뎠다.

뒤를 돌아보자, 이현성과 정희원도 풀쩍 뛰어 안전선 밖에 섰다.

"뭐 해요? 안 오고."

그리고 세 사람이 남았다.

"김독자."

한수영과 유중혁 둘 중 누가 먼저 그를 불렀는지는 알 수 없었다.

한수영이 의심스러운 눈초리로 말을 이었다.

"같이 내릴 거지?"

[누군가가 스킬 '거짓 간파 Lv.???'를 발동 ―]

그러자 김독자가 씩 웃었다.
"그럼. 내려야지."

['거짓 간파'가 '김독자'의 말이 진실임을 확인했습니다.]

"가자."
한 걸음 나아간 김독자가 둘의 등을 팡, 하고 쳤다. 그러자 두 사람이 동시에 주춤거리며 앞으로 밀려났다. 인상을 쓴 한수영이 김독자를 향해 뭐라고 중얼거렸고, 유중혁도 칼자루를 쥔 채 눈을 부라렸다.

김독자가 말했다.
"이제 시나리오 끝난 거 알지? 지금부터 도검 휴대는 불법―"
"멍청한 소릴 하는군. 아직 끝난 게 아니다, 김독자."
"맞아, 아직 tls123이 누군지도 알아내지 못했고―"
서서히 문이 닫히고 있었다. 왁자지껄한 목소리 사이로, 새로운 세계의 이야기가 흐르고 있었다. 김독자가 즐거운 듯이 웃었고, 아이들이 떠들었다.
새로운 세계의 이야기가 흐르고 있었다.

문이 닫히려는 마지막 순간, 한수영이 뒤를 돌아보았다. 마치 아직 그곳에 무언가를 남겨두고 오기라도 한 것처럼 찜찜하고 묘한 얼굴로.

그러자 유중혁도 함께 뒤를 돌아보았다.

뒤를 돌아보지 않는 것은 김독자뿐이었다.

서로 눈이 마주친 한수영과 유중혁이 동시에 으르렁거렸다.

"뭘 보냐?"

"네놈이야말로—"

그리고 문이 닫혔다. 침묵 속에서 지하철이 움직이기 시작했다. 새로운 이야기를 맞이한 역을 떠나, 다시 무한의 궤도로 진입하고 있었다. 노선표에 적혀 있던 역들의 이름이 하나둘 사라져갔다.

멀리서, 티격태격하는 유중혁과 한수영의 모습이 보였다. 밝게 웃으며 김독자의 손을 잡는 아이들과, 차양막을 한 채 하늘을 올려다보는 유상아의 모습도 보였다.

「그리고 나는 그 모든 정경을 가만히 바라보았다.」

그러자 '제4의 벽'이 물었다.

「정 말 괜 *찮 겠* 어?」

다음 순간, 허공에서 투명해져 있던 내 형체가 나타나기 시작했다.

　약간의 현기증과 함께, 실체화된 내 몸이 이내 지하철에 완전히 드러났다.

　[현재 당신이 보존한 기억은 '51.00%'입니다.]

　나는 쓰게 웃었다.
　"이 방법밖에 없었잖아."
　허공을 올려다보자, 밀려 있던 메시지 로그가 한꺼번에 떠올랐다.

　[당신은 '최종 시나리오'를 클리어했습니다.]
　[당신은 이 세계의 비밀을 모두 아는 유일한 사람입니다.]
　[현재 '가장 오래된 꿈'이 부재중입니다.]
　[꿈이 계속되지 않으면 세계의 시간은 흐르지 않습니다.]

　오직 내게만 보이는 메시지였다.

　[당신은 '가장 오래된 꿈'의 자리를 대신할 자격을 얻었습니다.]
　[꿈을 계속 이어가시겠습니까?]

　이 꿈을 멈춘다면, 세계는 영원히 동결될 것이다.

「잔혹한 일이었다. 가까스로 행복해질 수 있게 된 세계가 영원히 멈춰버리게 된다는 것은.」

비극으로 시작되었으나, 이미 태어난 우주였다.

그 우주에서 행복을 찾고자 하는 이들이 있었고, 그들은 마침내 원하는 역에 도착했다.

「*유* 승이 와 길 **영**이 가 슬 퍼할 *거 야*」

"알아."

「너 **는** 그 들을 기*만했* **어**」

"적어도 거짓말을 하지는 않았어."

나는 허공을 바라보며 말했다.

"내 일부는 분명 그들과 함께 내렸으니까."

언젠가 1,863회차에 다녀오며 내가 '은밀한 모략가'에게 받은 스킬.

「【스킬은 어떻게 하겠는가? 새로운 스킬은 획득하지 못했을 텐데.】」

「"맞습니다. 그 대신 이런 형태의 보상 수령도 가능합니까?"」

「【가능하다.】」

그때 내가 받은 것은 엄밀히 말하면 '스킬'은 아니었다.

[현재 '책갈피' 스킬이 발동 중입니다.]
['가장 오래된 꿈'의 가호로 해당 스킬의 활성화 시간이 무제한으로 변경됩니다.]
[현재 6번 책갈피가 활성화 중입니다.]
[6번 책갈피에 등재된 등장인물은 '거짓 종막의 연출가'입니다.]

거짓 종막의 연출가, 1,863회차의 한수영.

[해당 인물에 대한 당신의 이해도가 상당히 높습니다!]
[전용 스킬, '아바타 Lv.???'를 활성화 중입니다!]
[당신은 49.00%의 기억을 사용해 아바타를 생성했습니다.]
[현재 세계선의 영향으로 아바타와의 연결이 단절되어 있습니다.]
[해당 아바타는 자율적인 의사를 가지고 활동할 것입니다.]

"이게 맞는 거야."
나는 희미해진 기억의 일부를 더듬으며 비틀거렸다.
'또 다른 나'는, 자신이 아바타인지 모르는 채로 살아가게 될 것이다.
그곳에서 일행들과 함께 커다란 집에서 살아갈 것이다.
길영이와 바다를 가고, 유승이와 피자를 먹을 것이다. 이지혜가 대학교에 입학하는 것을 볼 것이고, 이현성과 정희원에게 꽃다발을 안겨줄 것이다. 유상아와 함께 집을 고르고 다닐 것이고, 유중혁과 tls123을 찾아다닐 것이다.

한수영이 쓴 소설을 읽을 것이다.

나는 그것으로 구원을 받는다. 처음부터 끝까지, 항상 나는 구원을 받는 쪽이었다.

그러니 이것은 그런 그들을 위한 나의 작은 속죄다.

「**후회**하게 될 거야 너는 그들을 다시는 만날 수 없어」

나는 말없이 웃었다.

"하지만 볼 수는 있잖아."

아주 오래전에도 그랬던 것처럼, 그렇게 이야기는 계속될 것이다.

"그거면 돼."

나는 어둠 속으로 사라지는 열차의 후미를 바라보았다.

이제 일행들의 모습은 잘 보이지 않았다.

「그리고 모두가 오래오래 행복하게 살았습니다.」

나는 항상 그 문장이 싫었다.

하지만 지금 나는, 어느 누구보다 그 문장이 현실이기를 바랐다.

[성좌, '구원의 마왕'이 자신의 ■■에 도달했습니다.]
[당신은 '가장 오래된 꿈'이 됐습니다.]

스러지는 먼 불빛이 나를 기억하는 성좌들처럼 보였다.
그렇게, 나의 끝나지 않는 항해가 시작되었다.

[당신의 ■■은 '영원'입니다.]

[PART 5 - 02에서 계속]

전지적 독자 시점 PART 5-01

1판 1쇄 발행 2023년 9월 11일 **1판 4쇄 발행** 2024년 4월 27일
지은이 싱숑
펴낸이 박강휘
편집 박정선, 박규민 **디자인** 홍세연, 윤석진 **마케팅** 이헌영 **홍보** 반재서

발행처 김영사
주소 경기도 파주시 문발로 197(문발동) 우편번호10881
등록 1979년 5월 17일(제406-2003-036호)
주문 및 문의 전화 031)955-3200 **팩스** 031)955-3111
편집부 전화 02)3668-3291 **팩스** 02)745-4827 **전자우편** literature@gimmyoung.com
비채 블로그 blog.naver.com/viche_books **인스타그램** @drviche, @viche_editors
트위터 @vichebook
ISBN 978-89-349-6749-1 04810 책값은 뒤표지에 있습니다.

비채는 김영사의 문학 브랜드입니다.